# À PROPOS DE L'AUTRICE

Dévoreuse de livres depuis sa plus tendre enfance, **Emma Berthet** a très vite commencé à écrire ses propres histoires. Aujourd'hui psychomotricienne, elle s'évade la nuit en créant des personnages authentiques et attachants.

# Mon calendrier de l'amour

EMMA BERTHET

# Mon calendrier de l'amour

Harper Collins
POCHE

**HARPERCOLLINS FRANCE**

83-85, boulevard Vincent-Auriol, 75646 PARIS CEDEX 13
Tél. : 01 42 16 63 63

www.harpercollins.fr

ISBN 979-1-0339-1546-1

# Chapitre 1

*J – 35*

— Alors je leur ai dit : « C'est comme ça, les gars, vous ne faites pas le poids ! Je suis le boss de la vente »…

Et bla bla bla. Ce rencard est un supplice. Le dénommé Peter assis en face de moi, qui se trouve être « le boss » des transactions immobilières, est également un gros lourd. Depuis bientôt deux heures, je l'écoute parler de lui, de son boulot et encore de lui. Tout en portant mon verre de vin à mes lèvres, je me demande ce que je fais là. Ah oui ! C'est pour faire plaisir à maman. J'ai accepté ce rendez-vous qu'elle m'a arrangé pour la rassurer, elle qui désespère de me voir toujours célibataire à vingt-six ans.

Je regarde ma montre et je constate qu'il est tout juste 21 heures, ça fait moins de cinq minutes que j'ai consulté mon poignet pour la dernière fois. Le serveur arrive, coupant par la même occasion l'interminable monologue de mon compagnon. Je suis à deux doigts de le remercier lorsqu'il nous demande si nous voulons des desserts.

— No…

— Évidemment ! Nous prendrons votre farandole de délices.

*Nooooon !* Mon cri reste silencieux, je suis bien trop polie pour faire un scandale au milieu d'un restaurant. Mes dents s'enfoncent dans ma lèvre inférieure afin de me contenir. Peter me regarde une fois le serveur éloigné et m'offre un sourire assuré. Je tente de le lui rendre pour ne pas le vexer, mais le résultat ne semble pas être très convaincant. Mon cavalier fronce les sourcils avant de me demander :

— Un problème ?

— Non, rien de grave, simplement, je ne pense pas être en mesure d'avaler quoi que ce soit de plus.

— Vous avez un appétit d'oiseau, Alyson, vous avez à peine touché à votre assiette. Votre mère m'avait plutôt vanté votre appétence pour les bonnes choses et surtout le chocolat.

Je réfléchis un instant à ce que ma mère a pu dire de plus, et me demande comment je vais pouvoir la bâillonner avant qu'elle n'étale tous mes défauts à mes prochains rencards. J'aimerais l'appeler tout de suite pour lui expliquer le principe de la séduction, sauf que Peter « le boss » est toujours en train de me regarder.

— Je fais attention à ma ligne, lâché-je pour écourter ce dîner de torture. À l'approche des fêtes, il vaut mieux ne pas trop se laisser aller.

— Vous avez raison, les hommes n'aiment pas les femmes trop rondes.

Cette réplique me fait grimacer et je sens que le capital sympathie de Peter vient d'en prendre un sacré coup. Déjà que ça ne volait pas haut, maintenant, je ne suis même plus en mesure de faire semblant. Je ne suis pas « grosse », pourtant, je sais que ma taille 40 n'entre pas dans ses standards. Je ne suis pas une planche à pain, j'ai des seins, des fesses et des hanches. J'aime manger du chocolat et rajouter une tonne de chantilly sur mes fraises, je ne rechigne pas à finir mon assiette et à me resservir. Malgré ça, je suis à l'aise avec mon corps et je ne trouve pas prétentieux de me qualifier de sexy.

Je repousse la chaise et me lève. Je récupère mon manteau et mon sac à main avant de me tourner vers mon cavalier, qui me regarde avec un air ébahi.

— Sachez, Peter, que les hommes ne sont pas tous des machos nombrilistes comme vous. Certains savent apprécier qu'une femme s'assume et mange autre chose que des salades sans sauce. Une femme qui plaît aux hommes est avant tout une femme qui se plaît à elle-même. Si vous n'êtes pas capable de lâcher votre image réductrice de la femme parfaite, vous ne méritez pas que je perde mon temps avec vous.

Sur ces mots, je le plante au milieu du restaurant au moment où le dessert arrive. Je ne jette pas un regard en arrière lorsque je passe la porte.

Une fois dehors, j'enfile mon manteau femme-de-soirée noir et me frictionne les bras. Il fait tout juste 2 °C en cette fin novembre, l'air est glacial. Peter étant passé me prendre à mon appartement au début de cette soirée désastreuse, je me rabats sur le bus pour rentrer chez moi. L'avantage d'habiter dans une grande ville comme Boston, c'est que l'organisation des transports en commun y est optimale. Je n'attends que quelques minutes avant de pouvoir me réchauffer sur la banquette du bus qui me ramène.

Il n'est pas très tard lorsque je franchis le seuil de mon petit appartement. Je me laisse aller sur le canapé tout en tirant mon portable de mon sac. Je compose le numéro que je connais par cœur avant de porter l'appareil à mon oreille. Une, deux et trois tonalités avant que sa voix résonne dans le combiné :

— Aly ! Je ne m'attendais pas à recevoir ton coup de fil avant demain.

— Tu as déjà vu un plan de ma mère ne pas être foireux ?

Le rire étouffé de mon meilleur ami me répond.

— Donuts et café ? me demande-t-il.

— Donuts et café.

Il coupe la communication sans un mot de plus. Vingt minutes plus tard, ma porte d'entrée s'ouvre sur Gregory Harington, tenant à la main une boîte rose sur laquelle deux mugs cartonnés sont en équilibre. Il dépose ses victuailles sur la table basse avant de se laisser aller à mes côtés.

Je connais Gregory depuis le lycée, je lui donnais des cours de soutien en algèbre alors que lui ne pensait qu'à la peinture. Une amitié est née au milieu des équations et des logarithmes ; l'année d'après, nous étions dans la même classe, et plus jamais nous ne nous sommes quittés. Il connaît tout de moi, le moindre de mes petits secrets. Il est la première personne que j'appelle lorsque j'ai une bonne nouvelle à annoncer, mais aussi quand une tuile me tombe dessus. Qu'importe ce qu'il se passe, ce grand brun ténébreux débarque au moindre coup de fil. Je suis chanceuse de l'avoir à mes côtés.

— J'ai appelé Elsa, elle sera là dans dix minutes.

— Je me disais bien que tu n'avais pas pris une aussi grosse boîte juste pour nous deux. Par contre, il manque un café, fais-je remarquer en cherchant des yeux un troisième mug que je n'aurais pas vu.

— Non, Elsa a décidé de se sevrer.

Nous explosons de rire, tous les deux conscients que notre amie en est incapable. Elsa est une accro de la caféine : depuis qu'elle a rejoint notre duo, il n'y a pas un jour où je l'ai vue sans une tasse fumante à la main.

La petite blonde débarque telle une furie dans mon appartement et se jette sur les mugs cartonnés. Elle boit trois grandes gorgées avant de se tourner vers nous, le visage rayonnant.

— Quoi ? J'ai tenu toute la journée !

Nous rions tous les trois. Elsa se trouve une place sur le canapé, et mes deux meilleurs amis commencent leur interrogatoire sur ma soirée cauchemardesque. Nous passons le reste de la soirée à débattre des bons partis que ma mère pense me trouver et de ma vie de célibataire romantique, jusqu'à tomber de sommeil.

# Chapitre 2

*J – 34*

Risin' up, back on the street

Did my time, took my chances

Went the distance, now I'm back on my feet

Just a man and his will to survive

Je grogne en entendant la musique de mon réveil et tends le bras vers la droite pour attraper mon téléphone. Toutefois, au lieu d'atteindre ma table de nuit, ma main rencontre un liquide froid et gluant. J'ouvre les yeux en grimaçant et découvre que je viens tout juste d'étaler de la bave sur le visage d'Elsa. Je prends conscience que mes amis et moi nous trouvons toujours sur mon canapé, entremêlés les uns aux autres.

— Il faut que tu changes cette maudite sonnerie, bougonne Gregory sans ouvrir les yeux.

— Jamais ! Rien de mieux pour se donner la pêche dès le matin.

— Tu es bien la seule à aller bosser avec le sourire.

— Rabat-joie, marmonné-je.

Je tente tant bien que mal de m'extirper de l'amas de bras et de jambes que nous formons, pour filer à la salle de bains me préparer. Je dois ouvrir la boutique à sept heures et demie tous les jours, mais avant ça j'ai toute une préparation à faire afin d'être prête pour mes premiers clients. Je prends le temps de savourer l'eau chaude sur ma peau. Les hivers sont rudes dans le Massachusetts, et même la grande ville de Boston ne peut pas y couper.

Pourtant, cela reste ma saison préférée. J'adore quand les arbres et les trottoirs se couvrent de neige, quand les pères Noël arpentent les rues et surtout lorsque, le soir venu, ces dernières brillent de mille feux à la lueur des illuminations. Un sourire naît sur mon visage rien que d'y penser.

Je rêvasse tandis que l'heure tourne et l'eau refroidit. J'attrape une serviette moelleuse et l'enroule autour de ma poitrine. Je prends une seconde pour me regarder dans le miroir, car malgré moi les mots de Peter me reviennent en tête. Je ne fais pas une taille 36 qui met du 85B, mais je suis fière de mes formes féminines et me sens bien dans mon corps. J'ai un peu de rembourrage là où il faut, rien de disgracieux. Mes seins sont ronds et fermes, mes hanches, généreuses, et mes fesses, sculptées. Ce constat établi, je retrouve le sourire et commence à m'habiller. J'enfile une paire de collants fins noirs à motifs et une robe-pull bordeaux. Je tresse mes cheveux et peaufine mon look avec un coup de liner et une couche de rouge à lèvres à la cerise.

Lorsque je retourne au salon, Elsa est toujours en train de ronfler sur mon canapé tandis que Gregory est installé au bar séparant le séjour de la cuisine. Je le rejoins et attrape la tasse qu'il me tend avec le sourire.

— Un café serré, m'indique-t-il.

— Merci.

J'ouvre le placard au-dessus de l'évier pour en sortir de la brioche et mon pot de Nutella. Autant je peux me passer de café pendant des jours, autant le Nutella, c'est sacré, et je peux devenir une véritable ogresse si je n'ai pas ma dose quotidienne. Je suis en train de saliver en pensant à la tartine qui m'attend quand mon meilleur ami interrompt mes pensées.

— Aly, ça te dit qu'on se fasse un ciné ce soir ? Il paraît qu'ils repassent des vieux films toute la semaine.

— Je ne peux pas ce soir. Mon père m'envoie un nouvel artisan qui va s'occuper de la boutique. Je le reçois à 17 heures, et je file chez mes parents ensuite.

Gregory semble déçu ; malgré tout, il m'offre un sourire qui masque son trouble et me propose de remettre ça à un autre soir.

— Tu devrais y aller, tu vas être en retard, me souffle-t-il tout en portant sa tasse à ses lèvres.

Je jette un œil à l'horloge et manque de m'étouffer avec mon morceau de brioche. Je finis d'engloutir mon petit déjeuner à toute vitesse et cours enfiler mes bottines caramel et mon manteau. Je récupère mon sac là où je l'ai abandonné la veille et me dirige vers la porte à la hâte.

— Claquez la porte en sortant, je vous aime !

J'attrape mon écharpe à la volée et quitte mon appartement au pas de course. Dès que je suis dehors, le froid vient chatouiller mes jambes finement recouvertes et de la fumée sort de ma bouche. J'aurais dû prendre le bonnet et les gants. Il n'a pas encore neigé cette année, mais je sens que les premiers flocons ne vont pas tarder. Je marche dans les rues de Boston la tête enfoncée entre mes deux épaules pour me réchauffer. Il me faut quinze minutes pour rejoindre la boutique, et lorsque j'arrive je rêve d'un bon vieux feu de cheminée. Je me défais de mon manteau et me dirige vers le fond du magasin où sont rangées les bûches de bois.

Noël approche, il reste exactement trente-quatre jours et tout le monde n'a que ce mot-là à la bouche. C'est pour ça que je suis si heureuse de venir travailler, ma boutique de décoration ne marche jamais aussi bien que pendant les fêtes. Les gens se ruent dans le magasin pour acheter des guirlandes, des boules, une crèche… mais aussi pour s'approprier l'esprit de Noël. Il y a deux ans, j'ai ouvert un espace salon de thé où je sers des boissons en fonction de la saison et les pâtisseries associées. Les clients en raffolent, et certains viennent uniquement chercher leur café et une part de tarte avant d'aller travailler. Je suis fière de cet endroit et de ce qu'il est devenu au fil des ans. J'ai racheté ce commerce quand l'ancien propriétaire a fermé pour prendre sa retraite. C'était une boutique de jouets d'antan, et je suis immédiatement tombée amoureuse de cet endroit. J'ai voulu garder l'âme de ce lieu tout en me l'appropriant : traditionnel et chic, voilà le thème du magasin.

Les présentoirs circulaires sont tous plus imposants les uns que les autres, et regorgent de décorations simples et sur le thème de Noël. Le sol en parquet craque à quelques endroits : si, moi, je trouve ça charmant, je ne suis pas certaine que ce soit au goût de tous. Je me suis promis de faire réparer les lattes concernées, sauf que le temps passe et il y a toujours plus urgent. En attendant, les allées sont habillées de tapis rouges. Le reste de l'espace de vente est épuré, et les lumières sont tamisées afin de ne pas agresser les clients qui franchissent le seuil.

Cette boutique est tellement grande que j'ai souhaité rajouter un salon de thé. J'adore les gens, et j'ai voulu faire davantage que de la vente d'objets, je souhaite que les personnes qui entrent restent et s'installent pour boire ou manger quelque chose. Alors j'ai commencé par installer des tables et des chaises, deux canapés et une bibliothèque. Cet endroit me ressemble et j'en suis fière. Chaque matin, c'est avec le sourire que je viens travailler, ici.

Après avoir allumé la cheminée en briques et refermé la vitre de protection, je passe en coulisse pour préparer des douceurs. Aujourd'hui, je confectionne un *pecan cake* et des sablés en forme de sapin. Il me reste tout juste une quarantaine de minutes avant l'ouverture, je ne dois pas traîner si je veux être à l'avant pour l'ouverture. Je pâtisse, allume le four, dresse une armée d'arbres de Noël. Quand 7 h 30 sonnent, je positionne les derniers biscuits en vitrine. Je me frotte les mains sur mon tablier avant d'aller retourner la pancarte sur la porte. Il ne faut que quelques minutes pour que le premier client fasse son entrée.

— Bonjour et bienvenue au Good Life !

# Chapitre 3

*J – 34*

La journée passe à toute vitesse, les clients défilent et je n'ai pas une minute à moi. Je n'ai même pas pris le temps de prendre une pause-déjeuner, car un couple était à la recherche de la vaisselle parfaite associée à une décoration de table parfaite. Si je les ai trouvés charmants quand ils ont franchi le seuil de ma boutique, j'ai vite déchanté face à leur exigence et leur éternelle insatisfaction. J'ai compris que la femme avait pris la responsabilité à Noël dernier de surpasser sa belle-mère cette année, alors il fallait que tout soit « parfait ». Nous avons arpenté le magasin en long et en large, plusieurs fois, et rempli deux paniers entiers. J'ai même poussé jusqu'à leur montrer des idées d'ambiance sur Pinterest. Quand ils sont repartis, près d'une heure et demie plus tard, elle avait le sourire aux lèvres, et son mari, les bras chargés.

Il est 17 heures passées quand je me laisse choir sur une chaise du salon de thé avec une tasse fumante de chocolat chaud entre les mains. Il y a encore un peu de monde dans la boutique, mais personne ne semble avoir besoin de moi, alors je m'accorde un peu de répit.

L'artisan envoyé par mon père est en retard. Je ne m'en formalise pas, je sais ce que c'est que d'être absorbé dans son travail. Il m'arrive de rentrer chez moi à 22 heures tant je suis obnubilée par mes clients et l'agencement de la boutique. Quand tout le monde est parti, il m'arrive de tout réorganiser pour donner l'impression que rien n'est figé. Comme ça, lorsque les clients reviennent, ils ont le sentiment de redécouvrir l'endroit. C'est pour ça que j'ai fait appel à mon père, il est promoteur et a tout un répertoire de professionnels capables de créer des décors somptueux. J'embrasse du regard ma boutique et l'imagine déjà comme une annexe de l'atelier du Père Noël.

L'heure tourne, et il est presque 18 heures lorsque je me résigne à ne pas voir venir l'ouvrier. Je nettoie la vitrine à pâtisserie avant de fermer la boutique pour aujourd'hui. Lorsque je dîne avec mes parents, je m'octroie le droit d'abaisser le rideau plus tôt que les autres jours. Je me dirige vers la porte et retourne le panneau. C'est à ce moment-là qu'un homme grand, brun et barbu, en bleu de travail, fait son apparition. Je sursaute et me retiens difficilement de crier. Mon cœur, sous le choc, s'emballe dans ma poitrine, je tente de respirer lentement afin qu'il se calme.

Nous nous dévisageons un instant à travers la vitre, sans que ni lui ni moi ne bougions. Son regard métallique me transperce et je me perds dans sa profondeur. Je suis troublée par cet homme, incapable de réfléchir ou d'agir. Il a quelque chose de magnétique, j'essaye de comprendre ce qui se cache derrière ses yeux, mais ses émotions semblent inaccessibles et le mystère reste entier. Le temps est figé avant que l'inconnu donne trois petits coups sur la porte en verre qui nous sépare. Je secoue la tête pour me remettre les idées en place et lui ouvre. Il ne se fait pas prier et entre en soufflant dans ses mains pour les réchauffer. Il me dépasse sans me saluer afin de pénétrer davantage dans le magasin. Surprise par son comportement, je ne réagis pas tout de suite malgré mon agacement. Ses yeux explorent ma boutique et je devine tout de suite qu'il s'agit d'un expert, je peux voir les rouages de son cerveau se mettre en marche. Il ne lui faut que quelques minutes pour jauger la superficie, les peintures, le sol, l'ameublement… Quand il a terminé, l'inconnu ne me décroche pas le moindre mot, il se contente de me fixer en attendant je ne sais quoi. J'ai tout le temps de contempler sa mâchoire anguleuse ou de découvrir les restes d'une petite cicatrice sous son œil gauche. Je pourrais continuer ainsi de longues minutes et prendre le risque de me perdre une nouvelle fois dans ses yeux hypnotisants, néanmoins, lui comme moi, nous ne sommes pas là pour ça. Je hausse un sourcil, interloquée par son attitude, mais le silence perdure alors je prends les choses en main :

— Vous êtes… ?

— Hayden Parker, répond-il simplement d'une voix rauque.

— Puis-je vous offrir à boire avant que nous nous installions pour parler de ce qui vous amène ?

Il hoche la tête pour toute réponse. *Plus loquace, tu meurs !* Je me dirige vers l'espace salon de thé, tout en essayant de garder mon calme, et il me suit. Je passe derrière le comptoir tandis qu'il s'installe à une table sans me préciser quel type de boisson il souhaite prendre. Une fois encore, je dois lui soutirer l'information.

— Thé, café, chocolat ?

— Café.

*Un merci ou un s'il vous plaît, c'est trop demander ?* Je suis plutôt patiente, en général, mais ce mec n'a pas l'air de connaître les bases de la politesse, ni celles des interactions sociales. Je prépare deux cafés dans un silence presque religieux avant de le rejoindre. Il récupère sa tasse fumante et suit chacun de mes mouvements. Je prends place en face de lui et devine que ça va une nouvelle fois être à moi de prendre la parole.

— Si mon père vous envoie, c'est que vous êtes plus que qualifié et que vous saurez créer l'univers dont j'ai besoin pour cet endroit.

Il hoche la tête. *Super !*

— Ce lieu est très particulier et la clientèle le sait, de ce fait, elle a des attentes, soufflé-je, déjà fatiguée de cette conversation à sens unique. Avant que je rachète la boutique, il y a maintenant cinq ans, c'était un magasin de jouets anciens qui était très prisé en période de fêtes. J'aimerais garder cette ambiance et la coupler avec celle d'un chalet en bois qu'on trouve dans les stations de ski. J'ai déjà le feu de cheminée !

M. Parker fait des ronds avec son index pour m'inviter à continuer. *Je vais me mettre à la langue des signes pour notre prochaine rencontre, peut-être que ça sera plus simple.* J'inspire profondément avant de poursuivre.

— J'ai envie que, lorsque les clients entrent ici, ils se croient dans l'atelier du Père Noël. Qu'ils pensent qu'en poussant une porte ils peuvent découvrir tout un tas de petits lutins en train d'emballer des cadeaux. Je suis déjà dans l'ambiance des fêtes, j'en ai conscience, mais je veux quelque chose de plus vivant. Vous comprenez ?

— Je comprends.

J'ai envie de faire une danse de la joie, mais je me retiens. *Il parle, c'est déjà ça !* Et puis il semble sincèrement saisir ce que j'attends, même si son comportement me fait douter.

— Je peux vous poser une question, monsieur Parker ?

— Allez-y.

— Vous n'aimez pas Noël ?

— Bien sûr que si. Qu'est-ce qui vous fait penser ça ? demande-t-il en arquant un sourcil interrogateur.

*Il se moque de moi ?*

— Rien, laissez tomber, dis-je en secouant la tête.

Il hausse les épaules avant de saisir sa tasse et de la boire d'un trait. Puis il repousse sa chaise et se lève.

— Je reviens dans cinq jours avec des propositions, quand vous aurez validé les plans, je pourrai attaquer le chantier. Ça vous convient, mademoiselle Hale ?

Cette fois, c'est à mon tour de hocher la tête, décontenancée qu'il ait formulé deux phrases successives de sa voix caverneuse, ou bien alors c'est son corps, superbement dessiné, surplombant le mien, qui m'impressionne.

— Alors à dans cinq jours, lance-t-il avec un sourire taquin.

Il disparaît aussi vite qu'il est apparu, me laissant seule au milieu du magasin, encore toute chamboulée par cette rencontre. Je ne sais pas quoi penser de cette collaboration naissante avec Hayden Parker. Cet homme a été recommandé par mon père, toutefois, il a un côté animal sauvage qui le rend inaccessible. Je ne sais pas si j'ai envie de le revoir ou d'annuler le contrat pour choisir un artisan qui me mettrait moins mal à l'aise.

# Chapitre 4

*J – 34*

Je suis repassée chez moi après ce drôle de rendez-vous avec l'artisan. Une douche rapide et je suis descendue jusqu'au parking de l'immeuble récupérer ma voiture. Je roule au pas dans les rues bondées de Boston pour rejoindre la périphérie de la ville, où habitent mes parents. Il me faut un peu moins d'une heure pour rejoindre la maison de famille et me garer dans la petite allée.

Lorsque je pousse la porte d'entrée, je suis tout de suite happée par la délicieuse odeur de hachis de canard confit. Je suis le parfum, qui me mène à la cuisine, où je retrouve ma mère, qui s'active aux fourneaux. Carol Hale, une femme menue et élégante, est une déesse de la gastronomie, et c'est elle qui m'a donné le goût de la pâtisserie. Pendant mes études de commerce, elle me donnait des cours du soir, armée de sa cuillère en bois. J'ai toujours été proche de ma mère, elle est ma meilleure amie, ma confidente, même si elle ne comprend pas pourquoi je ne suis toujours pas mariée et que ça ne m'inquiète pas. Je m'approche d'elle pour l'embrasser sur la joue tout en glissant mon doigt dans le saladier, où il reste un fond de purée. Je le porte à ma bouche tandis que ma mère me réprimande.

— Bas les pattes, jeune fille, tu ne vas plus manger après.

— Tu sais bien que si, dis-je en riant.

Ma mère me sourit, créant des petites ridules aux coins de ses yeux clairs, non sans emporter le saladier loin de moi.

— Ça sera prêt dans un quart d'heure.

— Papa est là ?

— Il passe un coup de téléphone dans son bureau et il nous rejoint. En attendant, attrape deux verres à vin pendant que je débouche une bouteille.

Je m'exécute et me hisse sur la pointe des pieds pour atteindre le placard au-dessus du four. Je tends les verres à ma mère, qui les remplit immédiatement, nous trinquons et buvons la première gorgée avant de rejoindre le salon. Nous nous installons toutes les deux sur le canapé, et il ne faut pas une minute à ma mère pour me poser la question qui lui brûle les lèvres.

— Alors, avec Peter ?

Elle replace une mèche blonde derrière son oreille en attendant ma réponse.

— Sérieusement, maman ?

— Il est charmant, affirme-t-elle. Bien élevé et plutôt canon. Il semblait parfait pour toi lorsque nous avons dîné chez Levy le mois dernier.

— Et complètement égocentrique et superficiel.

Un léger silence s'installe avant que ma mère reprenne.

— Écoute, Alyson, je m'inquiète pour toi, surtout en ce moment alors que l'euphorie des fêtes commence. Je te connais et je sais que tu rêves du prince charmant, je veux simplement forcer un peu le destin et que ce fameux prince pointe le bout de son nez.

Sa sollicitude est aussi touchante qu'étouffante, je n'ai pas besoin qu'on me pousse dans les bras d'un homme simplement pour m'éviter le célibat. Je veux vivre mon conte de fées, qu'importe s'il doit arriver quand je serai ménopausée ou en maison de retraite. Toutefois, ça ne m'empêche pas d'être mélancolique au moment des fêtes, quand toute ma famille se réunit. En plus, cette année, nous compterons un nouveau membre : mon frère, Adam, va devenir papa dans les semaines à venir. Je suis excitée à l'idée de rencontrer ma nièce, et aussi extrêmement jalouse, je l'avoue. Adam a rencontré Baley un 24 décembre alors qu'il était étudiant et qu'il effectuait des missions de coursier. Cette année-là, il s'est retrouvé à sauver le Noël de cinq familles de Boston.

Dans le premier immeuble, il est tombé sur une jolie métisse aux cheveux frisés. Elle l'a suivi dans sa course folle toute la soirée, et je suis certaine qu'ils sont tombés amoureux ce jour-là. Trois ans après, il la demandait en mariage sous l'immense sapin du centre-ville, avec des musiciens déguisés en lutins, et comme par magie il s'est mis à neiger pile à ce moment-là. C'était féerique. Alors, oui, je suis jalouse de mon frère et je compte bien attendre qu'un homme en fasse autant pour moi qu'Adam en a fait pour Baley. J'en suis certaine, j'aurai mon moment romantique sous les flocons de décembre.

En attendant, je préfère ne pas faire de peine à ma mère en me contentant de lui offrir un sourire entendu. Je sais qu'elle est déjà en train de penser à mon prochain prétendant, et malgré ça je l'aime. C'est à ce moment-là que mon père fait son entrée ; il dépose un baiser sur mon front et embrasse ma mère amoureusement. Il porte toujours son pantalon de costume et sa chemise parfaitement repassée. Jerry Hale a tout de l'homme d'affaires : grand, des cheveux poivre et sel plaqués en arrière et un sourire Ultra Brite, du moins en apparence. En réalité, mon père n'est rien d'autre qu'un gros nounours pour qui la famille passera toujours en premier.

— Alors, poussin, comment s'est passée ta journée ? me demande-t-il en se servant un whisky avant de prendre place dans son fauteuil.

— Elle a bien commencé, comme tous les jours, mais disons qu'elle s'est finie étrangement.

— J'en déduis que tu as fait la rencontre de Hayden.

Ma mère semble soudain très attentive à notre conversation, maintenant que mon père fait référence à un homme.

— En effet, et disons qu'il est quelque peu déstabilisant. Il ne parle jamais ?

— Jamais autant que toi, c'est sûr, fait mon père, taquin. Ne t'en fais pas, Hayden est un gars bien, il bosse comme personne et il est passionné par ce qu'il fait. En plus, il saura te parler quand il en aura besoin. C'est un peu… un homme des cavernes des temps modernes.

Je n'aurais pas dit mieux. Je repense à ses silences, à son regard et à ce moment intense que nous avons partagé à son arrivée. Jamais je ne me suis sentie hypnotisée par qui que ce soit, et pourtant à ce moment-là je ne pouvais pas me détacher de son regard. J'aurais aimé qu'il soit plus chaleureux ensuite, mais dès l'instant où il a franchi la porte le charme s'est rompu. Toutefois, cet homme m'intrigue et j'ai envie d'en savoir plus.

— Depuis combien de temps tu le connais ? demande ma mère, encore plus intriguée que moi.

— Pas mal d'années, il a été l'apprenti de vieux Franck, qui lui a cédé sa boîte quand il est mort, il y a trois ans. Je sais comment il travaille, alors je continue à faire appel à lui sur mes gros chantiers. Si quelqu'un peut réussir à contenter ma petite fille, c'est bien lui.

Mon père masque son sourire derrière son verre, mais trop tard, je l'ai vu et je me demande si sa phrase a un double sens. Avant que je ne puisse aller plus loin dans mon investigation, ma mère se lève et lui sauve la mise.

— Le hachis est prêt !

J'intercepte un échange de regards complices. Ces deux-là mijotent quelque chose, j'en suis certaine. Je ferais bien de les garder à l'œil. Je les suis dans la salle à manger et très vite je me laisse emporter par la bonne humeur familiale. Mon père nous abreuve d'anecdotes tordantes tandis que ma mère prévoit déjà l'organisation des fêtes de fin d'année. Chez les Hale, c'est une institution, et tous les ans c'est une véritable réussite.

Chaque fois, je me dis que cette année sera la bonne, j'aurai mon miracle de Noël.

# Chapitre 5

*J – 30*

Je rejoins Gregory à son atelier autour de 20 heures. Je lui ai promis un cinéma et je ne manque jamais à ma parole. Quand je pénètre dans l'antre de mon meilleur ami, les effluves de peinture m'assaillent ainsi que la musique résonnant entre les quatre murs. Gregory est au milieu de la pièce, vêtu d'un vieux jeans délavé et d'une chemise à carreaux ouverte. Il tient sa palette d'une main et un pinceau de l'autre. Ses hanches ondulent au rythme de la musique latine qui sort de l'enceinte.

— *Puedes entrar, mi bella*, crie-t-il par-dessus le bruit.

— Depuis quand tu parles espagnol ?

— Depuis que tu te caches pour m'espionner.

— Je ne me cache pas, je pensais seulement que tu ne m'avais pas remarquée, réponds-je, les joues en feu.

— Je te remarque toujours.

Je m'approche de mon meilleur ami, les mains enfoncées dans les poches de mon manteau. Je suis curieuse de voir son travail, Gregory est un grand artiste. Même si le succès n'est pas au rendez-vous, il a un talent indéniable et je suis certaine qu'il ne tardera pas à percer. Avant que je ne sois assez près pour découvrir sa toile, mon ami m'arrête et dépasse son chevalet pour venir à ma rencontre.

— Pas cette fois, je veux garder la surprise pour le vernissage.

— Et si je ne peux pas venir ?

— Pourquoi ne serais-tu pas là ? me demande-t-il en fronçant les sourcils.

— On ne sait pas de quoi demain est fait, un accident est vite arrivé.

J'ai dit ça sans vraiment réfléchir et mes paroles semblent heurter Gregory. Il réduit l'espace entre nous et soulève mon menton du bout de l'index.

— Je t'interdis de dire une chose pareille, Aly.

Les mots me manquent tout comme mon souffle, je suis suspendue aux lèvres de mon meilleur ami. La cassure dans sa voix fait battre mon cœur, ses yeux d'un vert puissant tentent de me faire passer un message. Nous sommes si proches que nous partageons le même air, je peux sentir son after-shave mentholé et mes mains se posent spontanément sur la peau nue de son torse. Sa peau est douce et chaude, il y a une petite trace de peinture blanche entre ses deux pectoraux, mes joues rougissent encore une fois et une chaleur inhabituelle crépite entre nous deux. Jamais, durant toutes ces années d'amitié, je n'ai fait attention à notre proximité, et encore moins au contact de son corps contre le mien. Mes yeux se posent sur ses lèvres, et l'espace d'un instant j'imagine ce que pourrait devenir notre relation si l'un de nous franchissait le pas et que nous nous embrassions. Et si c'était ça, mon conte de Noël ?

Malheureusement, je ne le saurai jamais, car la porte d'entrée s'ouvre sur Elsa.

— Salut, mes flocons de neige !

Gregory et moi reculons d'un pas et mes yeux vont directement vers le sol. Une sensation étrange me traverse, et je ne sais pas si c'est une bonne chose. Un quart de seconde, j'ai pensé à briser mon lien avec Greg, pour quoi, au juste ? « Forcer le destin », comme dit ma mère. Notre meilleure amie nous rejoint avec un gobelet fumant dans la main et son portable dans l'autre.

— Je dérange ? demande-t-elle en nous regardant à tour de rôle. Vous faisiez quoi ?

— Un Monopoly, lâche Gregory.

Elsa hausse un sourcil et se replonge dans son téléphone. Je prends un instant pour contempler ma meilleure amie, elle est rayonnante, ce soir. Elle a toujours été lumineuse, mais aujourd'hui il y a une lueur dans son regard qui me laisse entendre qu'il y a quelque chose de nouveau. Je me penche par-dessus son épaule et zieute ses messages avant d'étouffer un cri.

— Tu es une petite cachottière ! Depuis combien de temps tu fréquentes ce Mike ?

Ma voix traîne sur la première syllabe tandis que je croise les bras. Elsa se mord la lèvre inférieure et m'envoie un regard entendu.

— Depuis une semaine ou deux.

— Et tu ne nous as rien dit ?

— En fait, j'étais au courant, murmure Gregory dans mon dos.

Depuis quand mes amis me cachent des choses ? Je ne sais pas si je dois être vexée ou contente qu'ils passent du temps ensemble. Quand ils se sont rencontrés, ces deux-là ne se supportaient pas, chacun avait ses fêlures et sa souffrance tout en étant incapable de reconnaître celles de l'autre. Alors, entre eux, c'était explosif, dès qu'ils se retrouvaient ensemble, c'était un concours afin de savoir qui avait la vie la plus pourrie. Il leur a fallu deux ans et un passage aux urgences, après un accident de barbecue, pour qu'une amitié naisse enfin.

— Je suis là pour vous dire qu'il faudra faire sans moi, Mike m'emmène en week-end à la montagne. Au programme : ski, vin chaud et dîner devant un feu de cheminée, avec peu de vêtements, cela va de soi. Il passe me prendre chez moi dans vingt minutes. Ciao, mes flocons de neige.

Elsa repart aussi vite qu'elle est arrivée, nous laissant dans son sillage.

— Ça sera toi et moi, souffle Gregory. Tu me laisses le temps de passer sous la douche et on pourra y aller.

Je hoche la tête et le suis en direction de son appartement. Pendant qu'il se prépare, je me laisse aller sur son canapé et attrape un magazine qui traîne sur la table basse. Mon meilleur ami refait son apparition un quart d'heure plus tard, vêtu d'une nouvelle chemise bleu pâle et d'un pantalon ajusté couleur camel.

— C'est pour moi que tu te fais aussi beau ? Tu sais qu'on va dans un cinéma et qu'il va faire tout noir.

— Tu pourrais apprécier l'effort, me répond-il, joueur.

— J'apprécie, ne t'en fais pas.

Il s'approche et me tend la main pour m'aider à me relever. Je la saisis et m'attends à ressentir un petit quelque chose, mais rien. Je souris, soulagée de pouvoir profiter d'une soirée avec mon ami sans me torturer les méninges.

Le cinéma n'est qu'à quelques minutes d'ici, alors nous décidons d'y aller à pied. Dans la rue, c'est l'effervescence, les derniers travailleurs rentrent chez eux tandis que la nuit est maintenant tombée. Les arbres sont déjà ornés de guirlandes lumineuses, les vitrines de magasins sont savamment décorées et les vendeurs ambulants ont commencé à proposer tout un tas de gourmandises de Noël.

— Tu as l'air heureuse, me souffle Greg à l'oreille.

— C'est parce que je le suis.

Son sourire est rayonnant. Il passe son bras sur mes épaules pour m'attirer à lui tandis que nous continuons de marcher.

— Alors, que penserais-tu si je te disais que j'ai déjà pris nos billets pour aller voir *Le Drôle de Noël de Scrooge* ?

Je ne peux m'empêcher de crier de joie tout en trépignant sur place. S'il y a bien quelque chose que j'adore plus que les pâtisseries bien caloriques, ce sont les films de Noël.

— Je t'aime !

Je saute au cou de mon meilleur ami et lui embrasse la joue. Ses bras se referment autour de moi, me serrant un peu plus fort encore. Quand notre étreinte se relâche, j'attrape sa main et l'entraîne à ma suite en courant vers le cinéma. À peine sommes-nous arrivés que Gregory montre nos tickets tandis que je me charge des pop-corn.

— Il n'y avait pas plus gros, dit-il en me rejoignant, visant le format maxi que j'ai entre les mains.

— Je leur ai bien suggéré d'en coller deux ensemble, mais apparemment mon idée n'a pas trouvé grâce aux yeux de la direction.

Mon meilleur ami se moque de moi et je lui donne un coup de poing dans l'épaule en guise de représailles. Puis nous pénétrons dans la salle pour nous installer et savourer le film.

# Chapitre 6

*J – 29*

J'en suis déjà à mon troisième café ce matin et il est tout juste 7 heures. J'ai eu du mal à me réveiller, ce qui fait que je suis à la bourre pour ma mise en place. Je suis censée ouvrir dans une demi-heure et je n'ai pas encore mis mes pains d'épices au four. J'ai les mains pleines de farine lorsqu'on frappe à la porte de la boutique. L'espace d'un instant, je crois rêver, mais les coups reprennent et s'intensifient. Je quitte ma préparation et me dirige vers la porte en frottant mes mains couvertes de poudre sur mon tablier. Je suis surprise de découvrir Hayden m'attendant derrière la porte. *Qu'est—ce qu'il fait là de si bonne heure ?* Je m'empresse de lui ouvrir et l'invite à entrer.

— Vous êtes matinal, monsieur Parker !

— Je vous avais dit que je passerais aujourd'hui.

— Toujours aimable, à ce que je vois, marmonné-je dans ma barbe.

Toutefois, il semble que je n'aie pas été aussi discrète que je le pensais, car mon invité me foudroie du regard.

— Vous pouvez répéter ?

— Tout dépend si vous comptez être un peu plus avenant, répliqué-je en posant mes mains sur mes hanches.

Hayden soupire et passe une main lasse dans ses cheveux sans me regarder. Il semble épuisé, et je me sens coupable de l'attaquer de si bon matin. Néanmoins, je ne suis moi-même pas dans de bonnes dispositions, l'horloge tourne et je suis de plus en plus en retard.

— Excusez-moi, début de journée compliqué. Vous venez pour quoi ?

— J'ai les plans pour votre magasin.

Il me montre le rouleau qu'il tient dans ses mains. Je l'invite à me suivre à l'arrière pour qu'il m'expose son travail pendant que je poursuis le mien. Hayden s'installe à mon bureau tandis que je remets la main à la pâte. Je le regarde déballer son matériel, puis il me présente une première planche.

— Sur ce plan, j'ai privilégié votre espace salon de thé. J'ai pu constater cette semaine qu'il était très prisé par vos clients ; s'ils viennent ici pour acheter vos produits en particulier, et non dans les grandes surfaces ou les discounts, c'est parce que vous offrez un truc en plus. Alors je vous propose un tapis roulant où circulent vos pâtisseries entre deux de vos décorations phares, comme ça, elles sont aussi mises en avant. L'installation serait entourée d'un caisson en bois pour garder le charme qui vous tient à cœur. Le reste des rayonnages serait réorganisé de manière rectiligne pour garder l'attrait premier de ce coin détente.

Une fois qu'il a terminé sa présentation, Hayden me laisse le temps de la réflexion. Je penche la tête sur le côté, change d'angle plusieurs fois sans parvenir à m'imprégner de son dessin. Le rendu est splendide, et à cet instant je prends la mesure des compétences de l'homme qui se trouve devant moi. Il est certes un peu bourru, mais il sait ce qu'il fait et je lis dans ses yeux qu'il adore son métier.

— Je suis désolée, monsieur Parker, mais je ne vois pas cet énorme truc au milieu de mon magasin. En réalité, ça détonne, je vois que vous avez essayé de créer une espèce de machine qui crée les pâtisseries comme celle qui créerait les jouets pour les lutins, sauf que c'est trop moderne. Et je vous avoue que j'adore prendre un peu de temps pour parler avec mes clients, ils ont toujours de fabuleuses histoires à raconter.

— Ça ne m'étonne pas vraiment, dit-il en ricanant.
— Développez.
— Vous êtes une rêveuse, alors, entendre mille et une aventures, ça vous plaît.

*Rêveuse.* Je suis surprise qu'il m'ait aussi bien cernée et je ne peux réprimer le sourire qui étire mes lèvres à cet instant. Derrière ses airs sauvages, Hayden Parker est un homme attentif et observateur.

— C'est pour ça que j'ai pensé à autre chose pour vous, ajoute-t-il en sortant une seconde planche.

J'enfourne mes pâtisseries avant de rejoindre Hayden et de tirer la chaise du bureau pour écouter sa seconde proposition.

— Cette fois, il n'est pas question de mettre en avant une partie de votre commerce, le but est de forcer le client à tout visiter et finir en apothéose par un café et un gâteau. J'ai pensé à une sorte de parcours orienté qui fait voyager votre client. D'après ce que j'ai compris, vous voulez envoyer tout le monde en Laponie, au pays du Père Noël. Alors on va changer les étalages pour qu'ils aient une forme de sapin, créer des espaces thématiques pour entraîner les gens dans la magie de Noël. J'ai fait plusieurs dessins pour les différents espaces. Dites-moi ce que vous en pensez.

Il me tend une petite liasse de feuilles. Chaque fois que je découvre une page, je suis émerveillée ; même dans mes rêves les plus fous, je n'aurais jamais pu imaginer transformer mon magasin ainsi. Des larmes de joie me montent aux yeux et je ne fais rien pour les réprimer.

— C'est magnifique, soufflé-je sans parvenir à me détacher des dessins que je tiens.
— Merci.
— Si je le pouvais, je vous épouserais.
— Vous pouvez toujours essayer, rétorque-t-il, un air mutin sur le visage.

Je lève soudainement les yeux vers lui, surprise par sa repartie.

— Vous faites de l'humour, maintenant ?

— Je gagne à être connu.

Il appuie sa réponse d'un clin d'œil qui me fait sourire. Je me mords la lèvre inférieure sans le quitter du regard. Aujourd'hui, je découvre un tout autre homme qu'il y a cinq jours, et pour être honnête j'apprécie celui qui se tient en face de moi. Je suis soulagée de ne plus être obligée de batailler pour faire la conversation, et puis j'avais peur que cette collaboration soit difficile et que nous ne parvenions pas à nous comprendre. Ce Hayden me donne envie d'en savoir plus, pas uniquement sur le plan professionnel. Je suis convaincue qu'il dit vrai, et que derrière cette carapace d'homme de Néandertal se cache autre chose.

— Vous pouvez commencer quand ? demandé-je, excitée à la perspective de le voir à l'œuvre.

— Je peux attaquer la préparation du chantier ce week-end quand le magasin sera fermé, et les peintures, la semaine prochaine. Je passe la commande pour le mobilier aujourd'hui, si tout vous convient.

— Tout est parfait, le seul bémol, c'est que je suis ouverte jusqu'à dimanche matin.

— Alors disons dimanche à 13 heures, renchérit-il. Et vous m'offrez le déjeuner.

*Quoi ?* Comment sommes-nous passés de la planification d'un chantier de rénovation à un rencard ? Je secoue la tête. C'est n'importe quoi, il ne me propose pas un rendez-vous galant, simplement de venir bosser un dimanche. Je peux au moins lui garantir de quoi manger. C'est avec un large sourire qui étire mon visage que je lui tends la main pour sceller notre marché.

— Merci, monsieur Parker. Je vous dis à dimanche, je vous préparerai mon gratin de potiron et une poêlée de marrons.

Il prend ma main avec une douceur qui me fait frissonner et me rend mon sourire.

— Hayden.

— Pardon ?

— Appelez-moi Hayden.

— Alyson, réponds-je par automatisme.

Puis Hayden lâche ma main et récupère ses affaires avant de disparaître, non sans me faire un signe en franchissant la porte. Je reste dans l'arrière-boutique un moment sans comprendre ce qui vient de se passer. C'est la sonnerie du four qui me tire de mes pensées et me force à démarrer la journée. Le rythme est effréné, ce qui ne me laisse pas le temps de ressasser mon rendez-vous de ce matin et cette sensation indescriptible que m'a laissée Hayden en partant.

# Chapitre 7

*J – 25*

La boutique est calme en ce dimanche matin. Quelques habitués viennent prendre leur café et en profitent pour lire leur journal, installés à une table. De rares passants s'arrêtent devant les vitrines et certains franchissent le seuil, mais pas suffisamment pour que je ne sache plus où donner de la tête. J'en profite pour me poser derrière le comptoir du salon de thé et avancer dans ma comptabilité. Le magasin est rentable depuis plus de trois ans, il m'a fallu investir au début, mais très vite les clients ont afflué et depuis je m'en sors chaque mois avec un bon salaire.

Elsa n'a de cesse de me répéter que je devrais prendre plus de temps pour moi, pour sortir et enfin rencontrer des hommes. Mon amie s'évertue à me faire comprendre qu'il n'y a pas que le travail dans la vie et qu'avec mon comportement je passe à côté de plein de choses. Sauf que je suis passionnée, je ne me lève pas tous les matins en pensant que je vais à la potence pour gagner de quoi survivre. Chaque jour, je me rends à la boutique avec une joie enfantine en songeant à la pâtisserie et aux nouvelles trouvailles qui vont rejoindre mes stocks.

Ma mère partage l'avis d'Elsa et me conseille d'embaucher pour être plus disponible, notamment en fin de journée et le week-end. Ça fait quelque temps que j'y réfléchis, non pas pour m'éclipser de la boutique en avance mais plutôt pour offrir sa chance à un étudiant. Ces jeunes ont besoin d'un petit coup de pouce sur le plan financier, alors je me dis que ça serait une bonne action, et peut-être que je parviendrai à susciter des vocations. En regardant les chiffres, je sais que je peux me permettre de recruter, même avec la facture bien juteuse de Hayden. Je rédigerai une offre d'emploi en rentrant chez moi. En cette période de fêtes, nous ne serons pas trop de deux pour contenter la clientèle.

— Salut, beauté, je peux te prendre un café et un muffin ? me lance une voix que je connais bien.

— Greg ! Qu'est-ce que tu fais debout si tôt un dimanche ? lui demandé-je tout en me dirigeant vers la machine à expresso.

— Je te ferai dire qu'il est presque midi.

— Et je te rappelle que tu te lèves rarement avant 14 heures.

Mon ami est un gros dormeur, d'aussi loin que je m'en souvienne, ce qui lui a valu plusieurs heures de colle au lycée pour ses retards à répétition. Gregory vit en décalé la plupart du temps, la nuit l'incitant davantage à créer que le jour. Son « âme d'artiste », comme il aime le dire, s'éveille quand nous autres simples mortels nous endormons. J'aime ce côté excentrique chez lui qui s'accorde parfaitement avec sa personnalité bienveillante et douce.

— J'ai été tiré du lit par l'inspiration.

— Ce qui t'a amené ici, répliqué-je en lui tendant sa boisson.

— J'avais besoin de te voir avant de me mettre à peindre.

Touchée par ses mots, je sors deux muffins double chocolat et contourne le comptoir pour m'asseoir avec mon ami.

— Je suis ta muse, dis-je en plaisantant.

— En quelque sorte.

Je ne sais pas vraiment comment réagir face à de telles paroles. Ces derniers temps, Greg et moi sommes plus proches et plus fusionnels. Malgré le fait que la fin de l'année soit mon époque préférée, il sait que c'est également une période difficile, pour nous deux, alors il est plus présent. Toutefois, je suis quelque peu déstabilisée, même si je préfère ne rien dire pour l'instant.

— Je suis surtout venu m'assurer que tu seras là au vernissage le 10.

— Évidemment, l'autre soir, je plaisantais. Je ne raterais ça pour rien au monde.

Je pose ma main sur la sienne pour le rassurer. Je suis sincère, Gregory a toujours été là pour moi et vice versa, cette soirée est très importante pour lui et je me dois de le soutenir.

— D'ailleurs, tu as apporté tes affiches et tes flyers ? Je t'ai dit que tu pouvais te servir de la boutique pour faire ta promotion.

— Je les récupère chez l'imprimeur demain, tu n'as qu'à passer les prendre chez moi en quittant le boulot.

— C'est noté.

Pendant un long moment, nous discutons de tout et de rien, nous rions, échangeons des regards complices. Je me sens bien et profondément heureuse. J'aimerais que cet instant dure toujours.

— Alyson, je voulais te demander quelque chose…

Son air sérieux m'interpelle. Je me redresse et tente de capter son regard, mais, pour la première fois depuis qu'il a passé le seuil, celui-ci se fait fuyant. Je ne comprends pas ; il y a une seconde encore, nous partagions un super moment, léger et complice, maintenant, je sens comme un poids entre nous et je n'aime pas ça. Malgré l'inquiétude qui naît en moi, je l'encourage à poursuivre.

— Vas-y, je t'écoute.

— Tu…

Il est interrompu par la clochette de l'entrée, qui me fait lever la tête. Hayden vient de franchir la porte et scrute le magasin. Les mains dans les poches de son jeans délavé et une chemise de bûcheron ouverte sur un T-shirt blanc, il est à tomber ! Nos yeux se rencontrent et son sourire fait écho au mien. Un ange passe sans que ni lui ni moi ne bougions. Gregory finit par se retourner pour découvrir l'objet de toute mon attention et se renfrogne en constatant qu'il s'agit d'un homme. Hayden nous rejoint et salue mon ami en se présentant.

— Hayden Parker, enchanté.

— Enchanté, bougonne mon ami, les bras croisés.

Je ne crois pas avoir déjà vu Gregory aussi ronchon pour une raison qui m'échappe. Mon ami est habituellement si jovial.

— Je suis en avance, reprend Hayden en se tournant vers moi. Je peux patienter à côté, si vous voulez.

Je hoche la tête et Hayden part s'installer un peu plus loin tandis que je me concentre sur mon ami. Je le sonde du regard, cherchant à déterminer la raison de sa soudaine mauvaise humeur.

— Tu voulais me dire quelque chose.

— Rien d'important, s'empresse-t-il de dire. Je vais te laisser, tu es attendue, il me semble.

Mon ami se lève et prend la direction de la sortie sans même un au revoir.

— Greg, lancé-je sans qu'il ne se retourne.

À la fois déçue et confuse, je fais demi-tour pour rejoindre mon invité d'un pas traînant. Le comportement de Gregory est en lien avec l'arrivée de Hayden, mais je ne m'en explique pas la raison. Est-ce qu'ils se connaissent ? Je ne pense pas, sinon, pourquoi l'artisan se serait-il présenté à mon ami ? Ces questions ne me mènent nulle part, le mieux serait que je rattrape Gregory et que je lui demande une explication. Pourtant, je ne le fais pas. Hayden a sacrifié son dimanche pour moi, je ne peux pas l'abandonner là pour courir après mon meilleur ami. J'inspire un bon coup afin de relâcher la pression, puis je parviens à retrouver un semblant de bonne humeur. Il est hors de question que je gâche cet après-midi.

— Alors, Hayden, prêt à goûter à ce fameux gratin que je vous ai promis ?

# Chapitre 8

*J – 25*

Je finis de remercier les derniers clients tandis que Hayden sort de quoi mettre la table. Je lui ai indiqué qu'il pourrait trouver tout ce qu'il lui faut dans l'arrière-boutique. Il est 13 heures passées lorsque je retourne le panneau informant que nous sommes fermés sur la porte. Je me dirige vers ce qui me sert de cuisine et repasse au four le gratin de potiron que j'ai préparé hier soir. En attendant que notre déjeuner réchauffe, je rejoins Hayden.

— Je peux vous proposer quelque chose à boire ?

— Un soda, si vous avez, ce serait parfait.

Je souris ; quelle fan de Noël n'aurait pas une bouteille emblématique de Coca-Cola ? Je lui apporte ce qu'il a demandé et prends place en face de lui avec ma propre boisson. Le silence dure un petit moment et l'atmosphère devient étrange, presque épaisse. Je l'observe du coin de l'œil un instant avant de me reconcentrer sur ma bouteille, trop inquiète qu'il puisse me surprendre. Sauf que je ne résiste pas à lever de nouveau la tête, et cette fois son regard métallique accroche le mien. En réalité, nous sommes deux inconnus qui se retrouvent en tête à tête. Hayden semble aussi gêné que moi et ne tient pas en place sur sa chaise. Néanmoins, c'est lui qui entame la conversation.

— Je suis désolé pour votre compagnon, dit-il en se grattant la nuque.

— Vous n'y êtes pour rien, enfin, je crois. Gregory est dans un mauvais jour.

— Vous aviez peut-être envie de déjeuner avec votre petit ami plutôt que moi.

Sous l'effet de la surprise, je crache une partie mon Coca entre nous. *Mon petit quoi ?* Les mots restent bloqués sans que mon cerveau parvienne à les analyser. Puis je rougis, penaude suite à ma réaction. Je m'excuse plusieurs fois et pars chercher de quoi nettoyer mes bêtises.

— Encore désolée, répété-je pour la quinzième fois lorsque j'éponge la table. En réalité, Greg est un ami d'enfance, le meilleur, nous sommes très proches ; pour autant, il n'y a rien de plus entre nous.

— Je vois.

C'est rouge cramoisi que je retourne à l'arrière du magasin chercher le plat. Je ne sais pas pourquoi je suis aussi troublée, il aurait suffi que je démente ses dires sans forcément être obligée d'en faire toute une histoire. Il paraît que le ridicule ne tue pas, toutefois, il ne met pas à l'aise pour autant. Je n'ai de cesse de faire mauvaise impression chaque fois que je me retrouve en présence de Hayden. La première fois, je l'ai pris pour un demeuré, après, je l'ai repris sur ses manières, et maintenant je lui crache au visage. *Super, Aly, tu es la meilleure !* J'en viens à me demander comment se terminera notre collaboration, peut-être que je vais lui briser les deux jambes en me heurtant à son échelle.

*Stop !* Mes pensées s'emballent, ce qui ne fait qu'accentuer ma nervosité. Hayden n'est qu'un mec comme les autres, j'en ai rencontré des centaines, que ce soient des clients, des amis d'amis ou même des rencards. Jamais je ne me suis comportée comme une gourde, alors, même si Hayden a un certain charme, qu'il ne ressemble en rien aux hommes que j'ai l'habitude de fréquenter, je dois me reprendre. C'est pleine de conviction que j'attrape le gratin et retourne auprès de mon invité.

Le reste du repas se déroule sans accroc, nous mangeons en alternant discussions diverses et longs silences gênants, mais aucun incident à signaler. Je débarrasse la table tandis que Hayden part chercher son matériel dans son 4x4. Il revient les bras chargés de bâches et en traînant un diable derrière lui pour déplacer les meubles trop lourds.

— Il va falloir qu'on retire tout ce qu'il y a aux murs et qu'on réorganise toute la pièce afin qu'on puisse établir un périmètre dans lequel les clients pourront circuler pendant les travaux de peinture.

— Très bien, chef ! répliqué-je à la façon d'un militaire. Vous donnez les ordres et j'exécute.

Un rire rauque remonte de la gorge de Hayden et il m'avise d'un regard insolent.

— Vu votre gabarit, je pense que vous devriez être affectée au ravitaillement plutôt qu'au front.

— Macho ! Ne doutez pas de moi, ça fait cinq ans que je m'occupe de ce magasin toute seule, ce n'est pas la première fois que je vais porter des trucs lourds.

Pour appuyer mes mots, je retrousse mes manches et attache mes cheveux en un chignon désordonné tout en gardant un air sévère.

— Loin de moi l'idée de vous prendre pour un sucre d'orge, dit-il. Simplement, j'espérais pouvoir goûter à votre légendaire cheese-cake.

— Et qui vous en a parlé ? lui demandé-je en croisant les bras sous ma poitrine.

Je sens son regard sur moi changer. Ses yeux rieurs il y a quelques instants se sont recouverts d'un voile de désir. Subitement, je ne souris plus, je suis suspendue à cette tension nouvelle entre nous, attendant de savoir ce qui va se passer. L'air se charge d'électricité avant que Hayden ne secoue la tête pour éclaircir ses pensées.

— Votre père, finit-il par répondre d'une voix éraillée.

Mes paupières papillonnent tandis que je reviens à moi, encore troublée. De quoi parlions-nous ? *Ah oui, le cheese-cake !*

— Il vous faudra repasser demain, alors, pour qu'il soit à la carte.

— Je n'y manquerai pas.

Ça sonne comme une promesse, mais je préfère ne pas y accorder trop de crédit. Sans doute est-il encore sous l'influence de ce moment fugace que nous venons de partager. Pour moi, c'est le cas. Ça n'a duré que quelques secondes et pourtant je me sens toute retournée. Je masque mon trouble en me mettant au travail. Nous commençons par vider les rayonnages et tout entreposer dans des cartons que je déballerai avant l'ouverture demain. Puis nous entassons tout le mobilier au centre de la pièce et étalons les bâches au sol. Il est près de 21 heures lorsque nous terminons l'installation. Je me redresse et embrasse la pièce du regard.

— C'est… bizarre.

— Ne vous en faites pas, les travaux ne dureront pas plus d'une quinzaine de jours.

— Ce n'est pas un problème, je cherche simplement un moyen de faire ressentir la magie de Noël malgré les travaux.

Hayden semble réfléchir lui aussi, il parcourt la boutique des yeux un instant avant que ces derniers ne s'illuminent.

— Et si on accrochait de grands rideaux rouges ?

— Oh ! J'ai ce qu'il nous faut.

Je saute par-dessus un carton posé au sol pour atteindre une étagère sur laquelle nous avons entassé d'autres boîtes. J'ouvre la plus grande et fouille à l'intérieur jusqu'à trouver ce que je cherche. Une fois le tissu en main, je le brandis au-dessus de ma tête tel un trophée.

— Que dites-vous de ça ?

— Je dis que nous n'avons pas une minute à perdre.

Nous rions un moment, puis d'un accord tacite je récupère d'autres rideaux décorés de boules et de guirlandes imprimées de couleur or. Nous repartons dans un nouveau chantier afin de parvenir à étendre les tissus qui masqueront le travail de Hayden. Quand nous avons enfin terminé, je ne tiens plus sur mes jambes et me laisse aller à même le sol. J'entends un rire étouffé au loin, mais je n'y prête pas attention jusqu'à ce que mon acolyte se positionne sous la lumière.

— Je vous dépose ?

Habituellement, j'aurais refusé, mon appartement n'est qu'à quelques minutes ; toutefois, je sens mon corps crier au secours à la simple idée de marcher jusque chez moi.

— Volontiers.

Une main tendue apparaît dans mon champ de vision, je la saisis afin de me remettre sur pied. Il me faut quelques minutes pour vérifier que tout est en ordre et récupérer mes affaires avant de fermer la boutique. Puis je rejoins Hayden adossé à son 4x4, en train de réchauffer ses paumes en soufflant dessus.

Lorsqu'il me voit, il s'arrête et ouvre la portière côté passager.

— Merci, dis-je avec le sourire tout en montant dans le véhicule.

Je l'observe faire le tour et prendre place à ma gauche. Soudain, je réalise que nous sommes seuls dans un minuscule espace, et je ne sais plus comment me comporter. Je donne mon adresse à Hayden, qui la rentre dans le GPS, puis je joue nerveusement avec mes doigts.

— Vous vivez dans un quartier sympa, lance Hayden en s'insérant dans la circulation fluide.

*Je rêve, ou c'est lui qui tente de faire la conversation ?* Je me ressaisis, consciente qu'il faut que je réponde plus de deux mots pour ne pas passer pour une ingrate.

— Oui, j'ai eu la chance de grandir à Boston, alors, quand il a fallu quitter le nid, je savais déjà dans quel coin de la ville chercher.

Je devrais peut-être lui demander où il habite, ou alors s'il a toujours connu cet endroit ou vient de la périphérie ou peut-être même d'un autre État. Avant que je n'aie pu me décider, Hayden s'arrête au pied de mon immeuble. Je saute presque immédiatement de la voiture en le saluant d'un signe de la main.

— Merci pour tout, Hayden. Je vous dis à demain.

La tête inclinée sur le côté, il me lance un regard surpris avant d'acquiescer. Je me détourne, afin de couper court à ce moment gênant. Ce n'est qu'une fois que j'ai poussé la porte du hall d'entrée que je respire à nouveau normalement.

# Lettre 1

*Chère Alyson,*

*Je devine la surprise et l'incompréhension sur ton visage pendant que tu lis ces quelques lignes, tu fronces les sourcils et ta jolie bouche est pincée. Je t'écris car j'ai beaucoup de choses à te dire. J'aimerais avoir le courage de le faire en face mais ce n'est pas le cas. À dire vrai, je redoute ta réaction m'effraie. Alors durant tout le mois de décembre, du moins jusqu'au matin de Noël, je t'écrirai tous les jours.*

*Je sais que c'est ta période préférée de l'année, elle te correspond à merveille. Tu scintilles comme les lumières dans les rues, tu as la folie des guirlandes qui s'emmêlent chaque année et tu es un indispensable de cette fête comme l'étoile au sommet du sapin.*

*C'est niais ? Attends de voir ce que je te réserve pour la suite. Je ne suis pas le genre d'homme à me dévoiler, je suis même le premier étonné d'avoir pris la plume. Sauf qu'il est évident que je ne peux pas garder tout ça pour moi.*

*Ça fait longtemps que je n'ai personne dans ma vie et je ne pensais pas que mon cœur pouvait se remettre à battre, pourtant, c'est toi qui as déclenché quelque chose après tant d'années. Je ne sais pas quoi faire de ce que je ressens, je ne sais même pas si c'est plus réel que le Père Noël lui-même. T'en parler me semble la meilleure chose à faire, toutefois, je ne peux pas te promettre que ça aboutira à quelque chose. Entre nous, c'est différent, il n'y a pas ce genre de relation, néanmoins les battements de mon cœur s'accélèrent quand je t'aperçois, ils s'arrêtent totalement lorsque tu me souris. Et puis il y a tout un tas de petits gestes dont tu n'as même pas conscience qui me font complètement déboulonner.*

*Il est souvent arrivé que je te contemple alors que tu ne me voyais même pas, que tu interprètes mes gestes pour ce qu'ils n'étaient pas. Notre relation est pavée de malentendus, toutefois, je ne la changerais pour rien au monde. Je referais notre rencontre à l'identique, je ne toucherais à aucun moment que nous avons passé ensemble ni à ceux où tu étais dans ma tête et hantais mes rêves.*

*Je ne sais pas encore si ce que je ressens est une simple attirance physique, un béguin passager ou peut-être le début du grand amour, mais si tu es d'accord je te propose que nous le découvrions ensemble.*

*Je ne me dévoilerai pas avant le 25 décembre, c'est à toi de me trouver. Je ne serai pas un obstacle à ta vie ni à tes expériences. Je ne peux te promettre qu'une seule chose : cette année, je vais rendre cette période magique.*

*À demain*

*Christmas*

# Chapitre 9

*J – 24*

Je fronce les sourcils en découvrant cet étrange courrier dans ma boîte aux lettres ; d'ailleurs, l'expéditeur me connaît bien, car il a anticipé cette réaction. Je lis la lettre plusieurs fois pour être certaine d'en comprendre entièrement le sens et, pourquoi pas, découvrir qui en est l'auteur. Sauf qu'il y a peu d'infos au final, je sais qu'il s'agit d'un homme, qu'il pense avoir des sentiments pour moi, et il sait que j'adore Noël, ce qui n'est un secret pour personne. L'écriture manuscrite ne me dit rien non plus, elle est fluide et nette. Je finis par inspecter l'enveloppe : elle ne porte pas de timbre, elle a donc été déposée par un particulier, ce qui est logique étant donné l'heure matinale. Le facteur ne passe pas avant 10 heures.

Je ne sais pas quoi penser de tout ça, je reste interdite dans le hall d'entrée de mon immeuble jusqu'à me faire bousculer par Dan, le voisin du troisième, qui part chercher son journal.

— Désolé, mademoiselle Alyson, dit le septuagénaire.

— Ce n'est rien, Dan, c'est moi qui étais en train de rêvasser en plein milieu.

— Un galant jeune homme occupe vos pensées ?

— On peut dire ça, réponds-je.

Dan est du genre perspicace, j'en viens même à me demander s'il n'a pas une idée de la personne qui aurait traîné près des boîtes aux lettres cette nuit. Je n'ai pas le temps de lui poser la question qu'il franchit déjà le seuil de la porte en me saluant. Je finis par faire de même et range la lettre soigneusement dans mon sac avant d'aller affronter le froid.

Durant tout le trajet, mes pensées sont accaparées par le message trouvé ce matin ; je passe en revue tous les hommes que je connais, mais aucun ne semble être capable de m'écrire ses sentiments et de me laisser deviner son identité. Le quart d'heure qui me sépare de la boutique ne suffit pas à élucider le mystère et, lorsque je découvre le désordre dans lequel Hayden et moi l'avons laissée, je n'ai plus une seconde pour penser à mon admirateur secret. Je suis encore gênée de mon comportement de la veille, je n'ai pas su gérer cette intimité pourtant innocente lorsqu'il m'a reconduite chez moi. Aujourd'hui est un jour nouveau et je me suis levée avec la conviction de me rattraper.

Pendant une heure et demie, je m'active pour que tout soit prêt pour l'ouverture. Je réapprovisionne les rayonnages en faisant des choix sur les produits, je dresse ma vitrine dans le salon de thé et passe un coup d'aspirateur sur le sol. À sept heures et demie, tout est en place et je peux ouvrir la boutique.

La journée commence ; je suis très vite emportée au rythme des clients. Les habitués sont fidèles au poste. Je prends le temps de discuter avec chacun d'eux, puis, en milieu de matinée, vient le flot de touristes et d'habitants de Boston qui ont eu la curiosité de pousser la porte. Le magasin ne désemplit pas avant 15 heures. Je constate que l'aménagement temporaire semble convenir à la majeure partie des visiteurs, le camouflage des zones de travaux est une idée de génie et cela permet de conserver l'ambiance chaleureuse des lieux.

Je finis par pouvoir prendre une petite pause avant le rush de fin de journée. Immédiatement, mon attention revient vers la lettre toujours dans mon sac. Sa présence semble peser une tonne alors qu'il ne s'agit que d'un simple bout de papier. Je la récupère pour la poser sur la table devant moi. Je l'observe sans l'ouvrir, continuant à me poser mille et une questions. Serait-ce le miracle de Noël que j'attends ? Ou bien une farce de mauvais goût ? Peut-être que je n'en suis pas réellement la destinataire ? Je me sens complètement perdue. J'ouvre l'enveloppe et lis la lettre une nouvelle fois. Je suis si concentrée que je ne remarque pas la personne qui s'assoit en face de moi.

— Bonjour, émet une voix grave bien trop proche.

Je sursaute et manque de tomber de ma chaise. Hayden se tient devant moi, un léger sourire, que je devine moqueur, sur le visage. Un instant, j'oublie comment respirer et le rouge me monte aux joues.

— Nom de Dieu, vous m'avez flanqué la frousse, dis-je, une main posée sur mon cœur, qui bat bien trop vite.

— Vous m'en voyez navré.

— Ce n'est pas vrai, rétorqué-je en le regardant toujours sourire.

— En effet, votre réaction était plutôt marrante.

*Ma réaction.* Ces mots font écho à ceux inscrits sur la lettre que je tiens toujours en main. Serait-ce lui ? C'est ridicule ! Je ne connais Hayden que depuis quelques jours, il ne peut pas déjà se poser des questions sur notre relation. Ou peut-être que si. Mon cerveau délire à plein tube, si bien que je décide de mettre de côté, au moins jusqu'à demain, ce courrier qui me fait perdre la tête.

— Qu'est-ce que je peux faire pour vous, Hayden ?

— Il me semble me souvenir que vous m'aviez promis une part de cheese-cake, hier.

Je ne dissimule pas mon sourire, flattée qu'il ait pris mon invitation au pied de la lettre. Je me lève et pars récupérer deux morceaux de ce fameux gâteau. J'emporte la sauce chocolat et le caramel, je suis sûre que Hayden est gourmand et dans le pire des cas je ne me priverai pas de ces petites sucreries.

— Tenez, c'est offert par la maison.

— Vous n'êtes pas obligée de faire ça parce que je travaille sur votre chantier.

— C'est pour le plaisir.

Il me gratifie d'un sourire charmant, saisit la petite cuillère qui repose sur le bord de l'assiette et entame son dessert. Je voudrais faire de même, toutefois, je suis hypnotisée. Sa bouche se referme sur le gâteau, il semble savourer chaque seconde. Ses yeux se ferment et un gémissement rauque s'échappe de ses lèvres. Je me mords la lèvre inférieure, gênée.

— C'est délicieux, murmure-t-il.

— Merci.

— Pourquoi n'avez-vous pas ouvert une pâtisserie ?

On m'a souvent posé cette question, et ma réponse semble ridicule à beaucoup de monde, si bien que parfois je préfère mentir. Pourtant, aujourd'hui, je n'ai pas envie de trouver une excuse bidon.

— Parce que j'aime Noël.

— Ça ne dure qu'un mois, qu'est-ce qui vous fait vivre le reste du temps ?

— Les coussins, les nappes et les bougies.

Il secoue la tête avec un petit rictus.

— Je ne parle pas chiffre d'affaires, stocks ou fournisseurs. Je vous demande ce qui vous fait vibrer, ce pour quoi vous vous levez chaque matin.

C'est à mon tour de sourire.

— Les gens. Je déteste la solitude, il y a tellement à offrir aux autres. Je viens ici pour écouter des histoires, vivre des aventures et rencontrer des personnes formidables.

— C'est une très bonne raison de se lever le matin.

— Et vous ?

— Pour Franck.

Je me souviens que mon père m'a dit que Hayden avait été son apprenti, néanmoins, je ne le vois pas faire ce métier simplement parce qu'il a hérité d'une entreprise.

— Pourquoi ?

— C'est personnel, je n'aime pas trop en parler.

Il baisse les yeux et finit son cheese-cake en quelques bouchées.

— Je peux revenir demain pour commencer la peinture, si ça vous va.

— C'est parfait.

— À demain, Alyson.

Puis, aussi soudainement qu'il est entré, Hayden quitte la boutique. Je le regarde partir, un peu perturbée par ce départ précipité. Nos échanges se succèdent mais ne se ressemblent pas. Chaque fois, je suis épuisée tout en ayant hâte d'être au suivant.

# Chapitre 10

*J – 24*

Le reste de la journée passe à toute vitesse, il est 21 heures lorsque je ferme la porte de la boutique à clé. Les températures ont chuté et le froid s'insinue sous mes vêtements. Je me frictionne les bras tout en commençant à marcher en direction de l'atelier de Gregory. Je dois passer récupérer les flyers et discuter avec mon ami. Je n'ai pas oublié son comportement d'hier et je m'inquiète pour lui. Il me faut une petite demi-heure pour arriver. Quand je tente de pousser la porte, cette dernière est verrouillée. Je suis surprise, je ne me suis jamais retrouvée face à une porte close depuis plus de dix ans. Je lève le nez vers son appartement, et de la lumière filtre à travers les rideaux tirés. J'oublie l'atelier pour monter à son appartement, situé au premier étage, je frappe à la porte et patiente. Rien ne se passe. Je recommence en appelant mon ami :

— Greg, c'est Alyson, ouvre !

Je continue de toquer jusqu'à ce que mon ami apparaisse. Il semble surpris de me voir, mais se reprend vite et s'efface sans rien dire pour me laisser entrer. Je n'ai pas envie de tourner autour du pot, ce soir, alors je me plante devant lui, les poings sur les hanches, tout en soutenant son regard.

— Parle, Harington. Maintenant.

Gregory soupire et passe une main lasse dans ses cheveux bruns un peu trop longs.

— Je ne vois pas ce que tu veux dire, répond-il.

— Greg, grondé-je. On se connaît depuis suffisamment longtemps pour que je le remarque quand quelque chose ne va pas. Tu peux me parler.

— Je vais bien, ne t'en fais pas, un simple coup de cafard.

— C'est ton père ?

— Non, répond-il sèchement.

Je sais qu'il me cache quelque chose, toutefois, je n'arrive pas à mettre le doigt dessus. Je n'ai jamais eu à lui tirer les vers du nez, depuis que nous sommes devenus amis, nous n'avons aucun secret l'un pour l'autre. Qu'il cherche à me dissimuler quelque chose me fait de la peine, il fait partie des personnes les plus importantes de ma vie.

— Je n'aime pas te voir comme ça, j'ai le sentiment que la lumière qui te fait vivre s'éteint.

— La lumière ? Aly, tu n'aurais pas fait des space cakes, par hasard ?

— Non, dis-je en riant. Greg, tu es quelqu'un de rayonnant, tout ce que tu fais a une aura particulière. C'est peut-être ton « âme d'artiste » ou alors c'est juste toi. Qu'importe, c'est l'une des choses que je préfère chez toi et ça me fait mal au cœur de te voir ainsi.

Le silence nous enveloppe un moment et nous communiquons par des regards et des sourires. Je vois le Greg bougon se dissiper peu à peu. Je laisse mon sac tomber au sol près du portemanteau et me déshabille un peu pour me mettre à l'aise.

— Tu m'invites à dîner ce soir ? Merci, tu es un amour, dis-je, faisant les questions et les réponses toute seule.

— Hamburgers maison, ça te va ?

— Avec double dose de cheddar ?

— Évidemment, répond Greg en prenant le chemin de la cuisine.

Je le suis, mais au lieu de rejoindre les fourneaux je bifurque vers son salon, où des feuilles et des fusains sont éparpillés sur la table basse. Ça faisait longtemps que je n'avais pas vu Greg dessiner chez lui ; généralement, il préfère descendre dans son atelier, car il y a moins de distractions et l'ambiance y est propice. Je m'assois sur le tapis doux qui recouvre le carrelage glacé pour me pencher avec attention sur les dessins. Tous sont sur le thème de Noël, il y a des forêts de sapins recouverts d'une épaisse couche de neige, diverses représentations du Père Noël, des chalets, des boules disposées avec élégance et plein d'autres choses.

— Tu travailles sur un nouveau projet ?

— Oui, une grande chaîne de magasins m'a commandé 13 dessins, qu'ils sortiront en série dans quelques jours.

— Tu pactises avec l'ennemi, dis-je, faussement offusquée.

— On a tous besoin de gagner sa vie.

Je comprends tout à fait et ne lui en veux pas le moins du monde. Gregory a fait une fac d'arts appliqués, alors pour lui il est impensable de vivre d'autre chose que de sa passion, et je le respecte pour ça.

— Tu me ferais des originaux pour la boutique ? Pour les saisons prochaines.

— Hmm hmm.

Je continue à farfouiller parmi les feuilles étalées et découvre un dessin qui me désarçonne complètement. Son réalisme est saisissant, il reflète avec exactitude les émotions des personnages sans pour autant que leur visage soit net. Tout est en suggestions et pourtant j'ai le sentiment d'être face à une photo, ou plus exactement un miroir. Je caresse du bout des doigts le tracé précis. J'ai le souffle coupé.

— Qu'est-ce que tu regardes ? me demande mon ami en arrivant dans mon dos.

— C'est moi ?

Je lève les yeux vers Gregory, dont les joues rosissent quand il acquiesce. Je regarde le second personnage, un homme, grand, élancé, aux cheveux foncés. Ses traits ne sont pas dessinés et pourtant j'ai l'impression de le connaître. Spontanément, j'aurais dit qu'il s'agissait de mon ami, mais la proximité et les émotions entre les deux protagonistes me font douter. Pour la première fois, je n'ose pas poser la question. La réponse me fait peur. Si c'est lui sur ce dessin, je peux presque affirmer qu'il est l'auteur de la lettre que j'ai reçue ce matin. Suis-je prête à voir évoluer notre relation ? En ai-je envie ? Toutes ces questions restent en suspens lorsque Gregory me ramène sur terre en un clin d'œil. Je ne l'ai pas entendu s'éloigner de moi qu'il revient déjà avec deux assiettes entre les mains.

— À table !

# Chapitre 11

*J – 24*

Il est 23 heures passées lorsque je franchis le seuil de mon appartement. J'abandonne mes chaussures dans l'entrée ainsi que mon sac et mon manteau. Je suis épuisée, moi qui voulais bosser sur mon offre d'emploi et me faire couler un bain, ça sera pour une prochaine fois. Je fais un passage éclair dans la salle de bains pour me démaquiller avant d'aller tout droit m'effondrer dans mon lit. Malgré la fatigue, je ne trouve pas le sommeil tout de suite. Je repense à cette fameuse lettre restée dans mon sac et à son mystérieux expéditeur.

Je songe à Gregory et ses dessins inattendus, je ne sais toujours pas qui est l'homme qui accompagne mon personnage, peut-être que je ne le saurai jamais. Toutefois, j'ai ma propre idée sur la question et je ne sais pas quoi en penser. Est-ce que mon ami de jeunesse a des sentiments pour moi ? Cette réponse pourrait expliquer énormément de choses : son comportement, ses dessins, la lettre. Je secoue la tête et me tapote les joues pour m'éclaircir les idées.

— Ridicule !

Cette histoire d'admirateur secret me retourne complètement le cerveau, et j'en viens à imaginer que mon meilleur ami est en train de tomber amoureux de moi. C'est de la folie. La solitude me pèse davantage durant les fêtes familiales, si bien que je commence à devenir maboule. J'imagine déjà le réveillon dans la grande maison de mes parents, mon frère, sa femme et son fils, mes parents plus amoureux que jamais, et moi seule à contempler les effusions d'amour. J'adore ma famille, et voir tous ses membres heureux me comble de joie, mais j'ai l'impression d'avoir un train de retard. Chaque année, ma mère espère que je franchirai le pas de sa porte au bras d'un beau jeune homme qui sera rempli de bonnes manières et constituera le gendre parfait. Même si je ne lui avoue pas, je rêve moi aussi de ce jour-là.

Mes pensées me rendent mélancolique et je sens les larmes me monter aux yeux. Je me pelotonne sous ma couette et serre un oreiller contre moi. Je tente de penser aux délicieuses pâtisseries que je vais réaliser demain ou aux travaux qui vont débuter, dans l'espoir de me remonter le moral. La journée, je fais face devant tout le monde, mon sourire communicatif et mon enthousiasme pour Noël ne sont pas feints, mais une fois que je suis seule dans mon lit la réalité m'écrase de tout son poids. J'ai envie de vivre une belle histoire, moi aussi.

Mon désespoir est tel que j'en viens à regretter d'avoir envoyé bouler tous les prétendants que ma mère m'a présentés. Je n'ai jamais offert plus de trois rendez-vous à ces hommes ; certains m'ont charmée au début, toutefois, il y a toujours un petit quelque chose qui me fait faire machine arrière. Quand il ne s'agit pas d'un problème d'ego ou de misogynie, c'est un sentiment profondément ancré en moi qui m'incite à repousser l'homme qui est en face de moi. Suis-je trop exigeante ? Sans doute. Néanmoins, je ne suis pas prête à abandonner le romantisme sous prétexte que je suis une célibataire désespérée.

Avec des pensées pareilles, je suis certaine de ne pas dormir tout de suite, alors je me lève tout en gardant ma couette enroulée autour de mon corps et me rends au salon. Je m'installe sur le canapé et allume la télévision. Je zappe jusqu'à trouver un programme pas tout à fait inintéressant, mais qui n'aiguise pas ma curiosité non plus. Puis j'attrape mon ordinateur portable et le pose sur mes genoux avant de relever l'écran. J'ouvre une page Word et commence à taper mon texte d'offre d'emploi. Je cherche quelqu'un de motivé ayant un bon relationnel. Pas d'expérience exigée, si c'est un étudiant, c'est encore mieux. Je rajoute un descriptif du poste et commence à m'amuser en créant un design qui attire l'œil.

Je ne sais pas combien de temps je passe à travailler sur cette affichette, mais quand le sommeil me gagne je ne pense plus à tout ce qu'il me manque pour être pleinement heureuse.

Le réveil est difficile, je devine que j'ai peu dormi, et ce matin la musique n'est pas suffisante pour que je me prenne pour Rocky Balboa. Je peine à m'extraire du canapé sur lequel j'ai passé la nuit. Je m'étire en bâillant et me traîne jusqu'à la salle de bains. L'eau chaude sur ma peau me fait du bien. Cette douche finit par me réveiller et me donner le courage qui me manquait pour commencer cette journée.

Une serviette nouée autour de la poitrine et une autre dans les cheveux, je me plante devant mon armoire à la recherche de ma tenue du jour. J'ai envie de me sentir bien, cocoonée et dans le thème de la boutique. Je choisis un jeans slim bleu marine et un col roulé rouge que je recouvre d'un bombers décoré de petites boules de Noël. Je retourne dans la salle de bains pour m'habiller et nouer mes cheveux en une queue-de-cheval haute. Je passe un coup de mascara sur mes cils et je termine mon léger maquillage avec mon éternel gloss à la cerise.

Cinq minutes plus tard, je suis en train d'enfiler mes bottes et de récupérer mon manteau, prête à partir. Je descends l'escalier jusqu'au hall d'entrée, dans lequel je m'arrête sans le vouloir. Je jette un œil mauvais aux boîtes aux lettres en me demandant si un nouveau courrier qui m'empêchera de trouver le sommeil m'attend ce matin.

# Lettre 2

*Chère Alyson,*

*Je suis presque certain que tu t'attendais à trouver ta boîte aux lettres vide ce matin, pourtant, tout ceci n'est pas une blague. Loin de là. Je t'ai fait une promesse, et sache que je ne manque jamais à ma parole.*

*Si tu me permets, je suppose que j'ai occupé ton esprit toute la nuit et que ne pas savoir qui t'écrit te rend dingue. J'ai raison ? J'espère qu'une fois que tout ça sera fini tu pourras me le dire. En attendant, je vais essayer de te donner un peu plus d'infos sur moi, car il serait dommage que tu te méprennes sur mon identité.*

*Je suis un homme, ça, tu le sais.*

*Je suis plutôt grand.*

*J'aime Noël et toute la magie qui rend le mois de décembre unique.*

*Je donne toujours le meilleur de moi-même dans tout ce que j'entreprends et la plupart du temps ça marche.*

*Et… je ne vais pas me dévoiler davantage aujourd'hui. J'ai besoin de te donner des indices mais je ne peux pas me confronter à toi maintenant, pas tant que je ne suis pas certain de ce que je ressens et surtout de ce que TU ressens à mon égard. Dans cette quête, nous avons tous les deux besoin de temps. Je ne suis pas un homme qui se dévoile facilement, c'est même une grande première.*

*D'habitude, je suis plutôt sûr de moi, je joue de temps en temps les charmeurs mais ça n'a rien à voir avec ce qui se passe à l'intérieur. Dans mon cœur et dans ma tête.*

*Je vais être honnête, je ne suis pas certain d'apprécier l'état dans lequel je suis. Je n'aime pas l'incertitude et l'insécurité. J'ai toujours été un roc, celui qui ne se laisse pas atteindre, mais toi, Alyson Hale, en un seul regard, tu viens de tout envoyer valser. Je t'en veux un peu, pourtant, je suis incapable de m'éloigner de toi et faire comme si de rien n'était. J'aimerais savoir pourquoi. C'est la raison qui me pousse à commencer ce jeu et à l'entretenir jusqu'au 24 décembre.*

*Alyson, peux-tu me faire une promesse ? Promets-moi que, si dans ma dernière lettre je te demande de ne pas venir me trouver, tu respecteras ma décision. Promets-le-moi, je t'en supplie. Si je te demande ça, c'est parce que j'ai peur. Peur de ne pas avoir le courage. Peur de ne pas être celui que tu veux. Peur de moi. Peur de te faire du mal.*

*Mais l'heure n'est pas à la conclusion, nous venons simplement de commencer, alors prenons le temps de nous découvrir et, qui sait, peut-être de nous aimer.*

*Je te souhaite un joyeux 2 décembre.*

*Christmas*

# Chapitre 12

*J – 23*

La lettre est là. Je soulève délicatement le pan de l'enveloppe et tire la feuille pliée. Je parcours la missive du regard et, comme hier, je suis obligée de la lire une seconde fois pour la comprendre entièrement. Aujourd'hui, le contenu est d'une autre teneur, je sens la peur et l'incertitude de mon admirateur secret. Peut-être même un brin de colère, comme il le dit. Je me sens encore plus perdue qu'hier. Cet inconnu me déstabilise et je ne sais pas comment réagir.

Sur le chemin qui me mène à la boutique, je me pose mille et une questions : suis-je censée commencer une sorte d'enquête pour débusquer l'homme qui se cache derrière « Christmas » ? Ou bien dois-je attendre que le destin fasse son œuvre ? Je n'ai aucune réponse, simplement deux lettres pleines de promesses et de contradictions.

Contrairement à hier, je ne parviens pas à laisser le message du jour de côté. L'enveloppe est bel et bien dans mon sac, mais les mots inscrits me suivent toute la journée. La colère de l'homme me fait grimacer pendant que je confectionne mes cookies. Ses peurs me pèsent quand je retourne le panneau annonçant l'ouverture. Et tout ce mystère m'excite au moment où j'accroche l'offre d'emploi à la vitrine. Comme mon admirateur, je suis toute en contradictions, aujourd'hui. *Sommes-nous connectés ?*

Je suis sortie de mes pensées par la clochette de la porte d'entrée m'annonçant la venue d'un client.

— Bonjour et bienvenue au Good Life.

— Tu comptes me dire ça à chaque fois que je viens ici ? me lance ma meilleure amie, que je n'avais pas encore aperçue.

— Évidemment, c'est ma marque de fabrique, dis-je en plaisantant.

Elsa vient s'accouder au comptoir et je la devine en train de lorgner sur les gâteaux encore fumants.

— Tu en veux un ? lui proposé-je.

Elle secoue la tête, remuant également ses cheveux blonds parfaitement brochés.

— Non, merci, j'ai commencé mon régime de préparation au dîner du réveillon.

Je soupire sans insister. Elsa ne veut pas prendre un gramme, et ce, depuis que je la connais. Toute calorie avalée finit éliminée dans une séance de sport intensive en fin de journée. Si moi je ne prête pas attention aux chiffres qui s'affichent sur la balance, pour ma meilleure amie, c'est presque une religion. Pourtant, Elsa est magnifique avec son mètre soixante-cinq, ses jambes élancées et ses fesses galbées. Elle n'a pas un gramme de graisse, néanmoins, son physique la complexe. Plus jeune, elle souhaitait devenir mannequin, mais ce rêve s'est envolé lorsqu'un trou du cul, directeur d'agence, lui a dit qu'elle ne correspondait pas aux standards. Après ça, elle a englouti un pot entier de glace à la vanille le soir même en pleurant à chaudes larmes. Puis, le lendemain, j'ai eu en face de moi une toute nouvelle version d'Elsa. Elle était déterminée et, depuis, rien n'a réussi à la faire défaillir. Maintenant, elle est styliste et n'engage que des mannequins ne correspondant pas aux « standards » ; sa renommée n'est que locale, même si je suis certaine qu'il ne lui faudra pas longtemps pour arriver à conquérir l'Amérique.

À défaut de pouvoir lui offrir le cookie qui la fait saliver, je lui sers une tasse de café.

— Alors qu'est-ce qui t'amène ? lui demandé-je en lui tendant sa boisson.

— Ton délicieux café, évidemment.

— À d'autres, tu n'es pas du genre à faire un détour avant d'aller bosser, à moins d'avoir une très bonne raison.

— J'en ai une, répond-elle en baissant les yeux vers son mug.

Sa joie s'est soudainement envolée, alors je l'invite à passer derrière le comptoir et à me suivre dans l'arrière-boutique.

— Qu'est-ce qui t'arrive ? Je ne t'ai pas vue comme ça depuis que Dario t'a larguée.

Il faut que le silence s'installe pour que je comprenne ma bourde.

— Mike t'a larguée, c'est ça ?

— Non, mais il va le faire, c'est sûr.

— Mais vous revenez tout juste d'un week-end ultra-romantique.

— Justement ! Quand il m'a redéposée chez moi, il m'a presque éjectée de la voiture avec un « à plus », et, depuis, pas de nouvelles. Un « à plus », Aly !

Je tends les bras pour qu'Elsa puisse venir s'y loger. Des larmes s'échappent de ses yeux, et les mots qu'elle prononce ensuite sont inintelligibles. Néanmoins, j'en saisis le sens.

— À plus, répète-t-elle.

— Tu as essayé de l'appeler ? lui demandé-je tout en caressant ses cheveux dorés.

— Oui. Il m'a laissée sans réponse.

— Peut-être est-il occupé…

— Tu es trop naïve, Aly, dit mon amie en reniflant. Tous les hommes ne peuvent pas prétendre au rôle du prince charmant. Je t'aime, ma belle, mais ce n'est pas en te racontant ce genre d'histoires que tu seras heureuse.

Je sais que mon amie ne partage pas mon avis sur les histoires d'amour, elle me reproche de passer trop de temps devant les films de Noël qui passent sur le câble. Pourtant, sa remarque me blesse, j'ai conscience qu'elle souffre en ce moment et que ses paroles sont plus dures qu'à l'accoutumée, mais ça n'empêche que ça fait mal. Je ne lui réponds pas, préférant la laisser s'épancher.

— Qu'est-ce que je dois faire, Aly ?

— Le confronter ? Attendre ? Ou passer à autre chose ? Tu es la seule à pouvoir prendre la décision, je ne connais pas Mike et c'est ton couple, alors personne d'autre que toi n'aura la bonne réponse.

Elsa hoche la tête et finit par se reprendre. Elle s'éloigne de moi en passant ses doigts sous ses yeux pour rectifier son maquillage. Elle tente un petit sourire pour m'assurer qu'elle va bien, et je lis dans son regard qu'elle a pris une décision. Je ne lui demande pas laquelle, je sais qu'elle me le dira le moment venu. Elsa redresse les épaules, garde la tête haute et lisse sa jupe pour se donner une contenance avant de franchir la porte pour attaquer sa journée. Je devine que mon amie a retrouvé son assurance lorsqu'elle me lance :

— S'il me largue, je me le paye, ce cookie !

# Chapitre 13

*J – 23*

Elsa n'est pas partie depuis très longtemps quand huit heures et demie sonnent. Je n'ai vu que les habitués du matin. Il faut attendre que le jour soit complètement levé pour que les vacanciers et les Bostoniens franchissent le pas de la porte.

La clochette sonne une nouvelle fois, et je m'apprête à lancer ma phrase de présentation quand je remarque qu'il s'agit de Hayden et de son escabeau. Je suis heureuse de le voir, j'ai bien besoin d'une présence légère et détendue après ce début de journée égal à ma nuit. Je m'approche pour lui tenir la porte afin qu'il rentre plus facilement.

— Bonjour, dis-je quand il passe devant moi.

Il pose son chargement encombrant et ressort sans même me saluer. Pour son second voyage, il revient les bras chargés de pots de peinture. Je reste à tenir la porte comme une cruche sans que Hayden ne daigne m'adresser un regard. Quand je comprends qu'il a fini d'apporter son nécessaire de travail, je vais me planter devant lui, les bras croisés sur la poitrine, et tape du pied avec impatience. L'artisan ne relève pas les yeux et se contente de rester accroupi pour trifouiller sa peinture.

— Vous ne comptez pas vous embarrasser des politesses, ce matin ? demandé-je sèchement.

Je ronge mon frein pour ne pas lui hurler dessus. À cet instant, je croirais revoir M. Parker et non Hayden. Je pensais que nous avions dépassé le stade « je me comporte comme un mufle » après le dimanche que nous avons passé à la boutique, et je n'ai pas la patience de supporter ça aujourd'hui.

— Bonjour, répond-il sans me considérer davantage.

Il commence à se mettre au travail comme si je n'existais pas. Je ne sais pas pourquoi cela me touche autant, ce n'est pas le premier type mal élevé, voire désagréable, que je rencontre. Pourtant, ce matin, son comportement me pique à vif.

— Vous avez quelque chose à me reprocher ou vous êtes comme ça un jour sur deux ?

La colère résonne dans ma voix, mais je ne peux pas me laisser traiter ainsi, encore moins chez moi. Hayden soupire avant de se redresser enfin. Finalement, je préférais quand il était accroupi et qu'il ne me dominait pas de sa hauteur. J'ai l'impression d'être un petit lutin furibond contre le grand Père Fouettard. Ses yeux lancent des éclairs, et je fais de mon mieux pour ne pas perdre contenance.

— Et vous, vous êtes toujours d'une bonne humeur exaspérante ?

La mâchoire m'en tombe et, l'espace d'une seconde, je ne sais pas quoi répondre.

— Vous me trouvez exaspérante ?

Nouveau soupir.

— Non. Je n'ai pas envie de parler, c'est tout.

Sur ce, il se remet à m'ignorer et retourne à sa tâche à peine commencée. Ne voulant pas être « exaspérante », je le laisse seul face à son mur à peindre et retourne vers le coin salon de thé. Si Hayden Parker veut jouer à l'enfant capricieux, qu'à cela ne tienne, je ne vais pas me pourrir la journée pour un homme que je connais à peine. Néanmoins, c'est le troisième de la journée à me malmener, d'abord, mon admirateur, ensuite, ma meilleure amie, puis lui. Il ne manquerait plus que mon père m'envoie sur les roses ce soir et ce serait le pompon.

Je vais dans la réserve chercher les sapins floqués que j'ai achetés pour la saison. J'en tire deux de taille moyenne dans mon dos pour les ramener vers l'avant du magasin. Ce n'est pas parce que ma boutique se refait une beauté que je vais laisser de côté ma petite tradition. La première semaine de décembre, je décore cinq arbres de Noël dans la boutique. Certes, ça a un but commercial, car chaque décoration vient des stocks et les clients peuvent se les procurer, mais avant tout c'est un petit plaisir que je m'offre. J'adore ces sapins recouverts de neige artificielle. La livraison de cette année comporte de beaux spécimens, ils sont trapus et bien garnis. Les branches sont à la fois fines et solides, elles supporteront le poids des boules peintes à la main que je viens de recevoir.

Dans l'arrière-boutique, j'ai constitué des petits cartons pour chacun des sapins en fonction du thème et des couleurs que je veux leur attribuer. Je commence par la boîte où j'ai inscrit « Traditionnel ». Ce thème sera parfait dans le salon de thé.

Je suis en train de démêler la guirlande électrique, que j'avais pourtant pris grand soin d'enrouler correctement l'an dernier, lorsque Hayden se poste devant moi, les sourcils froncés et son téléphone à la main.

— Je dois y aller, lâche-t-il sans autre précision.

— Mais vous venez tout juste d'arriver.

— Écoutez, Alyson, je ne vais pas vous donner les détails de ma vie privée, mais sachez que ce genre de choses arrive, avec moi. Je ne vous laisse pas tomber et le chantier ne prendra pas de retard, toutefois, je vous informe que je m'en vais.

Je reste coite, incapable de répondre. De toute façon, l'artisan ne cherche pas à savoir si son explication me convient, il abandonne ses affaires là où il travaillait et quitte la boutique sans plus de cérémonie. Je suis sidérée, si bien que je reste immobile, les bras ballants, abandonnant mon ouvrage. Vient-il réellement de partir en me laissant en plan ? Je n'arrive pas à y croire. Ce type a un sacré culot.

Je tente de passer au-dessus de son comportement et de me concentrer sur mes sapins, mais rien n'y fait, je suis en colère. Si bien que je m'acharne sur cette pauvre guirlande. Je n'ai plus la tête à la décoration, alors je range tout ce que j'avais sorti dans la boîte et remets à plus tard.

Dans l'heure qui suit, je me concentre sur les clients et les conseille du mieux possible. Mon sourire finit par revenir quand une petite sexagénaire me sollicite pour trouver « le cadeau idéal ». Maria accueille chez elle un petit garçon qui arrive du Mali pour se faire opérer d'une malformation cardiaque.

— Vous comprenez, mademoiselle, c'est la première fois qu'il fêtera Noël, et peut-être même la seule fois. Je veux lui offrir un moment magique.

Je suis émue et je peine à ne pas verser une larme pour cet enfant. Tout le monde devrait avoir la chance de fêter Noël, et je suis heureuse que cette femme soit venue dans ma boutique pour rendre cela possible. Pendant une heure, nous arpentons tout le rayonnage et Maria remplit son panier de décorations pour toute la maison. Je lui montre même en avant-première les nouveaux arrivages. Au moment de charger sa voiture, je l'aide à porter ses sacs et en profite pour glisser un carton plein de cookies. Elle me prend dans ses bras et me remercie plusieurs fois. Je lui fais promettre de repasser pour me raconter le Noël de Nelson, puis je la regarde partir, le sourire aux lèvres.

C'est pour des instants comme celui-ci que j'aime la magie de Noël.

# Chapitre 14

*J – 23*

Il est 19 h 30 quand je ferme la boutique ce soir. Gregory m'attend, garé devant, pour me conduire au dîner chez mes parents. Ma mère lui a proposé de se joindre à nous et mon ami n'a pas pu refuser. Je descends le rideau métallique et le verrouille avant de me ruer dans la voiture. La chaleur m'enveloppe immédiatement et je pousse un soupir d'aise.

— À ce point ? fait Gregory, moqueur.

— J'ai l'impression d'habiter au même endroit que le Père Noël.

— Au pôle Nord ?

— En LAPONIE ! m'écrié-je face à l'outrage de mon ami.

Il rit avant de mettre le contact et de s'insérer dans la circulation. Je me laisse aller contre l'appui-tête et regarde par la vitre. Les rues brillent de mille feux grâce aux guirlandes qui scintillent dans les arbres, aux lampadaires décorés et aux vitrines des magasins où on peut découvrir diverses mises en scène fabuleuses. Je me perds dans la contemplation et n'offre qu'une oreille distraite à mon ami. Il me raconte sa journée pendant que je me perds dans le monde des lutins et des rennes au nez rouge.

— Tu m'écoutes, Alyson ?

— Pas du tout, excuse-moi.

— Où étais-tu partie ?

— En Laponie.

Gregory me sourit, il a bien conscience que c'est plus fort que moi. J'aimerais l'écouter, sauf que la magie de Noël l'emporte toujours.

Plus nous nous rapprochons de chez mes parents, plus nous découvrons de maisons entièrement décorées. Il n'y a pas de concours dédié à la plus belle maison à Boston, mais les habitants ne se privent pas pour autant. Nous passons devant une farandole de traîneaux ornant les toits ; dans certains, il y a une hotte débordante de cadeaux, dans d'autres, le Père Noël salue les passants, pour le plus grand bonheur des enfants. Les jardins ne sont pas encore blancs, toutefois, ils regorgent de sucres d'orge, de pingouins en costume de Père Noël et de bonshommes de neige artificiels. Les façades sont illuminées, et sur quelques-unes on peut même lire « *Merry Christmas* ».

— Tu es tellement belle, murmure Gregory.

— Je…

Ma réponse meurt sur le bout de mes lèvres lorsque j'entends mon portable vibrer au fond de mon sac. Je tente avec difficulté de le récupérer au milieu de mon bazar. Pourquoi les femmes se doivent-elles d'avoir toujours tout un tas de trucs dans leur sac à main ? Ma main se perd entre mes clés, mon paquet de mouchoirs et… la lettre du jour. Je m'arrête un instant, me remémorant les mots de mon admirateur. Malgré tout, j'ai hâte d'être demain pour savoir ce qu'il va me dire. Son dernier courrier me laisse un goût amer, ses émotions contradictoires me heurtent de plein fouet.

En attendant la prochaine lettre, je finis par saisir mon téléphone. Je le déverrouille et constate que j'ai un SMS. Le numéro qui s'affiche m'est étranger. Durant une seconde, je pense que mon admirateur secret passe à la vitesse supérieure, peut-être qu'il ne souhaite plus se contenter des lettres. Ou alors il vient s'excuser, ou me dire qu'il s'est trompé sur ses sentiments. *Alyson, arrête avec tes suppositions et ouvre ce message !* Je finis par franchir le pas avec une certaine appréhension. Néanmoins, elle est vite dissipée et remplacée par l'étonnement.

Bonsoir, Alyson, je tenais à m'excuser pour aujourd'hui. Je n'ai pas été des plus amicaux, ni même professionnel. Je ne peux pas vous expliquer le pourquoi du comment dans un simple texto, mais sachez que je suis désolé.

Hayden

Un sourire enfantin étire mes lèvres. Le début de journée a été catastrophique et ma mauvaise humeur a eu du mal à disparaître, mais ce SMS enterre définitivement ma colère envers l'artisan. Je n'ai pas le temps de taper une réponse que mon portable vibre à nouveau.

Si vous vous posiez la question, c'est votre père qui m'a donné votre numéro.

Je n'y avais pas songé, même si maintenant cela me semble logique. Je le soupçonne même d'avoir mis Hayden sur ma route avec une arrière-pensée. Lui et ma mère ne sont pas mariés pour rien, ils font la paire.

— Qu'est-ce qui te fait sourire comme ça ?

Je sursaute en entendant la voix de mon ami, j'étais tellement concentrée que j'en avais oublié sa présence.

— Hayden, réponds-je sans détour.

Gregory fronce les sourcils et ses mains se resserrent autour du volant. Son agacement est palpable, même si je ne comprends pas ce qui lui prend.

— Tu ne l'aimes pas, je me trompe ?

— Non.

— Pourquoi ?

Il hausse les épaules et continue de fixer la route sans m'accorder le moindre regard. Une sensation de malaise parcourt ma colonne vertébrale et vient se loger à la base de mon crâne. Ce fourmillement est désagréable et me provoque des frissons dans tout le corps. Je n'arrive pas à savoir si c'est notre amitié qui évolue ou mon ami qui ne va pas bien. Depuis quelque temps, Gregory est d'humeur labile, et je ne parviens pas toujours à suivre.

— Il me présente seulement des excuses, dis-je pour apaiser mon ami.

— Tu le connais depuis à peine plus d'une semaine et il a déjà besoin de te présenter des excuses ? Ce n'est pas un type bien.

— Greg ! m'écrié-je, choquée du raccourci fait par mon ami. Depuis quand tu juges les gens sans les connaître ? Où est passé Gregory Harington ? Un homme tolérant qui défend la veuve et l'orphelin ?

— Peut-être qu'il en a eu marre et qu'il s'est barré.

Interdite, je ne parviens pas à articuler le moindre mot. Nous restons dans le silence jusqu'à ce que la voiture s'arrête devant la demeure de mes parents.

— Nous sommes arrivés, dit Greg en ouvrant sa portière.

Il sort de la voiture et remonte l'allée sans m'attendre. Je le rejoins au pas de course et saisis sa main, sauf que la porte d'entrée s'ouvre sur ma mère avant que je n'aie pu parler à mon ami.

— Les enfants ! Entrez.

Une fois encore, Greg me fuit, et il pénètre à l'intérieur. Son comportement me blesse et je suis déterminée à connaître le fin mot de l'histoire. S'il le faut, j'attendrai qu'il me reconduise chez moi.

Ma mère embrasse mon ami sur les deux joues tandis que ce dernier la prend dans ses bras. Ils échangent quelques banalités, puis vient mon tour. Mon père fait son entrée et s'adonne au même rituel. Gregory est comme le second fils qu'ils n'ont jamais eu. Quand il a perdu son père, à seize ans, il est venu vivre chez nous un temps.

La guerre lui a volé son mentor, celui qu'il voyait comme un héros, juste avant Noël. Il a tout rejeté en bloc, les souvenirs de son père, sa mère qui pleurait son mari disparu et sa maison. Mes parents ont accepté de l'accueillir immédiatement et il s'est tout de suite fait une place parmi les miens. C'est ici qu'il a pu vivre son deuil et commencer à surmonter sa souffrance.

Gregory a fini par rentrer chez lui au bout de six mois, mais c'est comme s'il n'était jamais vraiment parti. Mes parents continuent de lui ouvrir leurs bras. Sandra, sa mère, s'est même fait une place à notre table pour les grandes réunions de famille.

Il paraît que les fêtes rendent les gens généreux, et certains diront même que c'est la raison qui a poussé mes parents à venir en aide à mon ami. Moi, je me plais à dire que ce sont mes parents qui rendent les fêtes généreuses.

# Chapitre 15

*J – 23*

Ce soir, ma mère nous a préparé une tourte au poulet avec un assortiment de légumes sautés. Les conversations vont bon train, enfin, ce sont surtout mes parents qui s'occupent de meubler les silences. Greg acquiesce de temps à autre pour montrer qu'il est attentif, tandis que moi je ne cesse de lui jeter des regards à la dérobée. Mon ami se force à m'ignorer, j'en suis certaine. Pour la première fois, je n'ai qu'une hâte : quitter la maison de mes parents. Je n'aime pas la tension pesante qu'il y a entre nous, j'ai besoin de crever l'abcès.

— Alyson ?

Je cligne plusieurs fois des yeux et me tourne vers mon père, qui hausse un sourcil interrogateur. *Mince, prise en flagrant délit de papillonnage.*

— Tu ne m'as pas dit comment ça se passe avec Hayden Parker, répète-t-il lorsqu'il est certain d'avoir mon attention.

Je serre les dents. Mon père aborde un sujet sensible. Non seulement je suis incapable de décrire ce qui se passe avec Hayden, mais c'est apparemment quelque chose à ne pas aborder en présence de mon meilleur ami. *Fais une réponse courte, Aly, et on passe à autre chose !*

— Tout roule.

— C'est pour ça qu'il m'a demandé ton numéro de téléphone aujourd'hui ? m'interroge-t-il, perspicace.

— Voilà un homme charmant et très chevaleresque, surenchérit ma mère.

— C'était pour la boutique, maman.

— Ce n'est jamais *que* pour le boulot, lançe amèrement Gregory, qui n'avait pas ouvert la bouche jusque-là.

Je me sens affreusement gênée, cette conversation est sur un chemin glissant où je ne maîtrise plus rien. Confuse, je joue avec mes légumes sans en manger un seul. Je n'ai plus faim. Mon père, qui est toujours attentif, me regarde d'un œil soupçonneux, il a deviné que quelque chose n'allait pas et s'empresse de détourner la conversation.

— Et toi, Gregory, tu es prêt pour ton exposition du 10 ?

Mon ami retrouve des couleurs et de l'entrain. Dès l'instant qu'on parle de son art, on peut voir la passion animer son regard. Le sourire lui revient tandis qu'il décrit l'avancée de son travail et les nouvelles idées qui lui viennent chaque jour en tête. L'espace de quelques minutes, je retrouve mon ami comme je l'ai toujours connu.

— Il ne me reste qu'une toile à terminer, déclare-t-il. C'est une pièce particulière de la collection.

— Nous serons là, affirme ma mère avec une fierté dans le regard.

— Merci, Carol.

Le silence qui suit est paisible et plein d'amour. Nous ne disons pas un mot mais nos yeux et nos cœurs parlent pour nous. Puis le repas se poursuit sans autre incident, mes parents parlent de sujets neutres tandis que Greg et moi essayons de participer davantage.

Le dîner fini, j'aide ma mère à faire la vaisselle pendant que les garçons finissent de nettoyer la salle à manger. Elle lave, je range. Je l'observe du coin de l'œil, attendant qu'elle crache enfin le morceau. Ma mère est beaucoup trop calme pour ne pas avoir quelque chose qui lui brûle la langue.

— Vas-y, maman, lâché-je.

— Qu'est-ce qui se passe avec Gregory ?

Je pensais que nous étions de meilleurs acteurs que ça, mais ma mère n'est pas dupe et elle me connaît assez pour le deviner lorsque je suis tracassée.

— Je ne sais pas, avoué-je en m'adossant au plan de travail. Je pense que Gregory ne va pas bien. Malgré ce qu'il nous laisse entendre, l'approche des fêtes reste difficile pour lui. Ça fait remonter pas mal de souvenirs.

— Reste attentive, ma fille, ton ami a besoin de toi.

Je hoche la tête. Ma mère a raison, il faut que je sois présente pour Greg. Ces derniers temps, j'ai tendance à oublier que cette période fait resurgir les traumatismes les plus violents chez lui. Il a besoin d'une amie attentionnée et à l'écoute. Cette discussion avec ma mère m'a éclairci les idées.

Je finis de ranger la vaisselle à la hâte et prends la direction du salon, à la recherche de Gregory. Néanmoins, quand je pénètre dans la pièce, je ne vois que mon père, assis dans son fauteuil près de la cheminée, en train de lire son journal. Il lève les yeux vers moi, un air peiné sur le visage.

— Papa, où est Greg ? demandé-je en faisant mine de ne pas comprendre.

— Parti.

Mon cœur tambourine dans ma poitrine, il est à deux doigts d'éclater. Mon cerveau refuse d'y croire, alors j'insiste.

— Comment ça, « parti » ?

— Il m'a demandé de te raccompagner, il a dit être fatigué.

Je suis une amie déplorable, je n'ai pas su interpréter les signes, j'étais trop centrée sur moi. Je sais que Gregory est fragile lorsqu'on se rapproche de la date anniversaire de la mort de son père. J'ai mis des œillères sans m'en rendre compte, je me suis focalisée sur mon pseudo-conte de fées avec un amoureux mystère qui se la joue romantique avec des lettres quotidiennes. Ça ne fait que deux jours et j'en délaisse déjà ceux qui comptent pour moi. Sans que je ne puisse rien y faire, les larmes me montent aux yeux. Mon père délaisse son journal et se lève pour me prendre dans ses bras. Je profite de son aura protectrice et apaisante. En quelques minutes, le calme revient, mes larmes se tarissent et je suis prête à rentrer.

— Je vais chercher mon manteau, dit mon père en quittant la pièce.

Durant tout le voyage, je ne prête pas attention aux décorations pour lesquelles je me suis émerveillée à l'aller, je ne les vois même pas. Je suis perdue dans mes pensées. Mon père me dépose et m'embrasse avant de repartir. Je reste au pied de mon immeuble un instant, hésitant à marcher jusque chez mon ami. Néanmoins, je finis par pousser la porte, respectant son choix d'être seul, du moins pour ce soir.

Je monte les escaliers qui me séparent de mon appartement. Une fois à l'intérieur, j'abandonne mes habits d'hiver dans l'entrée et me dirige vers la cuisine pour préparer un chocolat chaud. Pendant que le lait chauffe, je me rends à la salle de bains et fais couler l'eau pour remplir la baignoire. J'ai un affreux besoin de me détendre. En retournant finir de préparer ma boisson, je lance la chaîne hi-fi et l'album *Harpe et relaxation* de Laura Silberberg se met en route. *Pile ce qu'il me faut !*

Cinq minutes plus tard, je suis dans mon bain, ma tasse fumante dans les mains, les yeux clos. Je me laisse emporter par la musique, mes muscles se détendent dans l'eau chaude et mes tourments s'éloignent petit à petit. Je pourrais rester ainsi des heures. Mon esprit se vide, et l'espace d'un instant je suis dans un monde merveilleux où tout va bien. Je retrouve le sourire et, lorsque j'ouvre à nouveau les yeux, une détermination nouvelle m'anime. Je trempe les lèvres dans mon chocolat chaud tout en songeant à un moyen de rendre sa joie de vivre à Gregory.

# Lettre 3

*Chère Alyson,*

*Je voudrais commencer par te présenter des excuses pour hier. Je ne sais pas ce que tu as ressenti en découvrant ma lettre, son souvenir m'a hanté toute la journée, si bien que j'en ai été insupportable. Je ne t'ai pas laissé le choix et je t'ai exposée au bordel qu'il y a dans ma tête ces temps-ci.*

*Tout ce que je ressens n'est pas ta faute, certaines choses n'ont même aucun rapport avec toi, sauf qu'en ce moment tu es celle avec qui je parle quotidiennement et si nous devons construire quelque chose dans le futur il faut que tu saches que je ne suis pas parfait. En réalité, je suis même bourré de défauts, et l'un des pires est que je me laisse vite déborder par mes émotions.*

*Tu ne t'en souviens sans doute pas mais tu m'as déjà vu en colère, j'en ai même éclaté un rétroviseur. Je suis certain d'avoir déjà été en larmes près de toi, sans doute à cause d'histoires de famille, car qu'est-ce qu'il y a de plus destructeur que la famille ? C'est une source d'amour autant que de malheur, pourtant, je n'y renoncerais pour rien au monde.*

*Depuis quelques années déjà, je te vois sans que tu me voies, du moins pas celui que je suis. Je fais partie de ton paysage, tu me salues, me souris, mais ce n'est pas suffisant pour moi. Je veux appartenir à ton monde, que tu me laisses une chance d'y entrer vraiment et que je puisse y faire mes preuves. Je ne veux plus simplement faire partie du décor, alors aujourd'hui je prends les devants.*

*Penses-tu que je m'impose à toi ? Que j'agis contre ta volonté ? Peut-être que tu voudrais que j'arrête et que je te laisse tranquille ? Si c'est le cas, dis-le moi. Je veux me rapprocher de toi, certes, mais pas à n'importe quel prix. Toutefois, je crois savoir que tu attends beaucoup de la magie de Noël. Il y a les sapins à décorer, les chorales qui sillonnent les rues, la neige et tes fameuses pâtisseries. Que dirais-tu d'une histoire d'amour pour Noël ?*

*Je ne suis pas en train de te déclarer ma flamme ni mon amour éternel, rassure-toi. J'émets simplement une hypothèse. La magie de Noël ne dure qu'un temps, une fois décembre fini, c'est janvier qui va pointer le bout de son nez. Envolés, les lutins et la poudre de perlimpinpin, le traîneau sera rangé au garage jusqu'à l'année prochaine, et qu'adviendra-t-il de cette histoire ? Qu'est-ce qui nous prouve que tout cela est réel et pas seulement la réalisation d'un fantasme ?*

*La seule façon de le savoir est d'aller au-delà. De mon côté, c'est déjà fait. Je n'ai pas commencé à me poser des questions sur toi, sur nous, le 1er décembre. J'y songe depuis que j'ai croisé ton regard vairon il y a plusieurs années. Bon, OK, j'exagère, je n'y pense pas tous les jours depuis notre rencontre. En réalité, cette idée me traverse l'esprit chaque fois que nous nous voyons et ça s'intensifie ces derniers temps.*

*Je crois que je n'ai jamais écrit un truc aussi niais, j'espère que tu me pardonneras mais je ne suis pas doué avec les mots. Je fais un effort pour toi car si notre histoire débute je veux qu'elle soit inoubliable.*

*Avec toute mon affection*

*Christmas*

# Chapitre 16

*J – 22*

Aujourd'hui, je n'ai ouvert la lettre qu'une fois arrivée à la boutique. Les deux premières m'ont déstabilisée à tel point qu'elles ont déréglé ma routine quotidienne. Ce matin, j'ai décidé de faire toute ma mise en place avant de découvrir ce que mon admirateur secret a à me dire.

Chaque mot que je lis est une nouvelle surprise et me laisse dubitative. Il est clair que je connais cet homme, et depuis un certain temps. Le premier nom qui me vient à l'esprit est Gregory. Mon meilleur ami peut-il se cacher derrière ces lettres ? C'est à la fois possible et complètement absurde. Je ne l'imagine pas amoureux de moi, toutefois, ça expliquerait beaucoup de choses ; ses sautes d'humeurs, ses dessins, ses mots. L'idée germe de plus en plus dans mon esprit.

Je relis la lettre, encore et encore. Chaque fois, un nouveau détail me saute aux yeux et me fait douter. Il y a trop de zones d'ombre. Je soupire et laisse tomber la tête sur le comptoir, totalement perdue. Plus je réfléchis, plus ça m'embrouille et moins j'ai d'idées sur l'identité de ce fameux admirateur.

Je n'ai pas entendu la clochette de l'entrée sonner, si bien que je sursaute en poussant un cri apeuré lorsqu'une main me tapote l'épaule. Un rire rauque se fait entendre tandis que je tente de calmer les battements affolés de mon cœur.

Hayden se tient devant moi, un sourire timide aux lèvres et une boîte en carton dans les mains.

— Je ne voulais pas vous effrayer, Alyson.

Je balaye sa remarque de la main et m'affaire autour de la machine à café pour reprendre contenance.

— Je vous sers quelque chose ?

Seul le silence me répond. Surprise, je me retourne, m'attendant presque à ce que l'artisan ait déserté, mais il se trouve là, les yeux rivés sur la lettre de mon admirateur qui repose sur le comptoir. Son arrivée m'a fait oublier ce pour quoi j'étais dans tous mes états. Il fronce les sourcils et je devine qu'il cherche à en déchiffrer le contenu.

— Hayden ?

Lorsque nos regards se croisent enfin, je récupère mon courrier et le range dans ma poche.

— Oui ? Euh… un café, s'il vous plaît.

Je fais couler sa boisson dans une tasse et me prépare un bon chocolat chaud à côté sans oublier d'y glisser quelques marshmallows que je saupoudre de cannelle. Je pousse son nectar vers lui et il me remercie. Le silence s'étend à nouveau entre nous, je commence à m'y habituer, néanmoins, je ne me sens pas moins mal à l'aise. Avant que je ne puisse combler ce vide, Hayden me surprend en prenant la parole.

— Alyson, écoutez, je tenais à m'excuser pour hier. Je me suis mal comporté avec vous alors que vous n'étiez pas la cause de mes problèmes. Je sais que c'était peu professionnel de ma part. Vous me pardonnez si je vous offre cette boîte de chocolats pour accompagner mes excuses ?

Il me tend la boîte en carton qu'il tenait toujours dans ses mains. Je découvre l'emballage d'une petite chocolaterie à trois blocs d'ici que j'affectionne particulièrement. Un sourire naît sur mes lèvres.

— Si vous les dégustez avec moi, tout sera oublié.

— Merci, Alyson.

Nouveau silence, mais cette fois nous communiquons à travers le regard. J'y lis des excuses qui me sont destinées et ses tourments. Je meurs d'envie de lui poser des questions sur lui, sur ce qui s'est passé hier, sauf que je n'ose pas. Il a les traits tirés, la mine fatiguée, mais je doute qu'il apprécie que je le renvoie chez lui se reposer. Hayden est un homme qui semble aimer son indépendance, il ne veut rien devoir à personne et je doute qu'il soit du genre à s'exposer. Je devine qu'il a déserté la boutique pour des raisons personnelles, et notre relation est strictement professionnelle, il a été très clair. Pourtant, un je-ne-sais-quoi m'attire vers lui, me pousse à vouloir le connaître autrement qu'à travers son travail. À certains moments, il baisse sa garde et, derrière cet homme bourru, je découvre un tout autre Hayden, qui perturbe mes pensées. J'ai envie de revoir celui-là et de partager d'autres moments complices avec lui.

— Salut, mes flocons de neige ! s'écrie ma meilleure amie en franchissant la porte. Oh ! Pardon, vous n'êtes pas Gregory.

— Effectivement. Je m'appelle Hayden.

— Enchantée.

Puis Elsa se tourne vers moi.

— Je peux te parler, Alyson ?

Je hoche la tête et offre un sourire désolé à Hayden.

— Je vais me mettre au travail.

Il avale son café d'une traite et se dirige vers son matériel, qu'il a abandonné la veille. Elsa m'attrape le bras et me conduit précipitamment dans l'arrière-boutique. Elle referme la porte derrière nous et me regarde, les bras croisés sur sa poitrine.

— Quand tu nous as parlé de rénover ta boutique, tu t'es bien abstenue de nous parler de ce canon.

Son ton est accusateur et contraste avec le sourire coquin sur ses lèvres. Pour ma part, je deviens aussi rouge que le manteau du Père Noël. Je mentirais si je disais que je n'avais pas remarqué à quel point Hayden est séduisant. Son corps d'artisan est tout en muscles, son regard est hypnotisant et sa bouche entourée d'une légère barbe est un appel à la luxure.

— Je ne vous en ai pas parlé car je ne savais pas qui serait le professionnel envoyé par mon père.

— Ton père est dans le coup ? demande Elsa, étonnée.

— J'ai dit que je voulais le meilleur et il a un carnet d'adresses bien fourni.

J'ai l'impression de subir un interrogatoire digne d'une mauvaise série policière et de devoir me justifier comme si j'étais coupable.

— Il est célibataire ? me demande mon amie.

— Et Mike ? rétorqué-je.

Elsa hausse les épaules avec nonchalance. Je ne comprends pas pourquoi sa réaction me dérange, mon amie tombe facilement sous le charme des beaux garçons. Néanmoins, pour une fois, je n'ai pas envie que Hayden rentre dans son jeu, ni de les voir flirter dans ma boutique.

Je secoue la tête pour chasser cette idée. Qu'est-ce qui me prend, d'être possessive, tout à coup ? Je connais à peine cet homme, et pourtant cette sensation qui monte en moi semble me prendre aux tripes.

— Qu'est-ce qui s'est passé avec Mike ? insisté-je pour tenter de me débarrasser de mes pensées.

— J'ai eu le malheur de lui faire une scène pour son comportement et disons qu'il n'a pas apprécié. J'ai voulu m'excuser, sauf qu'il m'a mise à la porte.

— Je suis désolée, Elsa.

Elle balaye ma remarque du revers de la main, mais je vois les larmes lui monter aux yeux. Chaque rejet atteint sa confiance en elle. Elsa a conscience de ses difficultés à faire confiance, néanmoins, elle ne parvient pas à se contrôler et provoque souvent ce genre de désastres. Je lui tends les bras et elle s'y réfugie.

Je ne sais pas combien de temps je garde mon amie serrée contre moi, mais des coups donnés à la porte nous forcent à nous séparer. Pour la seconde fois en deux jours, Elsa essuie ses larmes. Le battant s'entrebâille légèrement et Hayden fait son apparition.

— Alyson ? Je ne veux pas vous déranger, mais on vous demande au comptoir.

— Merci, Hayden. J'arrive tout de suite.

Il hoche la tête avant de refermer la porte. J'interroge Elsa du regard pour être certaine qu'elle n'a plus besoin de moi.

— Vas-y, tu as du travail. Je vais rentrer.

Je lui embrasse le front avant de retourner dans la boutique, un sourire professionnel aux lèvres.

# Chapitre 17

*J – 22*

— Bonjour et bienvenue au Good Life, dis-je en me présentant devant la jeune femme qui m'attend patiemment au comptoir.

— Bonjour ! me répond-elle, enjouée. Je m'appelle Sofia et je n'ai pas pu m'empêcher d'entrer quand j'ai vu votre annonce. Vous cherchez une vendeuse ?

Il me faut quelques secondes pour me souvenir de quoi elle parle. Je me suis enfin décidée à embaucher. Je rends son sourire à Sofia.

— Quel âge avez-vous ?

— Dix-neuf ans.

— Vous faites des études ?

— Oui, de marketing.

— Dernière question : qu'aimez-vous à Noël ?

— Hormis les repas de famille, les chocolats chauds et les sapins multicolores ? Hmm… la générosité qui gagne tout le monde, les sourires des petits et des grands et la messe de minuit.

— Vous pouvez commencer quand ?

— Je suis embauchée quand ?

— Disons demain ?

— Vendu.

Cette grande brune au sourire sincère m'a tapé dans l'œil, professionnellement parlant. Elle est tout ce que je recherche : dynamique et rafraîchissante. Pour couronner le tout, elle semble aimer Noël autant que moi. Elle quitte la boutique en me saluant de la main.

Un petit rire se fait entendre et je devine qu'il vient de Hayden, qui fait semblant d'être concentré sur le tapissage des murs.

— Vous avez quelque chose à dire ?

— Vous faites tous vos entretiens d'embauche ainsi ? me demande-t-il.

— Pour dire vrai, c'est le premier. J'ai toujours été seule à travailler ici.

— Qu'est-ce qui vous a décidée à avoir une employée ?

Il suspend son rouleau et se tourne vers moi. Hayden semble réellement intéressé par ma réponse.

— Mes amis et peut-être ma mère aussi. Ils s'inquiètent de mon manque de vie sociale en dehors du magasin. Pour eux, je ne m'accorde pas assez de temps. Ils ne s'imaginent pas que mon bonheur est ici. J'adore me lever le matin pour préparer des gâteaux, ouvrir avant le lever du jour pour régaler les habitués et créer différents univers au fil des saisons.

— Et vous allez réellement moins travailler pour sortir plus ?

— Je ne sais pas, avoué-je.

Est-ce que je sortirai plus ? Suis-je du genre à rencontrer tout un tas de personnes ? Je ne pense pas. Si je travaille moins, je passerai sans doute plus de temps avec mes amis actuels. Gregory et Elsa me suffisent, au grand dam de ma mère. Je ne suis pas du genre à enchaîner les rencards.

— Si c'est être ici qui vous rend heureuse, vous ne devriez pas sacrifier votre bonheur pour faire plaisir à votre entourage.

— Personne ne vous a jamais dit que vous travailliez trop au lieu de vivre ?

Hayden semble hésiter un instant avant de répondre.

— Si.

— Et qu'avez-vous fait ?

— J'ai embrassé ma sœur sur le front et je suis parti bosser. Elle comprend que j'aime ce que je fais. Rien ne me retient chez moi hormis elle, mais elle a sa propre vie.

Son sourire n'atteint pas ses yeux, il semble triste ou nostalgique, je ne parviens pas à le savoir. Hayden se confie et je ne veux pas dire quelque chose qui le fasse rentrer dans sa coquille.

— Vous avez le sentiment qu'il vous manque un petit truc pour être pleinement heureux ?

J'entends un « oui » à peine plus fort qu'un murmure, si bien que je ne suis pas certaine qu'il ait vraiment répondu. Hayden reprend son travail en rompant le contact visuel. Je dois y retourner aussi, malgré un goût de trop peu. Si j'avais eu plus de courage, je l'aurais pris dans mes bras pour le réconforter, sauf que nos rapports sont professionnels et je ne suis pas convaincue qu'il apprécierait l'initiative. Hayden Parker est un mystère.

Je pénètre dans le hall de mon immeuble peu après 21 heures. Je me frictionne les bras en montant les escaliers qui me séparent de mon appartement. Le froid est bien installé dans les rues de Boston ; même si j'ai pris l'habitude depuis le temps que j'habite ici, les premières glaces parviennent toujours à me surprendre.

Lorsque j'arrive à mon étage, je découvre Gregory sur le pas de ma porte. Mon ami est assis à même le sol et sirote un soda, deux cartons de pizza à la main.

— Alyson ! s'exclame-t-il en me voyant.

— Qu'est-ce que tu fais là ? lui demandé-je tout en tentant d'analyser son humeur du jour.

J'ai été une amie décevante ces derniers temps, alors je marche sur des œufs avec lui. Je ne veux pas le blesser par mégarde. Gregory semble avoir retrouvé le sourire, même si ce dernier se fait discret. Ses yeux ne me lancent plus d'éclairs et sa présence ce soir est de bon augure.

— Je suis venu m'excuser de t'avoir plantée hier.

— Ce n'est rien, mon père m'a raccompagnée.

Il baisse les yeux, gêné. Je m'accroupis pour être à sa hauteur et attrape son gobelet avant de porter la paille à ma bouche.

— Alors comment s'est passée ta journée ? Tu as fini ta toile secrète ?

Mon changement de sujet le fait sourire. D'un accord tacite, j'ai accepté ses excuses, nous n'avons pas besoin d'épiloguer là-dessus.

— J'ai eu de nouvelles idées, mais je ne peux rien dire.

— Évidemment. Ça te dirait, qu'on entre, ou tu préfères qu'on improvise un pique-nique sur le palier ? Dans ce cas-là, il va falloir plus de pizza, car la bonne odeur risque de rameuter les voisins.

— Chez toi, ça fera l'affaire, me répond-il en se redressant avant de me tendre la main avec galanterie.

Une fois debout, je fouille dans mon sac à la recherche de mes clés. Je déverrouille la porte et nous entrons. Je débarrasse mon ami de ses cartons et les porte jusqu'à la cuisine tandis qu'il retire son blouson et ses chaussures.

— Il faut peut-être les repasser au four.

— Tu es arrivé il y a longtemps ? lui demandé-je en me déshabillant à mon tour.

— Assez pour qu'elles ne soient plus très chaudes.

— Très bien, installe-toi et lance Netflix pendant que je m'occupe de notre dîner.

Il ne se le fait pas dire deux fois et se vautre sur mon canapé dans un bruit étouffé. Ce vieux clic-clac va finir par se refermer sur lui un jour, et ce sera de la pure vengeance après tant d'années de torture. En parallèle, j'enfourne les cartons et laisse la chaleur regagner nos pizzas.

— *Lucifer* ? m'interpelle Gregory depuis le salon.

— *Lucifer*, affirmé-je.

Nous regardons tous les deux cette série avec ce diable sexy et à la psychologie complexe. Durant la première saison, Gregory n'a pas arrêté de se moquer de moi en qualifiant cette série de « piège à midinettes ». Il faut avouer que l'humour peut être lourd au début, mais une fois passé les dix premiers épisodes il est devenu accro.

Je le rejoins quelques minutes plus tard avec nos pizzas. Il ne nous faut pas longtemps pour les engloutir et enchaîner les épisodes. Repue, je me laisse aller contre l'accoudoir et fais reposer mes jambes sur les cuisses de mon ami. Je suis absorbée par la télévision lorsque je sens la pulpe de ses doigts glisser négligemment sur mon mollet. Sa caresse est délicate, l'espace d'un instant, je suis concentrée sur les frissons qu'elle me procure. Je sens quelque chose de doux et chaud monter en moi. Je savoure cette sensation et me laisse envahir de bien-être. Est-ce la première fois que Greg a ce genre de gestes tendres envers moi ? Ou est-ce la première fois que je le remarque ? Je n'ai pas envie de me poser ce genre de questions ce soir. Pour une fois, j'ai l'impression d'être comblée.

# Chapitre 18

*J – 21*

Je suis comme suspendue, ou plutôt je vole. Oui, c'est ça, je vole ! Et puis je suis au milieu d'un nuage tout chaud et tout doux. Cette sensation de flottement est grisante, si bien que je refuse d'ouvrir les yeux de peur qu'elle disparaisse. Puis soudain je n'ai plus l'impression de voler mais de tomber. Avant que je ne puisse me débattre, je suis réceptionnée par un matelas moelleux et recouverte de ma couette. Les brumes de mon esprit se dissipent, je réalise que je suis dans mon lit. Je roule sur le côté et ramène mes genoux contre mon ventre avant de me laisser à nouveau envahir par le sommeil.

Je suis réveillée par une délicieuse odeur de café et de caramel. Mes narines frétillent, et je ne tarde pas à m'extraire du lit pour suivre la trace de ce doux fumet. Je rejoins la cuisine en me frottant les yeux. J'y trouve mon meilleur ami pendu au téléphone. Lorsqu'il m'aperçoit, Gregory m'offre son plus beau sourire et fait un signe du menton en direction des boissons chaudes qu'il a préparées. Je prends le mug entre mes mains et hume le parfum.

— Oui. Hmm hmm… OK, maman, on peut voir ça ce soir ? Je passerai te récupérer à l'hôpital après ta garde. Je t'embrasse.

— Comment va ta mère ? lui demandé-je une fois qu'il a remis son téléphone dans sa poche.

— Pas top, un rien la met dans tous ces états. Hier, elle a eu une panne d'Internet, on se serait cru en pleine apocalypse. Ce matin, c'est un pneu crevé. Elle a fondu en larmes quand j'ai décroché.

J'acquiesce sans prononcer un mot. Que pourrais-je bien dire dans une situation pareille ? Sandra ne parvient pas à se remettre du décès de son grand amour, même si c'était il y a dix ans. Je ne pense pas qu'elle parvienne à surmonter cette perte un jour, même si je l'espère. Sandra n'a jamais voulu sortir avec un autre homme que Georges ; pourtant, les prétendants se bousculent.

Nous buvons notre café en silence jusqu'à ce que je lève les yeux vers la pendule vintage accrochée au mur. Je pose ma tasse à l'arrache, manquant de la faire tomber, et me rue vers la salle de bains en jurant.

— Lutin de Mère Noël !

— Tu ne voulais pas dire « putain de bordel de merde » ? lance Gregory, moqueur.

— Non, il y a trop d'enfants qui passent à la boutique, donc j'évite les gros mots, lui réponds-je tout en me démêlant les cheveux en vitesse. Pourquoi tu ne m'as pas réveillée ? Je suis à la bourre.

— Je me suis dit que tu pouvais t'accorder un peu de repos. Tu travailles comme une forcenée, Alyson.

Je passe la tête par la porte de la salle de bains et le fusille du regard. Cette phrase commence sérieusement à me taper sur le système.

— Tu ne t'es pas dit que si je travaille autant c'est parce que j'aime ça ?

— J'ai simplement peur que tu oublies de vivre, murmure-t-il en replongeant le nez dans sa tasse.

Je m'active de mon côté pour me rendre présentable. Gregory ne veut que mon bien, j'en suis certaine, mais j'aimerais tellement qu'il puisse voir à quel point travailler à la boutique tous les jours me rend heureuse. Je ne néglige pas ma vie à côté, simplement, pour l'instant, rien ne me donne envie de rester au lit plus longtemps le matin ou de fermer plus tôt le soir.

Après un passage éclair sous la douche, j'enfile un jeans et un pull en cachemire rouge. Je fais l'impasse sur le maquillage, et c'est presque en courant que je me dirige vers l'entrée pour mettre mes chaussures.

— Je sais que ça peut paraître étrange, mais c'est au magasin que je m'approche le plus du bonheur, déclaré-je à mon meilleur ami en enroulant mon écharpe autour de mon cou.

— C'est triste.

— Ça ne devrait pas.

Notre échange de regards est aussi intense que fugace. Les non-dits pèsent entre nous, mais je n'ai pas le temps de m'y attarder ce matin. Ma relation avec Gregory devient de plus en plus complexe et je ne suis pas certaine de vouloir me poser toutes les questions qu'elle suscite. Nous vivons une belle amitié depuis le lycée, nous avons toujours été à l'écoute l'un de l'autre et parfois même les mots étaient superflus. Ces derniers temps, notre connexion subit quelques interférences et nous avons plus de mal à nous comprendre. Est-ce à cause de la période ? Ou alors de nos sentiments ?

Sans répondre à ma dernière question, j'embrasse mon ami sur la joue de avant de quitter l'appartement au pas de course. Je ne ralentis pas le rythme de tout le trajet, je suis même tentée d'allonger ma foulée, mais les trottoirs glissants m'en dissuadent. J'aperçois la boutique au coin de la rue et mon sourire revient. J'accélère pour franchir les derniers mètres. Je touche la poignée du bout des doigts, toutefois, ma main ne parvient pas à s'y agripper, et avant que je n'aie le temps de comprendre ce qui m'arrive je me retrouve les fesses par terre.

— Lutin de Mère Noël !

Je viens de m'étaler devant mon magasin, car je n'ai pas fait attention au verglas qui en recouvre le seuil. Je m'apprête à me relever lorsqu'une main tendue apparaît devant moi.

— Je mettrais une note artistique de 8 avec un point bonus pour le juron.

Je lève les yeux et découvre Hayden emmitouflé dans une grosse doudoune, le sourire aux lèvres. Je saisis sa main et le laisse me relever sans effort. Je me retrouve propulsé contre sa poitrine, ses bras dans mon dos. Nos visages sont si proches que nos souffles se mêlent, et je sens son haleine mentholée. L'espace d'un instant, je suis incapable de bouger, voire même de respirer. Pour la seconde fois, je vois sa petite cicatrice sous l'œil, et l'envie de la toucher me démange. Mon cœur s'affole et mes joues rosissent. Je me ressaisis et mets un peu de distance entre nous en détournant le regard. Hayden me stabilise de ses mains sur mes hanches et je vire au cramoisi.

— Qu'est-ce qu'il me faudrait pour atteindre le 10 ? demandé-je, à la fois pour détendre l'atmosphère et pour reprendre contenance, encore trop consciente de sa paume contre moi.

— Un plateau de boissons ou un beau gâteau à la crème dans les mains.

Nous rions ensemble. L'air redevient respirable, toute la tension s'est évanouie. Je tire les clés de la boutique de mon sac et déverrouille la porte.

— Blague à part, vous allez bien ?

— Disons qu'il va falloir que je m'asseye sur un sachet de petits pois un moment, mais plus de peur que de mal. Et vous, comment ça se fait que vous ayez assisté à ma chute ? Il est un peu tôt pour attaquer la peinture.

Hayden se gratte la nuque, gêné. Je hausse un sourcil interrogateur sans rien ajouter. Je ne veux pas le mettre mal à l'aise. En peu de temps, j'ai compris que Hayden pouvait se fermer comme une huître si je le brusquais trop. À la place, je nous prépare des chocolats chauds et le laisse venir vers moi à son rythme.

— Je suis un peu embêté pour aujourd'hui. Je dois m'occuper de mon neveu pendant que ma sœur est absente.

Je n'ai pas envie de prendre du retard, mais je ne sais pas comment faire.

— Il est où, actuellement ?

— Dans la voiture avec sa mère. Elle doit être à l'aéroport dans une heure.

— Vous pouvez l'amener ici, vous savez, une boutique sur le thème de Noël, c'est un peu le paradis pour les enfants, affirmé-je avec un sourire rassurant.

Ses yeux jusqu'alors fuyants rencontrent les miens et je les vois s'illuminer.

— Vous feriez ça pour moi ? me demande-t-il, surpris.

— Évidemment, je suis sûre que ce jeune homme sera ravi de décorer les derniers sapins avec moi.

— Merci, Alyson.

# Chapitre 19

*J – 21*

Hayden vient de franchir la porte en sens inverse sans tarir de remerciements. Il est déjà remonté dans son 4x4, mais le sourire qui étire mes lèvres ne faiblit pas. Cet homme est surprenant, je suis curieuse de rencontrer son neveu et de voir comment ce mec taillé comme un bûcheron canadien se comporte avec un petit bout de chou.

En attendant son retour, je dois me ressaisir. Je suis à la bourre, il va falloir activer mon plan d'urgence. Je passe dans l'arrière-boutique et ouvre le grand congélateur pour en sortir mes pâtisseries de secours. J'allume le four, dispose les cookies sur la plaque et remplis les moules à muffins de leur préparation. Aujourd'hui, on fera simple, et je me rattraperai demain avec des sablés sur le thème de Noël et un *pecan cake*. Pendant que mes gâteaux sont au four, je tire un petit chevalet en ardoise et une boîte de craies. Toute la journée, je vais proposer une sélection de milk-shakes spéciaux. C'est une tradition chaque année pour la semaine de Noël, mais aux grands maux les grands remèdes. Rien ne m'empêchera d'en faire à nouveau en temps voulu.

J'ouvre avec une demi-heure de retard et je me sens prête à affronter la journée. Les premiers clients affluent dans la minute, et je suis sur les chapeaux de roues. J'enchaîne les cafés et les encaissements pour les quelques courageux qui sont venus faire des emplettes. Je passe au client suivant alors que je relance le percolateur.

— Bonjour, que puis-je pour vous ce matin ?

— Bonjour, patronne !

Je me tourne pour voir à qui appartient cette voix cristalline et découvre Sofia, qui ressemble à la Mère Noël dans le style pin-up. Une jolie robe et un bonnet qui repose sur ses cheveux crépus.

— Waouh, je vois que tu t'es imprégnée du thème. J'adore ! dis-je en sifflant avec admiration.

— Merci. Je peux passer derrière avec vous ? Pas besoin d'un bac + 5 pour remplir des tasses, alors je peux gérer.

— Avec plaisir. Dès que ça se calme, on fait le point ; je te montrerai les spécialités de la maison et toute la partie boutique.

La jolie métisse opine du chef et me rejoint sans perdre un instant. Dans la foulée, elle prend plusieurs commandes et passe à l'action. Sofia est très à l'aise, si bien que très vite je lui fais entièrement confiance et me concentre sur les milk-shakes.

Ma nouvelle employée interroge le client suivant, et je reconnais sa voix immédiatement. Je vais l'accueillir, le sourire aux lèvres.

— Hayden ! Contente de vous revoir.

— Moi de même.

Je me penche par-dessus le comptoir et mes yeux rencontrent immédiatement les prunelles bleues d'un petit garçon qui ne doit pas avoir plus de cinq ans, emmitouflé dans un manteau et une écharpe qui lui remonte sur les yeux. Ses cheveux bruns sont en bataille, sans doute en raison du bonnet qu'il tient entre ses mains.

— Enchantée, jeune homme, moi, c'est Alyson, et je crois qu'on va passer la journée ensemble.

Il hoche la tête tout en se réfugiant derrière la jambe de son oncle.

— Axel, dis bonjour.

Puis Hayden met un genou à terre pour être au niveau du petit garçon.

— Tu te souviens de ce qu'on a dit dans la voiture ?

— Oui, répond-il du bout des lèvres.

— Tu peux répéter ?

— La dame est gentille et, si je reste avec elle, ce soir, on mange des cheeseburgers.

Mon sourire s'élargit devant cette scène attendrissante. Je contourne le comptoir et rejoins Axel. Je m'accroupis également et lui fais signe d'approcher.

— Tonton t'a dit qu'on avait trois sapins à décorer aujourd'hui et que ce serait toi le chef de la mission ?

Les yeux d'Axel s'illuminent et il se tourne vers moi avec l'engouement d'un petit garçon à qui on vient de promettre la lune.

— C'est vrai ?

— Tout à fait, et on pourra s'y mettre dès que tu auras bu un chocolat chaud avec une double dose de chantilly et des marshmallows.

Il me sourit et mon cœur se réchauffe. Le bonheur d'un enfant est la plus belle chose au monde.

— C'est vrai que tu es gentille.

Je lui tends mon poing et il frappe dedans avec le sien. Je me relève et adresse un clin d'œil à son oncle, qui me regarde comme si je venais de réaliser un miracle de Noël. Je retourne à mon poste et m'occupe de leur commande particulière. J'ajoute deux cookies et dresse un plateau, que j'emporte en salle.

— Un chocolat chaud spécial et un café, annoncé-je en posant le tout sur la table.

— Merci, me répond Hayden en plongeant son regard dans le mien.

— C'est moi qui devrais vous remercier. Vous avez mis du soleil dans cette journée qui a mal commencé.

— Vous parlez de votre chute ?

— Entre autres, dis-je avant de me tourner vers le petit garçon. Quand tu as fini, rejoins-moi derrière et on s'occupera des sapins.

Il acquiesce, la bouche pleine, ce qui me fait sourire. Je les laisse profiter et retourne auprès de Sofia, qui ne semble même pas avoir remarqué mon absence. Nous honorons encore quelques commandes, puis le calme revient. Je lui offre un café et nous rejoignons l'arrière-boutique pour faire le point. À peine la porte close, Sofia attaque en s'appuyant sur la table qui trône au centre de la pièce.

— Alors, vous et Monsieur Canon ?

— Comment ça ?

— Vous vous fichez de moi ? La température a pris vingt degrés quand vos regards se sont croisés.

*Quoi ? Non !* Malgré moi, mes joues s'empourprent.

— Je ne drague pas les petits garçons, réponds-je pour me défaire de son regard aiguisé.

— Mais les grands barbus aux allures de dieu grec… Vous savez, patronne, un petit flirt n'a jamais tué personne, ajoute-t-elle face à mon silence.

— Tu me prends pour une vierge effarouchée ? répliqué-je en haussant un sourcil interrogateur.

— Je n'oserais pas, vous êtes ma boss.

— Justement, et si on parlait boulot ?

Sofia étouffe un rire, et pendant le quart d'heure qui suit je lui détaille le fonctionnement du magasin. Elle intègre très vite et pose des questions pertinentes. Je lui donne ensuite les recettes des milk-shakes. Pour le reste de la journée, je lui confie le salon de thé et je gérerai la boutique. Nous réglons les derniers détails concernant ses horaires et son contrat avant que mon assistant d'un jour franchisse le seuil de la porte.

— Si tu as des questions ou besoin d'un coup de main, n'hésite pas, conclus-je.

Sofia hoche la tête et part reprendre sa place derrière le comptoir. Avant de disparaître, elle se retourne et lance :

— Désolée, patronne, pour mon comportement indiscret et trop familier, je vais m'améliorer. Je vous le promets.

— Ne change rien, Sofia, répliqué-je. Enfin, si, arrête de m'appeler patronne, Alyson suffira.

— OK, patronne !

Puis elle disparaît. Je secoue la tête, le sourire aux lèvres. Cette fille haute en couleur me plaît et je sens que, toutes les deux, nous allons faire des étincelles.

# Chapitre 20

*J – 21*

Je sors les trois derniers arbres de Noël de la réserve et les apporte dans l'espace de vente. Le salon de thé est déjà équipé, alors Axel et moi allons égayer le reste de la boutique. Le petit garçon sautille derrière moi, une boîte en carton dans les mains et le sourire aux lèvres. Nous plaçons le premier sapin près de l'entrée, je cale l'arbre et me retourne vers Axel en remontant les manches de mon pull.

— Alors, chef, par quoi on commence ?

— Des lumières. J'adore quand ça clignote.

— Vendu ! Il va falloir démêler la guirlande électrique.

Axel hoche la tête, un air concentré et déterminé sur le visage. L'espace d'un instant, je le regarde se débattre avec les cinq mètres de câble. Il est haut comme trois pommes, chaque fois qu'il défait un nœud, au moins deux autres se font, mais jamais il ne renonce. Attendrie, je me mets à sa hauteur et lui offre mon aide. À nous deux, nous parvenons à bout de cet imbroglio de fils électriques. Puis nous entamons un drôle de ballet autour de l'arbre pour le vêtir de sa guirlande. Le premier atout en place, nous ajoutons de la couleur. Rouge et or, tel est le thème. Mon nouvel acolyte prend son rôle de directeur des opérations très au sérieux et n'hésite pas à me corriger s'il trouve que je place une boule au mauvais endroit.

Les deux premiers sapins sont décorés en moins d'une heure chacun. Pour le dernier, je décide d'oublier le thème prévu et me tourne vers Axel.

— Celui-ci, c'est ton sapin. Je ne te donne pas de boîte avec les décorations, c'est toi qui décides. Tu peux te servir dans le magasin et le décorer à ton goût.

— Pour de vrai ?

Les yeux bleus du petit garçon scintillent et je sais que j'ai fait le bon choix. J'approuve d'un hochement de tête, et l'instant d'après Axel est déjà en train de courir dans le magasin à la recherche de la perle rare. Pendant qu'il est en pleine chasse au trésor, j'en profite pour aller voir Sofia. Je l'ai un peu délaissée pour son premier jour, ce qui fait de moi une affreuse patronne. Néanmoins, elle a l'air de se débrouiller comme une reine. Je la laisse préparer la commande du dernier client et m'accoude au comptoir.

— Alors, comment ça se passe ? lancé-je.

— À merveille ! Ce n'est pas ma première expérience, j'ai bossé au Starbucks qui est au coin de ma rue depuis que je suis en âge de le faire.

Tout s'explique.

— Pourquoi ne pas y être retournée ?

— C'est l'usine, on est tout le temps dans l'urgence et j'avais envie d'élargir mes horizons. Je suis étudiante en marketing, alors disons qu'aller voir ailleurs pour découvrir une autre stratégie c'est comme un devoir à la maison.

— Tu compares le fait de travailler pour moi à des exos de maths ? demandé-je en grimaçant. Je pensais être un peu plus attractive que ça.

Ma réplique fait rire Sofia, puis elle secoue la tête pour m'indiquer que je me trompe.

— Non, disons que c'est un petit bonus si tu me laisses penser un peu les idées marketing.

Je fais mine de réfléchir alors que je sais déjà que je ne peux pas le lui refuser.

— Tu as carte blanche. Je te propose qu'on prenne un temps le mardi soir quand tu as de nouvelles idées. Tu m'exposes le tout, et moi je valide.

— Oh ! merci, Alyson ! Vous êtes une patronne géniale !

Elle me saute au cou, bien que le comptoir nous sépare. Son enthousiasme me fait sourire et je suis certaine d'avoir pris la bonne décision en l'engageant.

— Bon, je retourne auprès d'Axel. Quand tu as fini, tu fermes la caisse et tu me fais signe avant de partir.

— Pas de souci.

Je récupère dans l'arrière-boutique le nécessaire pour fabriquer une pancarte et retourne du côté de la boutique où se trouve Axel. Il est trop occupé pour me remarquer, j'en profite pour l'observer. Il semble profiter du moment à 200 %, son sourire n'a pas faibli depuis que nous avons commencé notre atelier de décoration. Il prend sa mission très au sérieux, ce qui me donne envie d'inviter des enfants chaque année pour qu'ils s'occupent d'un sapin. Je ne m'éloigne pas trop afin de garder un œil sur lui. Je prépare un écriteau « sapin d'enfant » et ajoute le prénom d'Axel dans une belle calligraphie. J'en profite également pour encaisser quelques clients venus pour les articles du magasin.

Je finis par rejoindre Axel, qui contemple son œuvre. Je siffle avec appréciation et les lèvres du petit garçon s'étirent davantage.

— Il est magnifique, c'est sans aucun doute le plus beau de la boutique.

— Il manque l'étoile tout en haut. Tu peux m'aider ? Je suis trop petit.

Je glisse mes mains sous ses aisselles et le soulève suffisamment pour qu'il puisse atteindre le sommet de l'arbre.

— Moi, je crois que tu es assez grand, ajouté-je tout en le reposant.

— Merci, Alyson.

Axel se jette dans mes bras et me serre contre lui. Ce simple geste me réchauffe le cœur, je l'enlace à mon tour et en profite pour lui chuchoter à l'oreille :

— Regarde ce que j'ai fait. Et si tu te mettais devant le sapin avec la pancarte et que je te prenais en photo ? On pourrait l'envoyer à ta maman.

Il rayonne, si bien que je suis à deux doigts de verser une larme. Axel prend la pose, tantôt sérieux, dans le style premier de la classe, tantôt joueur avec tout un tas de grimaces. Je le mitraille, nous ferons le tri plus tard.

Axel se frotte les yeux et je me rends compte que ça fait déjà plusieurs heures que nous nous activons pour embellir la boutique. Ce petit garçon n'a pas la même endurance que moi. J'attrape sa petite main et le conduis à l'arrière-boutique. Je lui sers un verre d'eau et imprime quelques coloriages. Il semble ravi par cette nouvelle activité. Il s'installe dans mon fauteuil et commence un nouvel ouvrage, tandis que je retourne à l'avant sans fermer la porte et embrasse du regard le magasin. Malgré les travaux, il garde une ambiance chaleureuse et son côté attractif. J'ai hâte de voir le résultat final, quand Hayden aura fini d'en faire un bijou. J'espère aussi qu'après ça il continuera à venir prendre un café de temps en temps, ne serait-ce que pour voir l'évolution de son travail au fil des saisons. Je l'espère vraiment…

# Chapitre 21

*J – 21*

Il est 19 heures et la nuit est déjà tombée à Boston. La journée a été relativement calme en dehors des rushs habituels, ce qui m'a permis de garder un œil sur Axel. Il s'est assoupi, pelotonné dans le fauteuil, et j'ai éteint la lumière pour qu'il soit plus tranquille.

Je finis mon rangement quand Hayden sort de derrière l'un des rideaux que nous avons installés et se dirige vers moi. Je lui indique d'un signe de la tête l'arrière-boutique afin qu'il puisse retrouver son neveu. Quelques minutes plus tard, ils réapparaissent tous les deux ; Axel tient une liasse de coloriages.

— Merci, Alyson, vous avez été formidable. Il a passé une très bonne journée et vous m'avez ôté une épine du pied.

— Ce n'est rien, Axel est un vrai rayon de soleil.

Je souris au petit garçon, qui lève les yeux vers moi. Hayden se frotte la nuque, gêné. Il est sur le point de dire quelque chose, j'en suis certaine, toutefois, il semble peser le pour et le contre.

— Puis-je vous proposer une soirée cheeseburgers en compensation ? finit-il par demander.

Nos regards se croisent et je lis toute sa timidité dans le sien ainsi que de la douceur. L'homme des cavernes a complètement disparu, du moins pour ce soir, et je retrouve le Hayden que je commence à apprécier.

— Avec plaisir.

Ma réponse paraît le surprendre, puis son visage s'éclaire avant de se fendre d'un sourire qui ferait tomber le Père Noël de son traîneau. Je lui demande un petit quart d'heure pour officialiser la fermeture. Pendant ce temps-là, lui et Axel partent chercher notre dîner.

Quand je monte dans le 4x4 de Hayden, garé devant la boutique, ça n'a rien à voir avec notre dernier trajet en voiture. Je suis immédiatement saisie par l'odeur alléchante du fromage fondu et des frites bien dorées. J'en ai l'eau à la bouche, si bien qu'un léger gémissement s'échappe de mes lèvres.

— Eh bien, je ne pensais pas que vous étiez du genre à fantasmer sur de la malbouffe.

— Détrompez-vous, pizza, fast-food et donuts sont mes principales sources d'alimentation.

Son regard aiguisé scanne mon corps de haut en bas. Je me tortille sur mon siège, mal à l'aise. *Pourquoi a-t-il fallu que je dise ça ?* J'ai beau être à l'aise dans mon corps, le regard des hommes est toujours jugeant. Ils s'attendent à ce qu'une femme ne mange que de la salade ou de la soupe, sauf que j'aime le sucre et le gras, aucun homme ne pourra me transformer en tortue. Pourtant, cette fois, les commissures des lèvres de Hayden se relèvent, et je suis suspicieuse.

— Quoi ?

— J'adore le fait que vous ne vous cachiez pas de vos péchés mignons. Je m'attendais à une phrase du type « ça fait trois mois que je n'ai pas senti l'odeur des lipides et acides gras saturés ».

— Je n'aurais jamais dit ça ! lancé-je, offusquée.

— Je sais, mais ce sont des mots que j'ai bien trop entendus.

— Dans ce cas, c'est que vous ne sortez pas avec les bonnes femmes, asséné-je avec conviction.

Il acquiesce d'un mouvement de tête et le reste du trajet se déroule dans un silence agréable. En réalité, Hayden n'habite pas très loin de la boutique ; en une quinzaine de minutes, nous nous arrêtons devant une petite maison de ville.

La devanture est faite de briques rouges et de fenêtres dont les cadres sont noirs. La petite cour avant est bordée de buissons garnis et entourée d'une clôture. Nous descendons de la voiture tous les trois, et Hayden ouvre la marche en poussant le portillon en fer forgé.

L'intérieur est plus moderne et décoré avec goût, je reconnais tout de suite la patte de Hayden. Il a un don pour rendre vivante et chaleureuse la moindre pièce. Ce qu'il a créé au magasin, il l'applique dans son quotidien. Nous traversons une petite entrée seulement équipée d'un meuble à chaussures et d'un panneau pour accrocher les clés où on peut lire « *Home, sweet home* ». Puis nous pénétrons dans un salon aéré où les meubles se limitent au strict nécessaire. Pourtant, il suffit de lever le nez vers les murs pour se rendre compte qu'il s'agit d'un vrai foyer. Des photos y sont accrochées ainsi qu'une gigantesque horloge où une seule ligne de fer se tord pour former à la fois le cadran et les numéros. Le tout associé à une cheminée d'angle qui ne demande qu'à faire brûler quelques bûches.

Hayden dépose les burgers sur la table basse avant de se retourner vers moi.

— Dites-moi que vous êtes le genre de fille à boire une bière avec un repas pareil !

— Évidemment ! Le cheddar ne s'accompagne pas de chardonnay.

— Et toi, Axel, un soda ?

— Oui ! s'écrie-t-il.

— Alors va te laver les mains.

Le petit garçon part en courant vers ce que je devine être la salle de bains. Je choisis l'évier de la cuisine pour passer les miennes sous l'eau. Je les essuie et attrape la bouteille que me tend Hayden.

Son regard accroche le mien. L'espace d'une seconde, le temps se fige. L'air s'alourdit et inconsciemment je retiens ma respiration. Ses yeux d'un bleu profond sont pleins de mots qui ne franchiront sans doute jamais ses lèvres. Je suis suspendue à son silence. Puis notre bulle éclate quand les pas d'Axel progressent dans notre direction.

Hayden tend sa bière vers la mienne et nous trinquons silencieusement. Axel attrape la main de son oncle et l'entraîne vers le canapé en le suppliant de se dépêcher. Je les suis avec un train de retard, encore sonnée par ce qui vient de se jouer avec Hayden. *Qu'était-ce, d'ailleurs ?* Je regarde l'homme qui se tient aux côtés du petit garçon ; celui-ci déballe ses frites et son sandwich, l'air de rien. Toutefois, je suis certaine que je n'ai pas rêvé ce moment, ni l'électricité ambiante. Il les a ressentis aussi, j'en suis certaine. *Ou pas ?* Soudain, le doute m'assaille. Et si tout ce qui m'arrive en ce moment me faisait avoir des hallucinations ? Peut-être que je cherche la magie de Noël là où il n'y en a pas.

C'est à cet instant que je me rends compte que je n'ai pas regardé mon courrier aujourd'hui. J'étais tellement en retard ce matin que j'ai oublié « Christmas ». Un sentiment de culpabilité m'étreint la poitrine. Cet homme prend le temps de m'écrire chaque jour et je l'ai occulté bien trop facilement. Je me sens nulle, mon miracle de Noël frappe à ma porte et moi je la lui claque au nez.

— Alyson, vous allez bien ?

L'inquiétude dans la voix de Hayden me tire de mes pensées et je m'empresse de le rassurer.

— Oui, j'étais ailleurs. La journée n'a pas été de tout repos.

— Je suis encore désolé de vous avoir laissé Axel.

— Ne le soyez pas, c'est moi qui vous l'ai proposé.

Nous échangeons un sourire entendu. Je ne veux pas qu'il se sente coupable et, bien qu'une journée avec un petit garçon m'ait fatiguée plus qu'à l'accoutumée, elle reste l'une des plus belles que j'ai passées depuis longtemps. Sans oublier que ça m'ouvre la porte sur le monde du mystérieux Hayden Parker, et je suis bien décidée à ne pas laisser passer cette chance.

— Vous vivez ici tout seul ?

— Ma sœur et Axel habitent avec moi, il y a suffisamment de place pour tout le monde.

— Et son père ?

Le visage de Hayden se durcit instantanément, j'en déduis que la suite ne doit pas être réjouissante.

— Il n'apparaît pas dans le décor, me répond-il avec amertume avant de changer de sujet. Vous avez toujours vécu à Boston ?

— D'aussi loin que je me souvienne, mes parents n'ont jamais voulu quitter leur maison en périphérie de la ville. Selon eux, c'est ici qu'ils ont construit leurs plus grandes réussites : mon frère et moi.

— C'est beau.

Il a presque murmuré ces mots. Je m'apprête à l'interroger sur sa famille, mais une fois encore il me coupe l'herbe sous le pied en recentrant la conversation sur moi.

— C'est quoi, votre histoire avec votre ami ? Gregory, il me semble.

Je suis surprise par sa question, pourtant, ça semble réellement l'intéresser, car son attention est braquée sur moi. Il détaille mon visage, à l'affût du moindre indice sur mes émotions.

— C'est le genre de rencontres à laquelle on ne s'attend pas et dont l'amitié qui en découle est une évidence. On se connaît depuis le lycée, et le destin a dû forcer un peu pour qu'on fasse plus que se croiser dans les couloirs.

— Et depuis vous ne vous lâchez plus, conclut-il.

— C'est à peu près ça. Greg est un mec adorable qui a le cœur sur la main.

— Je vois.

Il se rembrunit et retourne à son cheeseburger. Puis Axel décide qu'il est temps que nous nous rappelions sa présence et tend la main pour attraper une frite dans la portion de son oncle.

— Bas les pattes !

Hayden se jette sur son neveu et entame une bataille de chatouilles avec lui. Leurs rires emplissent la pièce et je ne retiens pas mon sourire. En quelques secondes, la morosité qui emplissait l'atmosphère s'est évanouie.

Perdue dans mes pensées, je ne remarque pas le complot qui se prépare. Lorsque Axel se rue sur moi, suivi de près par son oncle, je mets une seconde de trop à réagir et subis leur assaut. Je me tords dans tous les sens, à bout de souffle, et des larmes coulent tellement je ris.

— Je rends les armes, hurlé-je dans l'espoir qu'ils me libèrent.

Tous deux échangent un regard, et d'un commun accord arrêtent leur torture. Axel retourne à sa place et mange ses dernières frites avant de prendre l'emballage de son dîner pour le jeter à la poubelle. Hayden, quant à lui, met davantage de temps à se redresser. Chaque partie de mon corps en contact avec le sien semble être parsemée d'une chaleur exquise. Nous sommes si proches. Ma bouche s'assèche, si bien que je passe ma langue sur mes lèvres pour les humidifier. Les yeux de Hayden suivent ce mouvement et il déglutit avec peine. Puis son regard capture le mien et son sourire fait battre mon cœur. Je ne sais pas lequel de nous deux se rapproche de l'autre. Il n'y a plus que quelques centimètres entre nous, ça serait si facile de se laisser aller à un baiser. Toutefois, Hayden semble prendre conscience de la position dans laquelle nous nous tenons et remet de la distance entre nous.

Le moment pourrait être gênant, pourtant, ce n'est pas le cas, grâce à Axel – une fois encore – qui allume la télévision et nous fait partager un dessin animé que je ne connais pas. Ce petit garçon a le don de désamorcer les ambiances pesantes.

Les heures défilent et Axel ne tient plus debout. Il se frotte les yeux et bâille amplement. Hayden se redresse et soulève le petit garçon dans ses bras pour le menèr jusqu'à sa chambre.

— Je reviens tout de suite, me dit-il.

— Je devrais y aller.

Il est déjà presque minuit et je ne veux pas jouer de nouveau contre la montre demain matin.

— Un dernier verre ?

Sa proposition est tentante, surtout associée à son sourire charmeur.

— J'ai envie d'accepter.

— Alors faites-le.

Je ne pensais pas avoir parlé tout haut. Hayden s'est rapproché de moi, si bien que, lorsqu'il me murmure de rester, son souffle vient caresser ma peau et un frisson me parcourt tout le corps. Je me mords la lèvre inférieure, indécise. Les yeux du beau brun fixent ma bouche. Sous son regard brûlant, ma peau s'enflamme.

Sans que je ne sache pourquoi, je recule d'un pas afin de reprendre un peu d'air et retrouver mes esprits. Cette fois, je n'ai pas imaginé ce qui s'est passé. Hayden semble aussi troublé que moi. Soudain, je ne suis plus certaine que me laisser aller soit une bonne idée. Hayden est un collaborateur de mon père, de plus, il travaille au magasin pour le moment. Je m'éclaircis la voix difficilement avant de répondre à son offre :

— Ce ne serait pas raisonnable.

— Je vous raccompagne.

— Inutile de réveiller Axel. Je vais prendre un taxi.

— Vous êtes sûre ?

*Non !*

— Oui.

Hayden opine du chef en tenant toujours son neveu dans ses bras. Devant cette image attendrissante, je lui offre un sourire avant de quitter sa maison, non sans regrets.

# Lettre 4

*Chère Alyson,*

*Sais-tu que la première fois que je t'ai aperçue nous étions un 4 juillet ? Tu portais une robe magnifique pour la soirée organisée par le bureau de ton père. Tu étais rayonnante au milieu de ta famille et de tes amis. Je ne suis pas venu te parler ce jour-là, je n'en ai pas eu l'occasion. Sans doute parce que ton petit copain de l'époque était scotché à ton bras.*

*La première fois que je t'ai approchée et que nous avons eu une pseudo-discussion, c'était au mois de septembre, la même année. Cela n'avait rien de reluisant, ces quelques mots n'ont pas pu faire de nous des amis, ni autre chose…*

*Puis la vie a continué et nous avons tous les deux évolué… jusqu'à aujourd'hui.*

*Nous sommes le 4 décembre. Le 4 est en passe de devenir mon chiffre préféré. Je sens que cette journée nous réserve des merveilles. Enfin… peut-être que je m'emballe. Je sais que je t'ai promis un Noël romantique et j'espère pouvoir m'y tenir, alors tu trouveras un petit quelque chose dans l'enveloppe. J'y joins une petite liste, à toi de l'interpréter :*

*« Love Actually »*

*« Last Christmas »*

*« La Princesse de Chicago »*

*Tu as trouvé ?*

*À demain,*

*Christmas*

# Chapitre 22

*J – 21*

Je souris en caressant le bord de l'enveloppe. Un instant, j'ai eu peur de découvrir une boîte aux lettres vide, comme si le fait d'avoir oublié de l'ouvrir ce matin pouvait faire disparaître son contenu. Il n'y a qu'un seul pli, j'en déduis que mon admirateur ne passe pas avant le petit matin. Je serais bien tentée de l'espionner, toutefois, ce soir, je suis épuisée. Il sera encore temps de jouer les apprentis agents secrets un autre jour.

Je monte jusqu'à mon appartement en découvrant les mots de Christmas. Le message est court, mais chaque mot résonne en moi et fait battre mon cœur encore plus fort.

Je sors, en plus d'une feuille soigneusement pliée, trois photos. Sur chacune d'elles, un couple s'embrasse. Je reconnais tout de suite les acteurs qui jouent les rôles principaux dans les films cités par mon admirateur. Des scènes magnifiques qui reflètent l'amour avec un grand A. C'est ce genre de magie dont je rêve chaque soir de décembre. Des coups de foudre sous la neige, de belles robes, des balades en calèche ou une visite dans la fabrique du Père Noël. Et puis il y a *Love Actually,* l'un de mes films préférés car il dépeint l'amour sans fioritures et pour ce qu'il est dans le quotidien. L'amour est partout.

Avoir placé ce titre dans le top 3 – car je suis certaine qu'il s'agit d'un top 3 – fait marquer des points à Christmas.

D'ailleurs, je crois que dans chacune de ses lettres il en gagne un peu plus. Inconsciemment, je pense que c'est l'une des raisons pour lesquelles j'ai refusé de rester un peu plus longtemps chez Hayden ce soir.

Quand je repense aux derniers instants que j'ai passés en compagnie de l'artisan, mon cœur s'emballe. J'avais envie qu'il m'embrasse et au lieu de ça j'ai fui, pour retrouver la plume d'un homme que je ne connais pas.

En pénétrant chez moi, j'abandonne mes affaires en vrac dans l'entrée. Le rangement attendra ce week-end. Je prends directement la direction de ma chambre. J'ôte mes vêtements, que je laisse tomber au sol en un tas informe avant de passer un long T-shirt et un short à l'effigie de Rudolph le renne. Je me glisse entre les draps et soupire d'aise.

Toutefois, au lieu de me jeter dans les bras de Morphée, je ressasse tous mes souvenirs des 4 Juillet passés dans l'entreprise de mon père. Il n'y en a que deux où j'étais accompagnée et un seul où je portais une robe. Je m'en souviens car Dimitri, mon copain de l'époque, a rompu avec moi le soir même car je n'avais pas voulu coucher avec lui. Je venais tout juste d'avoir quinze ans.

Je passe en revue tous les invités présents ce jour-là, même si c'est impossible. Chaque année, plus de 300 personnes sont conviées à cet événement, et, comme l'a dit Christmas, Dimitri ne me lâchait pas d'une semelle. Pourtant, j'essaye, je fouille dans le moindre souvenir à la recherche d'un indice. Et puis il faut que j'aie croisé de nouveau cette personne en septembre.

Le nom qui me vient à l'esprit est aussi improbable qu'évident : Gregory. Je ne sais pas s'il était présent à la fête de mon père, mais je suis certaine de lui avoir parlé pour la première fois en septembre. Comme c'est écrit dans la lettre, cette première rencontre n'était pas très éloquente.

Après m'avoir bousculé à en renverser mon café sur moi dans les couloirs du lycée avec tout son barda d'artiste en herbe, il m'a simplement glissé un billet dans la main en lâchant un « pour t'en payer un autre ». Puis il a disparu sans se retourner.

Ce souvenir fait naître sur mon visage un sourire, qui néanmoins s'estompe rapidement. Je ne sais pas quoi penser, si mon meilleur ami se cache derrière ces lettres. Je n'ai jamais vu plus loin que notre relation actuelle, pourtant, je commence à apercevoir les envies de Gregory. Sa jalousie. Ses dessins. Je ne suis pas aveugle, même si je refuse de voir. L'idée que Greg puisse être Christmas me gêne un peu, alors je la repousse. Histoire de pouvoir profiter encore quelque temps de ma romance de Noël.

# Lettre 5

*Chère Alyson,*

*J'ai rêvé de toi cette nuit, enfin, de nous. Je ne voulais pas ouvrir les yeux ce matin, sauf qu'il fallait absolument que j'écrive ma lettre et qu'elle arrive dans ta boîte aux lettres avant que tu l'ouvres.*

*Je suppose que tu t'imaginais qu'elles étaient déjà toutes prêtes et que tu les recevrais chaque jour. Mais non. Ce calendrier de l'Avent est une aventure qui doit nous éclairer sur nos sentiments, alors je ne peux pas anticiper. Tout ce que je t'écris est en lien avec notre quotidien. J'avance pas à pas, avec toi.*

*Revenons-en à mon rêve. Je te rassure, ce n'était pas un songe où on se retrouve tous les deux nus dans un lit… ou ailleurs. Je ne vais pas te mentir, je suis un être humain, alors il m'est déjà arrivé de faire ce genre de rêves. Néanmoins, cette fois, c'était tout autre chose. Je t'ai vue près de moi, pas physiquement, dans la vie de tous les jours.*

*Tu te réveillais chaque matin à mes côtés, je pouvais te découvrir sans artifices. Je t'imagine belle au naturel et rayonnante bien avant que le soleil se lève. Ton sourire faisait les miens. Ton cœur donnait le rythme et je ne pouvais que le suivre. Tu étais mon tout, mon existence.*

*Puis je me suis réveillé lorsque l'heure a sonné et je dois t'avouer que l'espace d'un instant j'ai pris peur.*

*Peur de la place que tu as déjà dans ma vie. Peur de celle que tu pourrais prendre. Peur de ce que cela veut dire… Je suis effrayé que mon monde ne se résume plus qu'à toi.*

*Ma famille, ou du moins ce qu'il en reste, compte énormément à mes yeux, et, même si j'aspire à une relation aussi bien passionnelle que fusionnelle, je ne veux pas les abandonner. Je sais que tu ne me demanderas jamais une telle chose, pourtant, inconsciemment, c'est ce qui s'est produit cette nuit. Mon cerveau les a rayés de ma vie pour ne plus se centrer que sur toi.*

*J'ai peur.*

*Je suis en train de tomber amoureux de toi.*

*J'ai peur.*

*Toutefois, j'ai envie de prendre le risque. Pour toi. Pour moi. Pour nous. Ce matin, je me dis que le jeu en vaut la chandelle et que la vie ne vaut pas la peine d'être vécue si nous ne quittons jamais notre zone de confort. Alors, Alyson, je te le demande :*

*Découvre-moi.*

*Retrouve-moi.*

*Aime-moi.*

*Christmas*

*P.-S. : Hier, c'était mes trois baisers préférés de Noël.*

# Chapitre 23

*J – 20*

Ce matin, je fais tout dans le désordre. La nuit a été courte, je n'ai pas cessé de me torturer l'esprit au sujet de ma vie amoureuse. Il y a moins d'une semaine, c'était le néant le plus total. J'honorais des rencards foireux pour faire plaisir à ma mère avec des Peter « le boss » et compagnie. Maintenant, trois hommes m'occupent l'esprit en permanence et viennent perturber mon sommeil. J'ai passé chaque heure à me demander si j'avais bien fait de refuser la proposition de Hayden, ou alors si je devais me jeter au cou de mon meilleur ami pour tenter une histoire au risque de tout gâcher.

Et puis il y a Christmas. Je ne sais pas qui il est, et lever le voile sur son identité me fait peur. Cet homme sait comment me séduire, il me connaît, de près comme de loin. Il devine quelle carte il doit jouer pour me convaincre de poursuivre l'aventure, et pourtant je n'ai pas le sentiment que tout est calculé. Je sens la sincérité cachée derrière ses mots.

C'est pour lui que j'ai décidé de bousculer ma routine matinale. À peine ai-je posé le pied par terre que j'enfile une paire de chaussettes hautes pour couvrir mes jambes nues avant de mettre des chaussons et de me ruer sur le palier. Je descends les marches jusqu'au hall de l'immeuble à la hâte et me rue sur ma boîte aux lettres. Secrètement, j'espère la trouver vide, cela voudrait dire que j'ai une chance d'apercevoir mon admirateur lorsqu'il prendra le rôle du facteur.

Sauf qu'elle est là.

Je récupère l'enveloppe où mon nom est inscrit et referme la petite porte métallique sans plus y prêter attention. Les yeux rivés sur le rectangle lisse comme si je pouvais voir à travers, je reste figée au milieu du passage. Je ne l'ouvre pas tout de suite, savourant ce petit moment d'excitation. C'est un rire amusé qui me tire de mes pensées pour me ramener à la réalité.

— Bonjour, mademoiselle Alyson. C'est une bien drôle de tenue pour aller travailler, lance le vieux Dan, moqueur.

Dans la précipitation, je n'ai même pas pensé au fait que mes voisins pourraient me croiser en pyjama. Mon short et mon T-shirt ne cachent pas grand-chose de mon corps, assortis à mes chaussettes, et mon chignon ne parvient plus à retenir ma tignasse blonde. Je dois faire l'effet d'une folle débraillée. D'une main, je tente de redonner un peu de sens à ma coiffure sous le regard amusé de Dan.

— Excusez-moi, dis-je, gênée. Je suis un peu tombée du lit ce matin et je n'ai pas encore avalé ma dose de café.

— Vous êtes pardonnée, mais si vous voulez un conseil remontez vite chez vous avant que le godelureau du septième ne vous aperçoive.

— Le fils Tanner ?

— Affirmatif, déclare Dan tout en hochant la tête. Ses hormones le titillent déjà suffisamment, si vous voulez mon avis.

J'étouffe un rire avant de lui souhaiter une bonne journée. Josh Tanner a tout juste quatorze ans, et je le trouve adorable. C'est vrai qu'il lui arrive de forcer légèrement sur la drague peu subtile, mais après tout il fait ses premières expériences. Toutefois, je suis les recommandations de Dan et retourne à mon appartement, rien ne sert de donner des idées à un adolescent sous testostérone.

Une fois seule et de retour dans ma chambre, je prends le temps de décacheter l'enveloppe et d'en extraire la feuille noircie. Je découvre les dernières pensées de Christmas et tous les sentiments qu'il ne parvient plus à garder pour lui. Il se met à nu de l'une des manières les plus romantiques. Sans que je puisse le contrôler, mes yeux s'emplissent de larmes, qui finissent par dévaler mes joues.

Je ressens tout ce qu'il ressent, mon cœur balance autant que le sien. Je ne suis pas capable de dire que je l'aime, ni que je suis en passe de tomber amoureuse de lui, pourtant, les émotions de cet homme font écho aux miennes. J'aime qu'il soit capable de me faire vivre tout ça, qu'il m'offre mon film de Noël en direct.

Je souris en lisant sa petite note en rapport avec sa lettre d'hier. J'attrape les photos posées sur ma table de chevet et me concentre sur celle de Keira Knightley et Andrew Lincoln. Le baiser qu'offre Juliet à Mark est magique. Puis je pense au message qui peut se cacher derrière cette photo. Ce couple a-t-il été choisi au hasard ? Est-ce une leçon sur la frontière entre l'amour et l'amitié ? Je reste interdite sans parvenir à trouver des réponses. Les deux autres images sont banales et ne retiennent pas mon attention outre mesure.

Je ne sais pas combien de temps je reste assise en tailleur sur mon lit à fixer la dernière lettre et la photo qui accompagnait la précédente, néanmoins, je finis par me relever. L'heure tourne et je ne peux pas me permettre d'être en retard deux jours de suite.

Durant tout le temps où je me prépare pour cette journée, je n'ai de cesse de penser à Christmas et à ce jeu auquel nous jouons. Ça fait presque une semaine et je n'ai rien dit à personne. En réalité, je n'en ai pas ressenti le besoin jusqu'à aujourd'hui, et puis il existe un risque que mon meilleur ami soit impliqué dans cette histoire. Sauf que j'ai besoin d'éclairage, naviguer à vue est en train de me faire perdre la tête et peut-être que je passe à côté d'une belle histoire également.

J'ai toujours été discrète sur ma vie amoureuse, je ne suis pas du genre à m'épancher, ni à demander conseil. Pour moi, le couple relève de l'intime et ne concerne que deux personnes, je ne parle pas avec mes amis de ce qui se passe une fois la porte fermée. Pourtant, aujourd'hui, j'en ai besoin, sans doute parce que je ne peux pas parler avec qui que ce soit. L'autre partie de ce pseudo-couple est un fantôme.

J'attrape mon portable et le déverrouille pour envoyer un message à Elsa avant de me dégonfler. Je lui propose de me retrouver pour déjeuner à notre restaurant japonais préféré. Mon amie a vécu plus d'histoires d'amour cette année que moi en dix ans. À bien y réfléchir, elle n'est peut-être pas la mieux placée pour m'aider. Néanmoins, Elsa a un don pour percer les gens à jour et deviner leurs intentions dès l'instant qu'elle est extérieure à la relation.

Sa réponse ne se fait pas attendre. Je suis surprise de la savoir déjà debout un samedi matin, ou alors peut-être qu'elle n'est pas encore couchée. Qui sait où elle est allée faire la fête hier soir ?

OK, message reçu, mon flocon de neige. Rendez-vous à 13 heures !

Qu'est-ce que je disais ? Elle a un don.

Et prévois une vraie et trèèèès longue pause.

Je souris avant de ranger mon portable dans mon sac à main et m'équiper pour affronter le froid de Boston en hiver.

# Chapitre 24

*J – 20*

Elsa est déjà installée à notre table habituelle lorsque je franchis la porte du restaurant. Je salue Ty et Amy avant de rejoindre mon amie.

— Tu es en retard, me fait-elle remarquer, l'air bougon.

— Il est 13 h 3.

— C'est ce que je dis, trois minutes, c'est quand même du retard.

Je lève les yeux au ciel en m'installant sur ma chaise. Elsa me scrute attentivement et je devine qu'elle cherche à percer mes secrets à jour. Nous avons convenu de ce déjeuner pour que je lui demande des conseils, sauf que maintenant j'ai envie de faire machine arrière. La matinée à la boutique ne m'a pas éclairci les idées, toutefois, elle a eu le mérite de me faire penser à autre chose et la magie de Noël a eu raison de moi. Je suis convaincue que je dois me laisser porter et voir au jour le jour où cette histoire me mène.

— Je te vois rétropédaler, Aly ! lance-t-elle en pointant son index vers moi.

— Je ne… OK, tu as raison.

Je soupire, déçue que son œil expert ait eu raison de moi. J'ouvre la carte, que je connais par cœur, pour gagner un peu de temps. Elsa n'est pas dupe, toutefois, en bonne amie, elle me laisse faire mon manège, sans manquer de préciser avec un sourire en coin :

— Prends ton temps, j'ai tout l'après-midi devant moi.

Je secoue la tête, amusée. Elle a un autre don, celui de détendre l'atmosphère en toutes circonstances.

Nous passons commande auprès d'Amy, qui nous a déjà apporté un martini blanc chacune. Elle récupère nos cartes avant de partir en cuisine donner ses instructions à son mari. Maintenant que je n'ai plus rien entre les mains, je me mets à triturer mes doigts à la recherche de mes mots.

Je n'ai pas envie de tout déballer à Elsa, j'aurais le sentiment de trahir Christmas. Tous les jours, il me fait part de ses pensées et ses sentiments, je doute qu'il en parle à ses proches. Il crée une sorte de cocon autour de nous, et je ne veux pas risquer d'en faire craqueler les contours. Alors je reste vague et préfère interroger mon amie avec des questions d'ordre général :

— Ma vie amoureuse m'interroge, en ce moment, lâché-je.

— Il serait temps !

J'accuse le coup et fronce les sourcils avant de la réprimander.

— Si j'avais voulu qu'on me fasse la leçon, j'aurais appelé ma mère.

— Je ne voulais pas te vexer, Alyson. Simplement, je m'inquiète pour toi. Je sais que tu es une grande romantique et que ton abstinence n'est pas un choix, sauf qu'avec ton rythme de vie tu ne laisses que peu de chances à un homme.

— Pourtant, ces derniers temps, j'ai le sentiment que certains cherchent malgré tout à se faire une place.

Elsa manque de recracher sa boisson dans son verre. J'ai piqué son intérêt, et l'effet que ça a produit me fait sourire.

— Tu es sérieuse ?

Pour toute réponse, j'opine du chef.

— Tu as conscience qu'en sortant d'ici je vais devoir passer un coup de fil à Carol ?

Soudain sérieuse, je capture son regard et ne le relâche plus. Je me penche en avant et dis très fermement :

— Je t'interdis de mêler ma mère à cette histoire. Je ne veux pas qu'elle me harcèle de questions alors que ce ne sont que des suppositions.

— Promis.

Je me réinstalle au fond de ma chaise et saisis mon verre pour en boire une gorgée. Le silence se fait un petit moment, mon amie tente de lire dans mes pensées, et lorsque ses lèvres se courbent je me demande si elle n'a pas fini par y parvenir.

Nos plats arrivent, interrompant son jeu de télépathe. Les makis California et surtout les brochettes de bœuf au fromage me mettent l'eau à la bouche. J'attrape mes baguettes, mais, avant que je ne puisse prendre quoi que ce soit dans mon assiette, celles de mon amie font barrage.

— Une info, un maki, déclare-t-elle.

— C'est plus des questions.

— Qui concernent… ?

— Gregory, soufflé-je.

Elsa recule et libère mon déjeuner. Elle me scrute tandis que j'attends sa réaction. Mon amie prend le temps de réfléchir et, vu le petit rictus qui se dessine au fur et à mesure, je commence à croire qu'elle me cache quelque chose.

— Tu es amoureuse de Gregory ou tu penses que lui a des sentiments pour toi ? finit-elle par me demander.

— Je doute qu'il me voie encore comme une simple amie.

Elsa acquiesce, toutefois, je ne sais pas si c'est parce qu'elle est songeuse ou si elle valide ma théorie. Elle m'interroge avec douceur et précaution.

— Et toi, dans tout ça ?

— Quoi, moi ?

— Qu'est-ce que tu ressens pour Greg ?

Je grimace. Mon amie n'en démordra pas tant qu'elle n'aura pas reçu une réponse claire. *Tu pensais vraiment pouvoir y échapper ?* Je fustige ma petite voix intérieure. Naïvement, j'espérais qu'Elsa lève mes doutes et qu'elle affirme que je me faisais des films, les choses auraient été plus simples. Malheureusement pour moi, ce n'est pas le cas, et mon amie se pose la même question qui m'obsède depuis quelques jours.

— Je ne sais pas, avoué-je. Greg, c'est… Greg.

— Et donc ? Sur le simple fait que vous soyez amis depuis votre adolescence, ça ne fait pas de lui un prétendant potentiel ? Peut-être qu'il est amoureux de toi depuis toujours.

— Ce n'est pas ce qu'il m'a dit.

Aussitôt prononcées, je regrette mes paroles. Ce n'est pas Gregory qui m'a expliqué la transformation de ses sentiments mais Christmas, sauf que mon amie ne connaît rien de son existence.

— Il t'a parlé de ce qu'il ressent ? me demande-t-elle sans masquer sa surprise.

— Non, mais à toi oui, dis-je en écoutant mon pressentiment.

Elsa se tortille sur sa chaise et fuit mon regard, gênée. *Je n'en reviens pas !* Alors c'est vrai, mon meilleur ami est amoureux de moi. Je secoue la tête pour tenter de réfuter cette idée. Je ne sais pas quoi faire de cette information.

— C'est si terrible que ça ?

— Je ne sais pas, Elsa. Je ne me suis jamais posé la question.

Lorsque je pense à Greg, je vois le lycéen qu'il était, perdu, anéanti, puis après rieur, dragueur et passionné. Maintenant que nous sommes adultes, la vie ne nous a pas séparés, pourtant, je ne suis pas certaine que le destin nous pousse dans la même direction. Nous avons tous les deux nos rêves et nos projets. Notre amitié peut les amener à aboutir, mais l'amour le fera-t-il aussi ? Et puis il y a Hayden. Et peut-être Christmas.

— Hier soir, j'étais avec un autre homme.

Les mots m'ont échappé, cependant, si je suis là, c'est pour obtenir les conseils de mon amie, alors autant jouer cartes sur table.

— L'artisan sexy ?

— L'artisan sexy.

— Et… ?

— Et il y a un truc, des étincelles, l'air se raréfie lorsqu'il est près de moi et… je ne sais pas, ça fait longtemps que je suis hors circuit alors je ne suis pas sûre, mais peut-être qu'il le ressent, lui aussi.

— Tu nous la joues triangle amoureux ? Roh, j'adore ! Ta vie devient bien plus passionnante que la mienne.

*Un triangle ? Plutôt un carré.* Ce déjeuner ne m'apporte pas l'aide escomptée, même si l'enthousiasme de ma meilleure amie parvient à me faire rire.

— Nous devons trinquer ! Deuxième tournée de martini !

— Tu sais que je travaille cet aprem.

— Tu ne comptes pas faire une opération à cœur ouvert, que je sache ? Donc personne ne te dira rien si tes mains tremblent un peu.

Deux nouveaux verres apparaissent comme par magie, et Elsa saisit le sien pour le tendre vers moi.

— À ta vie qui ressemble à un roman d'amour !

Nos verres s'entrechoquent avant que nous les portions à notre bouche. Ce déjeuner ne m'aura pas permis d'y voir plus clair, au contraire. Maintenant, je suis certaine que Gregory a des sentiments pour moi. Mais ce n'est pas aujourd'hui que je trouverai des réponses.

Pour alléger la conversation ainsi que mon humeur, je décide de me centrer sur ma meilleure amie. Ces derniers temps, sa vie amoureuse n'est pas non plus un long fleuve tranquille. Nous n'avons pas réabordé le sujet de sa récente rupture depuis qu'elle s'est effondrée au magasin, alors j'y vais à tâtons :

— Et avec Mike ?

Je vois Elsa rougir, ce qui est rare, et ses yeux sont rivés à son assiette.

— Tu n'aurais pas quelque chose à me dire ? demandé-je.

— Disons que les choses sont en bonne voie pour s'arranger.

— Comment as-tu réussi à le convaincre que tu n'étais pas une folle hystérique ?

Elsa me fusille du regard. Elle connaît son tempérament et les dégâts qu'il peut causer, je m'amuse à la taquiner sur ce sujet.

— Avec des excuses.

— C'est tout ?

— Et je lui ai raconté pour mes angoisses.

Je souris largement. Si Elsa s'est confiée, c'est qu'elle envisage une relation à long terme avec cet homme. Elle parle rarement de ses difficultés et de la façon dont elles la handicapent au quotidien. Sa peur du rejet et son manque de confiance en elle ont tendance à mettre en échec toutes ses relations, aussi bien personnelles que professionnelles.

— Et c'est quand que tu me le présentes ?

— Quand les poules auront des dents ! Avec ton succès actuel, il finirait par tomber sous le charme.

L'espace d'un instant, je ne parviens pas à savoir si elle est sérieuse ou non. Ce n'est que lorsqu'elle éclate de rire que je respire à nouveau et m'autorise à la rejoindre. Si Elsa parvient à plaisanter sur le sujet, c'est que ce Mike est un chouette type. J'espère qu'il sera celui qui la rendra heureuse pour les soixante prochaines années.

# Lettre 6

*Chère Alyson,*

*Tu sais que nous sommes dimanche ? Le seul jour de la semaine où tous les travailleurs se reposent, sauf toi… et moi. J'aurais pu déposer la lettre hier soir, me diras-tu, mais je ne voulais pas prendre le risque que tu tombes dessus avant le petit matin. Alors j'ai programmé le réveil à une heure indécente juste pour que tu trouves ton petit cadeau avant de te rendre au travail et peut-être aussi parce que j'avais envie de t'apercevoir.*

*Je veux pouvoir t'observer quand tu ouvres les yeux pour la première fois et que tu luttes contre les dernières brumes de sommeil.*

*Je rêve de capturer l'image de ton premier sourire.*

*Je nous imagine partager un café et des viennoiseries.*

*Et là tu te dis que je repars dans la mièvrerie, mais au fond est-ce que tu n'aimes pas un peu ça, le côté romantique ?*

*J'ai relevé la date sur mon calendrier ce matin, nous sommes le 6 décembre et je devine que tu as prévu de rendre cette journée magique. Tu es un peu une marraine, la bonne fée spéciale Noël. Pourtant, il y a peu de chances qu'on se voie aujourd'hui et que ta présence illumine ma journée… sauf si je force le destin…*

*« Qui vivet videbit. »*[1]

*Christmas*

1. « Qui vivra verra », en latin.

# Chapitre 25

*J – 19*

La matinée à la boutique passe à toute vitesse, Sofia et moi n'avons pas arrêté une minute. Les dimanches de décembre sont toujours plus rythmés que les autres, les gens profitent de leurs jours de congé pour commencer leurs achats pour les fêtes de fin d'année. Avoir de l'aide me fait du bien, surtout en ce moment alors que mes nuits sont agitées.

Je repense à la lettre de Christmas que j'ai lue sur le chemin du travail. Elle était courte et mystérieuse. N'ayant pas fait de latin de toute ma scolarité, j'ai tapé sur Google les trois petits mots précédant sa signature. « Qui vivra verra. » Une promesse. Depuis, je suis dans une perpétuelle attente, je ne sais pas comment il peut se manifester, ni ce qu'il me prépare. Mes yeux n'ont de cesse de faire des allers-retours en direction de la porte.

À midi, je laisse Sofia toute seule à l'avant gérer à la fois le salon de thé et le magasin, elle s'en sort comme une pro. Pendant ce temps, je passe à l'arrière pour me mettre à pâtisser. Nous sommes le 6 décembre – le jour de la Saint-Nicolas –, chaque année, j'honore une vieille tradition européenne en distribuant des friandises aux enfants.

— Salut, patronne ! À mardi.

La belle métisse a crié depuis l'autre côté du magasin avant de franchir la porte. Je souris toute seule face à mes préparations. Sofia est pétillante et son charisme charme tous les habitués. Même Dan, qui est passé, semblait subjugué par ma nouvelle collègue.

Je finis le glaçage d'une fournée de sablés à l'effigie de l'évêque bien connu tout en chantant *All of Me* de John Legend, qui passe en fond sonore, lorsque la porte s'ouvre pour laisser apparaître Hayden. Je sursaute et pousse un hurlement aigu. Mon cœur bat à tout rompre sous l'effet de surprise.

— Alyson ? Je passais par là et j'ai vu que c'était ouvert.

Qu'il ait eu l'idée de pousser la porte en cette fin de dimanche après-midi fait naître en moi un fourmillement incontrôlé. Je croise son regard orageux, ce regard qui pourrait me faire craquer alors que mon cœur balance entre lui et mon meilleur ami. Je n'ai pas cessé de repenser à ma conversation d'hier avec Elsa. Pour une fille qui est restée célibataire aussi longtemps, deux hommes, c'est trop, et je ne sais pas du tout comment gérer la situation.

— Que faites-vous encore ici ? demande-t-il malgré mon silence.

— Des friandises pour la Saint-Nicolas !

Sa moue interrogative est adorable et me fait sourire.

— Santa Claus, ça vous dit quelque chose ?

— L'ancêtre du Père Noël ?

Je hoche la tête, agréablement surprise qu'il connaisse la référence. De nos jours, beaucoup ont oublié comment est né le généreux barbu dans son habit rouge.

— Avant que le concept soit repris par Coca-Cola, cette tradition européenne nous a été amenée par les Hollandais.

— Et vous perpétuez la tradition, affirme-t-il. Je ne devrais pas être surpris, vous êtes un vrai lutin de Noël.

Sa remarque ne fait qu'accentuer mon sourire. Je suis touchée qu'il me voie ainsi et bien incapable de le cacher.

— Chaque année, je fais le tour du quartier pour distribuer des gâteaux aux enfants, et je finis toujours par l'orphelinat de Mme Andersen. Cette coutume se perd, et c'est dommage. Et puis j'adore faire des pâtisseries et encore plus les partager, alors illuminer le regard des enfants n'est pas ma seule motivation, j'y prends un plaisir égoïste.

Un changement quasi imperceptible s'opère lorsque je mentionne la pension de Mme Andersen, tout son être s'assombrit. Pourtant, sans que je ne m'y attende, Hayden réduit l'espace entre nous, et je crois avoir rêvé l'obscurité qui habitait son regard la seconde d'avant. Il est suffisamment proche pour prendre entre ses doigts une mèche blonde, échappée de ma queue-de-cheval, et la replacer derrière mon oreille.

— Vous êtes la personne la moins égoïste que je connaisse, murmure-t-il.

L'air se raréfie et mes pensées partent dans tous les sens. J'ai conscience qu'il vient de me faire un compliment, mais je suis incapable de réagir, je ne pense qu'à son parfum musqué qui m'enveloppe, à la chaleur que dégage son corps et à sa main suspendue près de mon visage.

Lorsque je crois qu'il se penche pour m'embrasser, mes yeux se ferment instinctivement et mon cœur tambourine contre ma cage thoracique. Mon ventre se serre par anticipation, sauf qu'il ne se passe rien. Je sens Hayden passer près de mon oreille avant de reculer. Lorsque j'ouvre les yeux, je le découvre en train de porter un bonhomme de pain d'épice à sa bouche – cette maudite bouche qui ne m'a pas embrassée – et un gémissement s'échappe de ses lèvres. Mes joues s'empourprent et je tente de remettre un peu de distance entre nous afin d'avoir à nouveau les idées claires ; néanmoins, je me retrouve vite bloquée dans l'espace étriqué de l'arrière-boutique.

— Je crois que je vous l'ai déjà dit, mais vos gâteaux sont divins.

— Merci, bredouillé-je.

— Votre tournée… vous la faites seule ? me demande-t-il en enfournant le dernier morceau de biscuit dans sa bouche.

— Oui.

Il fronce les sourcils et je le vois hésiter. Ses yeux font des allers-retours entre la pendule accrochée au mur et moi.

— Vous accepteriez que je vous accompagne ?

Je suis surprise par sa question. Je me mords la lèvre inférieure pour ne pas montrer l'effet qu'elle a sur moi.

— Personne ne vous attend à la maison ?

— Je préfère m'assurer qu'il ne vous arrive rien.

Mon cœur s'emballe et je lutte pour ne pas laisser un sourire niais s'afficher sur mon visage.

— Vous n'êtes pas obligé.

— Je ne vais pas vous laisser arpenter les rues de Boston en pleine nuit.

— Il est 18 heures, dis-je en vérifiant sur l'horloge accrochée au mur.

— C'est bien ce que je dis, il fait nuit.

Je découvre le côté chevaleresque de Hayden. Chaque jour, j'apprends à le connaître, et chaque fois on s'éloigne de la première impression qu'il m'a laissée en franchissant le seuil de ma boutique. J'ai conscience qu'un beau matin je pourrais revoir débarquer M. Parker et sa froideur à resolidifier la banquise, alors je profite de chaque petit moment. Cette pensée me fait l'effet d'un choc : *N'est-ce pas ce qu'on fait lorsqu'on est en couple ?* Je secoue la tête pour me débarrasser de cette idée, je ne veux pas gâcher le moment en me posant trop de questions.

Pendant que je réglais ma crise existentielle, Hayden a sorti son téléphone et a pianoté sur l'écran quelques secondes avant de le glisser à nouveau dans sa poche.

— Vous êtes prête ?

— Il faut tout emballer dans de petits cartons individuels avant de partir.

— Très bien, vous dirigez et j'exécute.

Nous nous attelons à la tâche immédiatement. Les premières minutes s'égrènent dans le silence, je ne sais pas comment le briser, ma tête est envahie d'images qui n'ont rien à voir avec le programme de notre soirée. Finalement, c'est Hayden qui prend la parole.

— Qu'est-ce qui vous attire dans la tradition de la Saint-Nicolas ?

— C'est une partie de l'histoire de Noël. Saviez-vous que saint Nicolas est inspiré de l'évêque Nicolas de Myre, du IIIe siècle ? Il est devenu très populaire dans l'Église latine, c'est pour ça qu'il est à l'origine de beaucoup de légendes européennes.

— D'où tenez-vous ces informations ?

— De la bibliothèque. Ma famille a toujours respecté les traditions, alors je pense que j'ai ça dans le sang. Tous les ans, nous allons à la messe de minuit le soir du réveillon.

— Je ne pensais pas Jerry croyant, dit-il, songeur.

— Mon père ne l'est pas vraiment. Il est reconnaissant et célèbre les fêtes dans la tradition chrétienne car il s'y retrouve. Pour autant, le reste de l'année, vous ne risquez pas de le croiser sur les bancs de l'église.

Hayden hoche la tête et semble se perdre dans ses pensées.

— Et vous, quelles sont vos traditions de Noël ?

— Faire plaisir à ma sœur et mon neveu. J'ai renoué avec les fêtes lorsque Axel est venu au monde.

— Et vos parents ?

C'est une manière peu élégante de l'interroger sur sa famille, j'en conviens. J'ai envie d'apprendre à le connaître, toutefois, il n'est pas le genre d'homme à se dévoiler facilement, alors j'ai tenté ma chance. Comme pour illustrer ma réflexion, Hayden pousse une petite boîte verte vers moi puis se frotte les mains sur son jeans sans me regarder.

— Nous avons fini. Allons-y avant qu'il ne soit trop tard.

Puis il récupère une cagette que j'avais préparée et y glisse l'ensemble des cartons contenant les friandises, avant de partir en direction de la sortie. Le message est clair, j'ai touché un point sensible.

# Chapitre 26

*J – 19*

— Comment faites-vous pour connaître le nombre d'enfants résidant dans chaque immeuble ? me demande Hayden quand nous quittons la conciergerie de Mme MacFeil.

Nous longeons la rue commerçante, il nous reste deux bâtiments à faire avant de nous rendre à l'orphelinat pour 20 heures.

— Je ne le connais pas. Les gardiens me renseignent la plupart du temps et j'en laisse toujours un peu plus, et puis d'autres fois ce sont des habitués de la boutique, alors je finis par connaître toute leur famille.

— Vous êtes vraiment une femme étonnante, Alyson Hale.

Son compliment me fait rougir et je ne sais pas quoi répondre, alors je me contente de sourire avant de revenir vers un sujet sur lequel je suis plus à l'aise.

— Lorsque j'ai ouvert ma boutique, il y a cinq ans, nous étions au commencement de la période de Noël. C'était calculé, je voulais faire une première impression qui donnerait aux gens l'envie de revenir. Cette année-là, j'ai dû faire un millier de friandises pour les déposer dans tout le quartier. C'était ma première démarche marketing pour me faire de la pub, je n'ai pas uniquement ciblé les enfants, il y avait des pâtisseries pour tout le monde.

Évoquer ces souvenirs me rend nostalgique. En rentrant chez moi après ma tournée, j'étais épuisée et stressée, je ne savais pas quelles allaient être les retombées d'une telle action.

— J'en déduis que ça a marché.

— Le lendemain, quand je suis arrivée à la boutique, il y avait la queue devant le magasin.

À cette époque, je n'ouvrais pas avant 10 heures et j'avais été surprise de voir qu'ils avaient fait le déplacement ; certes, ce n'était pas tout Boston, mais c'était une première pour moi.

Nous poussons la porte du nouvel immeuble que nous livrons et mon sourire s'élargit. Dans le hall résonne *Silent Night*, et une douce odeur de chocolat et de cannelle vient me chatouiller les narines. Pour parfaire l'ambiance, un immense sapin se dresse près des escaliers et les trois portes de cet étage sont entourées de guirlandes lumineuses.

M. Smith sort du local technique pour nous accueillir, il s'essuie les mains sur le chiffon qui dépasse de la poche de son bleu de travail avant d'en tendre une à Hayden et de me serrer dans ses bras.

— Margaret t'attendait avec impatience, elle a préparé de quoi déguster tes biscuits. D'ailleurs, je ne suis pas sûr que les enfants aient le temps d'en goûter cette année.

— J'en ai ajouté quelques-uns car je sais que tu es gourmand, Sandy.

— Tu es une fille parfaite, déclare-t-il. Présente-moi ton ami, je ne crois pas l'avoir déjà rencontré.

— Sandy, voici Hayden, il m'aide pour ma tournée cette année en plus de rénover la boutique. Hayden, Sandy Smith. Lui et sa femme ont la charge de cet immeuble, ils vivent les fêtes de Noël à fond, comme tu peux le voir.

Je fais un arc de cercle avec mon bras en direction de la décoration.

— D'ailleurs, je m'apprêtais à coller les stickers aux fenêtres quand Mme Markel a eu un problème d'eau chaude.

— C'est très beau, se contente de dire Hayden.

— Bon, les jeunes, allez voir ma femme avant qu'elle ne me tape sur les doigts parce que je vous ai trop retenus.

Nous le saluons avant de franchir la seule porte ouverte, qui mène à l'appartement des Smith. Je donne deux petits coups sur le chambranle pour annoncer notre présence, et il n'en faut pas plus à Margaret pour débouler dans l'entrée en criant joyeusement. Les embrassades sont aussi chaleureuses qu'avec son mari, si bien que Hayden est pris au dépourvu lorsqu'elle l'enlace.

Comme chaque année, Margaret insiste pour que nous restions et savourions une tasse de chocolat chaud. Je regarde ma montre et grimace : il est déjà 19 h 40 et je ne veux vraiment pas être en retard à l'orphelinat.

— Pas cette fois, Margaret, mais, promis, l'année prochaine, tu seras en tête de la tournée et je prendrai le temps. Il nous reste encore un immeuble avant de rejoindre Mme Andersen.

— Alors allez-y, ne faites pas attendre les enfants. Je passerai demain à la boutique pour un petit tête-à-tête, m'annonce-t-elle.

Je la remercie et l'embrasse sur la joue avant de repartir.

Notre tournée touche à sa fin lorsque nous rejoignons l'orphelinat. Pourtant, c'est le moment que je préfère, celui où je passe du temps avec les enfants et où cette tradition prend tout son sens. Nous sommes presque arrivés lorsque je sens Hayden se raidir à côté de moi. Je tourne la tête : il regarde fixement dans le lointain. Il serre les mâchoires, et ses épaules sont si tendues que ses bras ne suivent plus le mouvement de sa marche.

— Vous allez bien ?

Seul le silence me répond. Il n'a aucune réaction, si bien que je me demande s'il m'a entendue ou s'il a seulement décidé de m'ignorer. Son changement de comportement me surprend, je pensais que nous passions une bonne soirée avant qu'il ne se transforme soudain en bombe à retardement. Je devine presque la pulsation de son sang dans ses veines et les battements de son cœur qui s'affolent. Il serre et desserre les poings comme pour tenter de se maîtriser ou d'évacuer la tension de son corps.

Sans réfléchir, j'attrape sa main et le force à s'arrêter. Nos regards se croisent et ce que je lis dans le sien m'alerte. La douleur est si présente qu'elle me tord l'estomac, et puis il y a également toute cette tristesse à ne plus savoir qu'en faire.

— Hayden, chuchoté-je avec précaution.

— Alyson, je…

Il s'interrompt avant de secouer la tête. Habituellement, je n'insiste pas, je le laisse venir, sauf que cette fois j'ai le sentiment qu'il a besoin d'encouragements et je suis incapable de le laisser en proie à sa souffrance.

— Hayden, je suis là. Tu peux me parler, lui assuré-je en passant au tutoiement pour qu'il soit plus à l'aise.

— Si je n'ai pas abordé le sujet de mes parents, tout à l'heure, c'est pour une bonne raison. Mon père est mort dans un accident de voiture alors qu'il allait chercher Suzy à l'école. J'avais dix ans, et ma sœur, six. On s'est retrouvés tout seuls, car notre mère s'est barrée de la maternité après avoir accouché de Suzy.

Les mots ont du mal à quitter ses lèvres, mais je comprends où il veut en venir. Je retiens les larmes qui me sont montées aux yeux et resserre l'étreinte de ma main.

— Nous avons vite été embarqués par les services sociaux et nous sommes arrivés chez Mme Andersen, finit-il par avouer. Nous y sommes restés jusqu'à ce que j'aie l'âge d'obtenir la tutelle de ma sœur.

— Vous n'avez jamais été en famille d'accueil ? me risqué-je à demander.

Hayden secoue la tête.

— J'ai toujours refusé. Je ne voulais pas qu'on soit séparés, et Mme Andersen a compris, elle nous a gardés sous son aile.

— Je suis désolée que tu aies dû affronter ça, dis-je à défaut d'autre chose.

— La famille, c'est… douloureux, même si c'est ce qui nous tient en vie.

Cette phrase fait écho en moi, même si en cet instant je ne m'y attarde pas, préférant me focaliser sur lui.

— Tu n'es pas obligé de m'accompagner, Hayden. Tu as déjà fait beaucoup.

— Je crois qu'il faut que je le fasse, dit-il. Pour ces gosses qui ont besoin d'espoir et de magie, mais aussi pour moi.

# Chapitre 27

*J – 19*

Nous ne sommes qu'à quelques mètres de l'entrée de l'orphelinat lorsque j'aperçois une silhouette familière. Je cligne des yeux plusieurs fois pour être certaine de ne pas rêver : Gregory est nonchalamment appuyé contre le mur près de la porte. Soudain, lui aussi me remarque. Si dans les premières secondes il semble heureux de me voir, son sourire s'estompe dès qu'il se rend compte que je suis accompagnée. Je grimace, ma conversation avec Elsa me revient alors en pleine face et je devine immédiatement la jalousie de mon ami.

— Qu'est-ce que tu fais là ? lui demandé-je une fois à sa hauteur.

— Et lui ? rétorque-t-il.

Hayden ne semble pas prêter attention à notre échange, sans doute est-il toujours en proie à ses sombres pensées. Toutefois, il ne m'a toujours pas lâchée et, même lorsque nous nous sommes remis à marcher, je n'ai pas cherché à me dégager de cette étreinte à la fois légère et essentielle. Son histoire est terrible ; par ce simple geste, j'aspire à l'aider à supporter la douleur à défaut de pouvoir l'absorber.

Lorsque Gregory remarque nos mains liées l'une à l'autre, sa mine s'assombrit davantage. Des fourmis se propagent dans tout mon bras, si bien que j'ai envie de m'éloigner de Hayden pour effacer toute trace de tristesse du visage de mon ami. Sauf que, si je fais ça, je blesserai un autre homme que j'apprécie de plus en plus. Qu'importe mon choix, il ne pourra pas contenter tout le monde.

Je décide de jouer la carte de l'honnêteté, je ne fais rien de mal, après tout. Alors pourquoi un sentiment de culpabilité m'étreint-il la poitrine ?

— Hayden s'est proposé de m'accompagner lorsqu'il m'a vue finir les gâteaux. Et toi ? Tu ne m'as toujours pas dit comment ça se fait que tu te retrouves devant le foyer de Mme Andersen.

— Je voulais te faire une surprise, car je sais à quel point tu aimes venir ici chaque année, mais je vois que tu as trouvé quelqu'un avec qui partager ce moment.

L'amertume dans sa voix est évidente. Gregory est blessé, et ce n'est que maintenant que je prends la mesure de ses sentiments. Elsa a raison, mon meilleur ami est amoureux de moi. Je me demande depuis combien de temps. Peut-être est-ce récent, ou alors il se cache depuis des années derrière notre amitié et aujourd'hui il ne parvient plus à garder le masque.

— Je vais y aller, finit-il par dire.

— Ne sois pas bête, il y a suffisamment d'enfants pour nous trois. Mme Andersen sera ravie d'avoir des paires de bras supplémentaires.

Il hésite. J'insiste.

Je ne sais pas encore quoi faire de ce qui se passe entre nous, toutefois, je ne suis pas prête à perdre son amitié.

Nous entrons tous les trois dans le bâtiment. Contrairement à ce qu'on pourrait penser, les lieux ne sont pas tristes et délabrés. Le hall regorge de couleurs flamboyantes, les enfants ont fait une gigantesque fresque murale représentant plusieurs scènes de vie. On y voit de grandes tablées déguster un somptueux repas, un match de foot, un couple qui s'embrasse, une voiture qui trace sa route et tout un tas de choses dont rêvent ces enfants.

Paula Andersen est un petit bout de femme dans la force de l'âge, et son accueil est à l'image de sa personnalité :

pétillant et chaleureux. Elle m'embrasse sur les deux joues tout en me remerciant d'être là à nouveau cette année. Elle salue Gregory comme s'ils se connaissaient depuis longtemps, puis son regard se pose sur l'homme qui se tient à ma droite.

— Hayden, souffle-t-elle.

Ce dernier semble incapable de réagir. J'effectue quelques pressions sur sa main pour le ramener à l'instant présent.

— Bonjour, madame Andersen. Ça fait un bail.

Aucun des deux ne prononce un mot de plus. Leurs retrouvailles sont silencieuses, et pourtant j'ai l'impression qu'ils se disent mille et une choses. On peut lire de l'amour dans les yeux bruns de Paula, et de la reconnaissance dans ceux de Hayden. Greg et moi assistons à la scène dans le plus grand respect. Si je ne tenais pas la main de Hayden dans la mienne, nous les aurions laissés pour plus d'intimité.

— Les enfants vous attendent, finit par dire Paula, rompant l'intensité du moment.

Nous la suivons dans le réfectoire, où une trentaine de petites têtes blondes courent dans tous les sens. Il suffit à notre hôtesse de taper trois fois dans ses mains pour que tous les enfants s'arrêtent et tournent la tête vers nous.

— Nos invités sont arrivés, il est l'heure de dresser le couvert et servir le dîner.

— Et puis, comme je sais que vous avez été sages, pour le dessert, je vous ai apporté des biscuits de Saint-Nicolas, ajouté-je.

Comme un ballet maîtrisé à la perfection, la petite troupe s'anime. Chacun sait ce qu'il a à faire. En moins de dix minutes, la table est mise, et nous nous retrouvons assis au milieu des enfants, prêts à déguster notre repas. Greg, Hayden et moi avons été séparés et réquisitionnés par un groupe.

Je n'ai même pas songé à protester lorsque Lucy, une petite blondinette de sept ans, m'a saisi la main pour m'emmener à sa suite. Elle me conduit à la table la plus proche du sapin, décoré avec soin. Je reconnais certaines décorations qui viennent de la boutique au milieu de celles faites main par les enfants de l'orphelinat. Je m'assieds sur la chaise que m'indique Lucy et déplie la serviette pour la poser sur mes genoux. Un grand plat de purée de pommes de terre accompagné de poulet est déposé au centre de la table. Je vois mes hôtes du jour saliver et décide de mettre fin à leur supplice en commençant le service.

Chaque année, le 6 décembre, je viens partager le souper avec eux, de ce fait, ils dînent plus tard que les autres jours. Je devine à leur air affamé qu'ils n'hésiteront pas à me manger si je ne remplis pas leur assiette dans la minute.

Durant tout le repas, j'écoute les conversations enfantines autour de moi. Il y a les apprentis casse-cou qui racontent leurs exploits du jour, les rêveurs qui se perdent dans un futur utopiste, il y a aussi les plus discrets. Ceux-là ne font pas de vagues, c'est à peine s'ils ouvrent la bouche ou réagissent aux paroles de leurs camarades. Ce sont ceux-là que je garde à l'œil, ces jeunes qui savent se faire oublier. Souvent, ils sont en grande souffrance et tout le monde passe à côté sans rien remarquer. Au fil des ans, j'ai appris à entendre ces enfants qui ne font pas de bruit. Ce soir, c'est le petit Esteban qui m'inquiète, et je ne manquerai pas d'en toucher deux mots à Mme Andersen. Il fuit le regard, mange à peine, et on peut deviner qu'il a l'esprit ailleurs.

Les minutes s'égrènent bien trop rapidement à mon goût, j'ai le sentiment de ne pas avoir suffisamment profité de la soirée lorsque Paula frappe dans ses mains pour attirer l'attention de l'assemblée. Elle annonce le dessert et par la même occasion la fin de ce moment unique.

# Chapitre 28

*J – 19*

Les enfants ont été envoyés dans les dortoirs il y a tout juste quelques minutes. Lorsque j'ai voulu m'entretenir avec Paula au sujet d'Esteban, je l'ai aperçue avec Hayden. Tous deux ont pris la direction de son bureau et je ne compte pas les déranger. Il m'a fait part d'un morceau de son histoire, venir dîner ici a dû faire remonter des souvenirs et je devine qu'il a encore des choses à régler.

Pendant ce temps-là, j'aide au nettoyage du réfectoire et à la vaisselle. Je finis de laver la dernière table lorsque Gregory s'approche de moi, les mains dans les poches. Il ne parle pas tout de suite, et malgré moi je prends le temps de l'observer. Il a changé, pas physiquement, il est toujours ce beau brun au visage anguleux et au sourire tendre. Non, c'est quelque chose de plus profond. Il semble perdu et las, peut-être fatigué aussi. Je sais que la date anniversaire du décès de son père approche, et puis il y a ce qu'Elsa m'a confirmé hier midi. Avec cette information en tête, je ne sais plus comment me comporter avec mon meilleur ami. J'ai besoin de temps pour mettre mes idées au clair, toutefois, quand mes yeux se posent sur lui, je sais que je ne peux pas rester là les bras ballants.

Je fais fi du fait que mon geste puisse prêter à confusion, je m'avance vers Greg et l'enlace sans retenue. Ses bras sont suspendus au-dessus de moi, tandis que les miens enserrent ses côtes. La surprise passée, il m'enveloppe les épaules et me rapproche davantage de lui. Ma tête repose sur sa poitrine, j'écoute les battements de son cœur qui résonnent de manière irrégulière. Greg, quant à lui, hume mes cheveux, je l'entends soupirer d'aise et je me dis que ce câlin était la bonne solution. Nous restons ainsi un moment, sans vraiment prêter attention au temps qui passe.

— Merci.

Son souffle vient caresser mon oreille alors qu'il se recule pour mettre fin à notre étreinte. J'aimerais lui dire que c'est quand il veut, mais je me retiens, je ne veux pas lui donner de faux espoirs tant que c'est la pagaille dans ma tête. Je me contente d'un sourire entendu.

Un raclement de gorge fait éclater notre bulle et je découvre Hayden dans l'encadrement de la porte. Il nous rejoint d'un pas traînant, les yeux rivés au sol.

— Tout va bien ? lui demandé-je.

— Oui.

Son ton est sec. Je vois revenir le Hayden des premiers jours, celui qui est avare en conversation et qui n'est là que pour son travail.

— Il se fait tard, dit-il. Nous devrions rentrer.

— Je vais redéposer Alyson, c'est sur ma route, déclare Gregory.

J'ai envie de refuser, cette soirée a été éprouvante pour Hayden et j'aimerais m'assurer qu'il va bien. Sauf que ce dernier a hoché la tête et est déjà en train de partir vers la sortie. Avant qu'il ne soit hors d'atteinte, je le rattrape et saisis son bras.

— Promets-moi de me prévenir quand tu es chez toi, je… Je m'inquiète.

— C'est inutile.

— Promets-le-moi, dis-je, suppliante.

Hayden laisse échapper un soupir avant de se tourner vers moi et de plonger son regard dans le mien. Ce que j'y lis ne me rassure pas, au contraire. Alors je m'accroche à ses paroles.

— Promis.

Comme s'il avait murmuré le mot magique, ma prise se relâche et il disparaît en un rien de temps. Immobile au milieu de la pièce, je fixe la porte qu'il vient de franchir jusqu'à ce que Greg me rejoigne et pose la main sur mon épaule.

— Tu es prête ?

Je hoche la tête pour toute réponse avant de le suivre. Je fais une halte par le bureau de Mme Andersen, mais elle est au téléphone, et à en juger par ses sourcils froncés c'est assez sérieux. Elle nous salue d'un signe de la main et je note dans un coin de ma tête de l'appeler dès lundi au sujet d'un de ses petits résidents.

La voiture de Greg est garée à quelques mètres de l'entrée, nous la rejoignons en silence, chacun perdu dans ses pensées. C'est encore Hayden qui m'occupe l'esprit lorsque mon ami s'insère dans la circulation, je ne parviens pas à effacer l'image de son regard empli de douleur, si bien que je regrette de ne pas avoir insisté pour le raccompagner ce soir. Même quand Greg monte le son de sa radio pour me faire réagir au titre qui résonne dans l'habitacle, je ne l'écoute pas.

— Aly…, soupire-t-il.

— Je suis désolée.

— Tu te fais du souci pour lui.

Ce n'est pas une question mais une affirmation. Greg n'est pas dupe, il devine que Hayden, en plus d'être son rival, se fraye une place dans mon cœur.

— Comme je m'inquiète pour toi, réponds-je en toute honnêteté.

Le silence retombe entre nous et perdure jusqu'à ce que nous nous retrouvions en bas de mon appartement. Je ne propose pas à mon ami de monter et que nous poursuivions la soirée devant Netflix à nous gaver de cochonneries. Au lieu de ça, je l'embrasse sur la joue et le remercie avant de descendre de la voiture et de claquer la portière.

*Je sais qu'il est rentré, ou du moins il devrait l'être à cette heure-là !* Si mes calculs sont bons, il y a bien une heure qu'il est chez lui, sauf que mon téléphone reste désespérément inactif. Depuis que Greg m'a déposée, j'ai pris ma douche et bu une tasse de chocolat chaud, rien d'autre. Maintenant, je suis assise en tailleur sur mon lit, les yeux rivés sur ce maudit téléphone, à attendre des nouvelles de Hayden.

— Il a promis, bon sang !

Au même moment, l'écran s'illumine et je me jette sur l'appareil.

Bien rentré.

Je fronce les sourcils. *C'est tout ?* Après une heure à poireauter et à me ronger les ongles tant j'étais nerveuse, j'ai simplement droit à deux petits mots. Je mets quelques secondes à taper ma réponse, qui, j'espère, le poussera à m'en dire plus.

J'étais à deux doigts de débarquer chez toi pour vérifier par moi-même.

Je suis désolé.

Est-ce que ça va ? (pour de vrai, cette fois)

Non.

Comment ça pourrait aller après ce que je lui ai fait vivre ce soir ? Inconsciemment, je suis celle qui a remué le passé et qui l'a mis face à ce qui le fait encore souffrir. La culpabilité m'étreint le cœur. Comme s'il avait deviné mes sombres pensées, Hayden m'écrit à nouveau :

Je t'entends te faire des nœuds à la tête depuis l'autre côté de la ville… Arrête ça !

Et à quoi je pense, selon toi ?

À moi.

Le rouge me monte aux joues. Il a raison, je pense à lui. Dans un autre contexte, cette conversation ressemblerait à du flirt. L'espace d'un instant, je m'imagine que c'est le cas et un sourire étire mes lèvres. Je ne peux m'empêcher de répondre de manière ambiguë :

Peut-être…

Bonne nuit, Alyson.

Je lui retourne la politesse avant de me laisser aller en arrière et de sourire bêtement au plafond de ma chambre jusqu'à ce que le sommeil m'emporte, mon téléphone toujours posé sur la poitrine.

# Lettre 7

*Chère Alyson,*

*Amour qui n'est qu'amour, qui vit sans espérance,*
*De soi-même par soi par soi-même agité,*
*Qui naquit éternel vif à l'éternité*
*Qui surpasse en aimant l'âme et la connaissance,*
*Que cet amour est près de la divinité !*
*On dit qu'amour est feu, le feu est de deux sortes :*
*L'un se mêle confus avec les éléments,*
*Pour engendrer, nourrir par leurs tempéraments,*
*L'autre assiège du Ciel tout céleste les portes,*
*Prenant en soi la vie et tous ses mouvements.*
*Le premier s'asservit sous les lois de la nature,*
*Se mêle, se démêle et se perd quelquefois.*
*Quand le vivre lui faut, l'autre n'a d'autres lois*
*Que son cours, son esprit, son âme belle et pure,*
*Et feu est toujours feu, sans le secours du bois.*
*L'homme par la raison tient, augmente et possède*
*Le feu qui n'est vrai feu, mais un bien que des dieux*

*Le larron Prométhée eut le moins précieux,*
*L'autre qui en beauté tout le dessous excède*
*Ne pouvant être Ciel est le plus près des Cieux.*
*Je veux du feu terrestre et de l'élémentaire*
*Comparer deux amours, dont l'un a pour objet*
*Un désir, un plaisir, imparfait et abject,*
*L'autre se mire en soi, et tout seul se veut plaire*
*Il est la cause et fin, sa vie et son subject.*
*Amants qui abaissez votre amour de la vue,*
*Qui l'endormez enfant au berceau du loisir,*
*De qui le cœur enflé engrossa de désir,*
*Vous voyez l'espérance à la poitrine nue,*
*Faire téter amour au lait de son plaisir.*
*Si votre œil fasciné un coup se défascine,*
*Si le cœur perd sa fin ou se contente un jour,*
*Si fortune effrayant de quelque lâche tour*
*La nourrice d'amour a séché sa poitrine,*
*Tout meurt, votre désir, l'espérance et l'amour.*
*Mais ceux qui sont épris des plus célestes flammes*
*Ne sont haussés du trop et abaissés du peu,*
*Leur amour n'est enfant de peu de choses esmeu,*
*Rien ne le fait mourir : En ces heureuses âmes,*
*Sans espoir et sans bois vit l'amour et le feu.*
*Un peu d'eau fait mourir une flamme commune.*
*Les larmes font mourir les amours et les feux*

*Des amants espérants, les autres amoureux*
*Triomphent sur les pleurs, commandent la fortune*
*Car l'eau est sous le feu comme il est sous les Cieux.*
*Ah ! que le feu terrestre a sur soi de nuages !*
*Ah ! que l'autre est couvert d'une belle clarté !*
*Que l'un a de fumée et l'autre de beauté !*
*L'un sert même aux enfers, aux peines et aux rages,*
*L'autre aux Cieux, aux plaisirs de la divinité.*
*Pour cause, en mon amour j'aime pour ce que j'aime,*
*J'aime sans désirer que le plaisir d'aimer,*
*Mon âme par son âme apprend à s'animer,*
*Je n'espère en aimant rien plus que l'amour même*
*Et le bois de ce feu ne se peut consumer.*
*Si on dit votre amour est simple et stérile,*
*Sans produire, sans croître et est sans action*
*Le feu pur est ainsi sans dépérition.*
*S'il ne meurt point, pourquoi doit-il être fertile ?*
*Croître et diminuer sont imperfection.*
*Belle divinité qui mon âme a ravie*
*En ton Ciel avec toi, mon âme a pris des yeux*
*Pour contempler de toi le beau, le précieux,*
*Pareil au bienheureux est son heure et sa vie,*
*Car être au paradis, c'est contempler les dieux.*
*Mais ne puis-je espérer de mes beaux feux esteindre ?*
*Mais dois-je désirer d'esteindre ces beaux feux ?*

*Non, c'est ne vouloir point le plaisir que je veux,*

*Je ne puis le vouloir et n'oserais le craindre,*

*Mon amour ne craint pis et n'espère rien mieux.*

*Je vois de mon beau ciel les espérances vaines*

*Des amants abusés, l'un ne peut s'esjouir.*

*Possédant un défaut, l'autre ne peut fuir*

*Le manque et l'imparfait des amitiés humaines*

*Et l'amour sans l'espoir est plus que le jouir.*

*Je ne désire rien, que faut-il que j'espère ?*

*Et je n'espère rien, que puis-je désirer ?*

*Mon amour sait ravie, et non par martyrer,*

*Et sur mon bien parfait, qu'est-ce qui me peut plaire ?*

*Si mon bien ne peut croître, il ne peut empirer.*

*L'élément en hauteur surpasse toute flamme,*

*Le feu est le plus sûr de tous les éléments,*

*Mon âme aime plus haut que tous entendements,*

*Il n'est rien de si beau que le beau de ma dame,*

*Elle efface tous beau, et moi tous les amants.*

*« Amour qui n'est qu'amour », « Stances », Théodore Agrippa d'Aubigné.*

*Christmas*

# Chapitre 29

*J – 18*

Je fronce les sourcils en découvrant la nouvelle lettre de Christmas. *Un poème ?* Je ne m'attendais pas à ça, une fois de plus, mon admirateur est plein de surprises. Je lis les vers, qui me sont inconnus, comme le nom de l'auteur. Je tire mon portable de ma poche et entame une recherche sur Wikipédia.

« Théodore Agrippa d'Aubigné, né d'Aubigny (le véritable nom était d'Aubigny, mais par erreur ce nom fut transcrit en d'Aubigné) le 8 février 1552 au château de Saint-Maury, près de Pons, en Saintonge, et mort le 9 mai 1630 à Genève, est un homme de guerre, un écrivain controversiste et un poète baroque français. »

*Oh ! un Français !* Ce n'est sans doute pas le message qu'il souhaitait me faire passer dans sa lettre, toutefois, j'apprends que Christmas est un amateur de poésie française. Je lis et relis les pages noircies de ce poème qui décrit l'amour, mais l'amour comme une chose fragile qu'une goutte d'eau pourrait faire disparaître. Pourtant, il y a aussi l'amour, le vrai, celui qui porte un grand A et qui se consume autant qu'il s'alimente.

Je suis en larmes le temps d'arriver à la boutique ce matin. Durant le quart d'heure qu'il me faut pour la rejoindre, j'ai parcouru les lignes jusqu'à les connaître sur le bout des doigts. Je ne parviens pas à savoir si je dois être heureuse ou triste, si je dois croire en cet amour naissant ou s'il est voué à l'échec. Je ne sais pas ce qu'il essaye de me dire et ça me met dans tous mes états. C'est en passant devant un miroir exposé dans le magasin que je prends conscience de l'image que je renvoie : mes yeux sont rouges et bouffis, mon mascara n'est plus qu'un lointain souvenir, et la fatigue de ces derniers jours se lit sur mon visage.

Je me hâte de rejoindre les toilettes dans l'arrière-boutique. J'ai besoin de me rafraîchir autant que de me redonner une forme humaine. J'ouvre le robinet, d'où s'échappe un filet d'eau glacée, je place mes mains en coupe en dessous et m'asperge le visage. Je reprends des couleurs, mes joues sont rosies par le froid et mes yeux ont dégonflé. Je tire de mon sac une petite trousse à maquillage pour tenter de sauver ce qui peut encore l'être.

Je suis à peu près présentable quand je décide de me mettre au boulot. Je sors le reste des biscuits de la Saint-Nicolas et les expose en vitrine avant de préparer des cookies aux noix de macadamia pour compléter l'assortiment de douceurs du jour.

Sofia n'est pas là aujourd'hui, son contrat n'est qu'un temps partiel et, même si elle a une grille horaire, comme le veut la loi, je la laisse modeler sa présence à son emploi du temps. Nous avons convenu qu'elle me donne un prévisionnel le samedi pour la semaine suivante. Je ne pensais pas cela possible, du moins pas aussi vite, mais j'ai toute confiance en cette étudiante et dans quelque temps je pourrai même la laisser gérer la boutique toute seule si je veux prendre un jour de repos. *Moi, en congés ?* Cette idée ne m'a jamais effleuré l'esprit jusqu'alors, j'ai plutôt subi le matraquage continu de mon entourage. Pourtant, cette fois, j'y pense sérieusement. J'ai besoin de temps pour moi, pour réfléchir sans être happée par le rythme effréné du quotidien.

Comme un fait exprès, à peine ai-je pris une seconde pour me perdre dans ma réflexion que j'entends tinter la clochette de l'entrée. Le premier client n'est autre que Dan, mon voisin, qui arrive, son journal sous le bras.

— Bonjour, Dan !

— Mademoiselle Alyson, je suis sûr que vous pouvez m'aider ! Est-ce qu'il est possible de prendre un café et de parler quelques minutes ?

— Évidemment.

Il me remercie et me salue en tirant sur l'avant de sa casquette avant de s'installer à une table. Je lance le percolateur et y glisse deux tasses avant que le nectar si convoité en coule. Deux autres clients arrivent pour un petit déjeuner à emporter sur la route du bureau. Je prépare leur commande avant de rejoindre mon voisin, qui lit tranquillement son quotidien. Je pose nos tasses sur la table et m'installe face à Dan.

— Alors que puis-je pour vous ?

Il prend le temps de replier son journal et de sucrer son café avant de répondre.

— Stella m'a invité à passer Noël chez elle, avec ses enfants et ses petits-enfants.

Je souris à cette nouvelle. Ça doit bien faire un an que Dan et Stella se tournent autour comme deux adolescents timides. L'un est un éternel célibataire qui n'a malheureusement jamais rencontré l'amour de sa vie, tandis que l'autre est une veuve qui a pleuré son mari durant des années mais qui est prête à vivre une nouvelle histoire. Stella habite l'immeuble situé en face du nôtre et j'ai pu assister à leur parade nuptiale, digne de magnifiques grèbes huppés. Voir Stella se lancer et l'inviter officiellement me donne envie de faire une petite danse de la joie. Malgré tout, je me retiens et me concentre sur Dan.

— Vous cherchez une idée de cadeau ?

— Oui, mais pas seulement, je lui ai laissé entendre que j'étais un as de la décoration. Du coup, ça se fera chez moi, et vous devinez que je n'ai aucun talent pour ça.

Je réprime un rire et me contente d'un sourire taquin. J'imagine mon voisin complètement déconcerté lorsque sa douce lui a dit qu'elle débarquerait avec toute sa famille.

— Dites-moi que vous pouvez m'aider.

Au même moment, Hayden franchit le seuil de la boutique et une idée me vient.

— Évidemment, Dan, j'ai même un atout secret dans ma manche.

— Vraiment ?

— Vraiment.

— Vous êtes un ange, mademoiselle Alyson.

Gênée, je balaye son compliment d'un geste de la main. Nous échangeons encore quelques banalités avant que je le laisse à sa lecture tout en lui promettant un second café. Je rejoins le bel artisan qui est déjà en train de se mettre au travail.

— Bonjour, soufflé-je.

— Bonjour.

Nous restons un instant silencieux à nous lancer des regards tantôt rieurs, tantôt embarrassés. C'est finalement Hayden qui prend la parole.

— J'aurai fini la peinture ce soir. Les meubles seront livrés mercredi, pensez-vous… Penses-tu pouvoir fermer la boutique deux jours ?

Je suis soulagée qu'il maintienne le tutoiement, je ne suis pas certaine que j'aurais supporté de retrouver une distance professionnelle entre nous, après ce week-end.

— Une journée, déclaré-je. On a pas mal de monde le mercredi, surtout des enfants.

— Fermeture à 18 heures mercredi et réouverture vendredi midi.

— Adjugé, vendu !

Je lui tends la main pour sceller notre accord, ce qui a pour effet de faire apparaître un petit sourire en coin. Il enserre ma paume de la sienne et une onde de chaleur se diffuse dans mon corps. J'essaye de ne pas y prêter attention, je ne veux pas me laisser submerger par mes émotions et repenser à tout ce que Hayden me fait ressentir ces derniers jours. Je récupère ma main, que je passe dans mes cheveux pour ne pas avoir l'air de le fuir.

— Dis-moi, je me doute que ton planning est chargé, mais aurais-tu un peu de temps en off pour un projet sauvetage de Noël ?

Il hausse un sourcil interrogateur qui m'invite à poursuivre. Alors je lui explique la petite histoire de Dan, mon voisin septuagénaire.

— Avec plaisir. Tu me dis où et quand.

— Merci.

Nous nous sourions avant que chacun de nous réalise qu'il a du travail. Alors je m'éloigne, non sans lui jeter un dernier regard, et je suis surprise de rencontrer le sien, plein de promesses.

# Lettre 8

*Chère Alyson,*

*On dit souvent que de la haine à l'amour il n'y a qu'un pas, mais qu'en est-il de l'amour à la haine ? Penses-tu qu'il est possible de trop aimer au point d'en détester quelqu'un ? Ou alors c'est qu'on l'aime mal ? Y a-t-il une bonne et une mauvaise façon d'aimer ?*

*Je n'ai pas la réponse à toutes ces questions, pourtant, elles tournent en boucle dans ma tête et ce n'est pas le temps qui me manque pour y réfléchir…*

*Après avoir bien plombé l'ambiance, j'ai décidé de te révéler trois nouveaux indices me concernant.*

*Indice numéro un : La famille est très importante pour moi, elle est le siège de tous les maux mais aussi une source inépuisable de bonheur et de moments heureux. Je veux construire ma propre famille, celle qui effacera les douleurs passées.*

*Indice numéro deux : Je rêve de visiter Paris, et pas parce que c'est la ville de l'amour. La France regorge de bien plus de choses que des beaux monuments.*

*Indice numéro trois : J'adore les chiens, les chats et les escargots de compagnie… mais surtout les chiens. Je n'en ai pas encore et je me demande bien pourquoi. Imagine un petit beagle courant partout ! L'image te plaît ? Et que penses-tu de Rekkles, comme nom ?*

*Et maintenant si je te disais trois choses te concernant ?*

*Un : Tu es une femme qui s'assume, tu n'as pas peur de faire entendre qui tu es, pourtant, tu gardes une certaine fragilité.*

*Deux : Tu as le cœur sur la main. Tu es capable de te sacrifier pour faire passer le bonheur des autres avant le tien.*

*Trois : Ta voix est magnifique, certes, tu ne seras jamais Rihanna ou Lady Gaga, mais lorsque tu chantes c'est avec le cœur et ta douce voix en émeut plus d'un.*

*Chante, Alyson.*

*Christmas*

# Chapitre 30

*J – 17*

— Tu pourrais faire un événement pour les enfants, me propose Sofia, penchée au-dessus du comptoir sur lequel elle tapote frénétiquement son crayon à papier.

On est mardi soir et ma nouvelle employée ne s'est pas fait attendre pour me présenter ses idées marketing.

— Je t'écoute, va jusqu'au bout, je sens que tu as déjà un plan.

— Un atelier de confection de sablés où chacun repartirait avec ses créations et pourquoi pas une visite du Père Noël en fin de journée.

Elle prend le temps de me montrer l'investissement budgétaire et une prévision des bénéfices à la suite. Sa présentation est très professionnelle, elle a tout prévu. J'étudie attentivement tous les éléments et prends le temps de réfléchir, accoudée à une table du salon de thé. Je m'apprête à valider sa proposition lorsque mon téléphone sonne, m'indiquant l'arrivée d'un SMS.

Ma fille, on a besoin de toi. Viens à la maison le plus vite possible.

Je me lève, affolée par le message alarmiste de mon père. Il n'est pas du genre texto, encore moins injonction par texto, alors je ne réfléchis pas une seconde de plus et pars récupérer mon manteau.

— Je valide ton projet, dis-je à Sofia tout en m'habillant. Jeudi, nous serons fermés, alors ça sera le moment de commencer à mettre en œuvre ton idée.

J'attrape mon sac à la volée et prends la direction de la porte.

— Je peux te laisser fermer ? J'ai reçu un SOS de mon père, je dois partir.

— Pas de problème, patronne.

Elle m'offre un salut militaire en guise d'au revoir, néanmoins, je n'ai pas le cœur à sourire. Une fois à l'extérieur, je presse le pas en direction de mon appartement afin de récupérer ma voiture. L'inconvénient de me rendre à la boutique à pied tous les matins, c'est qu'en cas d'urgence je perds un temps fou. Sur le chemin, je tente d'appeler mon père, mais je tombe sur sa messagerie. L'inquiétude monte d'un cran, si bien que je me mets à courir.

Je rejoins ma petite Corsa en un temps record. Je grimpe sur le siège conducteur et boucle ma ceinture tout en mettant le contact. Je m'insère dans la circulation et prends la direction de chez mes parents. J'ai le sentiment que les minutes défilent à toute allure et que je ne parviens pas à avancer. Traverser Boston à 18 heures est un enfer. Il me faut une heure pour me garer derrière la voiture de mon père.

Je descends et claque la portière en vitesse avant de prendre l'allée. À travers la porte close, j'entends des cris, sans toutefois en comprendre le sens. Je pénètre dans la maison, et cette fois je discerne clairement les pleurs et la rage.

— Putain, maman, ressaisis-toi !

— Arrête d'être égoïste, Gregory, j'ai perdu l'amour de ma vie, s'époumone Sandra, dont la souffrance est perceptible à travers le flot de larmes.

C'est à cet instant que mon meilleur ami explose. Je ne l'ai jamais entendu parler ainsi à sa mère, sauf que cette fois cette dernière lui a tiré une flèche en plein cœur.

— Et moi j'ai perdu un père, putain ! Un homme, tu en retrouverais un si tu le voulais, mais un père c'est irremplaçable ! Ils me l'ont pris, ce putain de pays me l'a pris ! Pourtant, je ne suis pas là à sans cesse remuer le couteau dans la plaie. Tu te complais dans ta souffrance, maman, et tu en es l'unique responsable.

Les larmes de Sandra redoublent, sauf qu'en plus de la douleur on discerne la colère. Une colère si violente que la mère de mon ami se lève du canapé et gifle son fils dans un même mouvement. Soudain, le silence tombe dans la pièce et devient assourdissant. Mes parents et moi sommes spectateurs de cette scène improbable. Puis, comme si ça défilait au ralenti, je vois la pression retomber et l'effroi se lit sur le visage de la mère et du fils.

D'un simple échange de regards, mon père et moi décidons qu'il est temps d'intervenir. Je m'avance jusqu'à glisser ma main dans celle de mon meilleur ami et le tire vers moi pour quitter la pièce. Il me suit sans réagir, on dirait qu'il a quitté son corps et qu'il n'est plus qu'une carcasse vide. Je l'entraîne à l'étage, dans ma chambre d'adolescente, où nous avons déjà passé des heures entières à nous réconforter.

Je referme la porte derrière nous tandis que mon ami s'effondre sur mon lit. Je m'arrête un instant pour l'observer. Il est allongé, le bras replié sur ses yeux, toutefois, ça ne m'empêche pas d'apercevoir les larmes qui dévalent ses joues. Le voir ainsi me serre le cœur, j'aimerais avoir le pouvoir de lui ôter sa souffrance, même si je sais que c'est impossible.

— Comment est-ce arrivé ? lui demandé-je prudemment.

J'entends sa respiration bruyante, je devine qu'il tente de maîtriser ses émotions avant de me répondre. Alors je m'approche de lui et m'allonge à ses côtés avant d'entremêler nos doigts.

— Tu n'es pas obligé de te cacher, avec moi, Greg. Tu as le droit de souffrir et de le dire.

— Je crois que je viens de flinguer ma relation avec ma mère. Elle est la seule famille qu'il me reste, ce que j'ai de plus précieux, et je vais la perdre.

— Non, elle ne t'abandonnera pas, murmuré-je, davantage comme une prière que comme une affirmation.

En réalité, je ne sais pas ce qui va se passer lorsqu'on redescendra. Je ne peux pas lui promettre que tout redeviendra comme avant et que cette conversation ne laissera aucune trace. Pour la première fois, il a osé dire ce qui lui étreint la poitrine depuis des années. Il est là pour sa mère chaque année au mois de décembre, chaque fois qu'elle s'enfonce dans sa dépression, sauf que lui aussi a besoin de quelqu'un à qui se raccrocher. Il ne peut pas sans cesse encaisser.

— Tu te souviens de Noël dernier ? me demande-t-il soudain. Quand au petit matin nous avons déballé les cadeaux.

— Oui.

Je ne sais pas où il souhaite m'emmener, alors je me contente de l'encourager.

— C'était le plus beau Noël depuis le décès de mon père, le seul où ma mère ne s'est pas effondrée et où elle m'a offert ce qu'elle avait de plus précieux.

— Le coffret.

Il acquiesce d'un hochement de tête.

— Je ne l'ai toujours pas ouvert, avoue-t-il dans un souffle.

— Pourquoi ?

— Parce que c'est le dernier cadeau que mon père voulait m'offrir.

Je ne trouve pas les bons mots alors je reste silencieuse et me contente de resserrer ma main autour de la sienne. Malgré moi, je sens les larmes me monter aux yeux, cette histoire me chamboule complètement.

— J'aimerais l'ouvrir cette année. Tu veux bien qu'on le fasse ensemble ?

— Évidemment.

Sur cette promesse, plus aucun de nous ne parle durant un moment. Nous restons simplement là, allongés l'un contre l'autre. Puis, au bout d'un moment, j'entends Greg murmurer :

— Chante, Aly…

Alors je chante.

— *Silent night, holy night*[1]…

1. *Silent Night*, chant de Noël. Il a été chanté pour la première fois à la veille de Noël 1818 à l'église Saint-Nicolas, dans la ville autrichienne d'Oberndorf bei Salzburg. Classé au patrimoine de l'Unesco.

# Chapitre 31

*J – 17*

Je ne sais pas combien de temps s'est écoulé lorsqu'on frappe à la porte de ma chambre. Gregory et moi sommes toujours allongés, sauf que sa tête repose maintenant sur mon ventre tandis que je continue de chanter. Je lui caresse les cheveux pour l'apaiser. Je pourrais croire qu'il s'est endormi, toutefois, il se tend en entendant la voix de sa mère.

— Gregory, c'est maman. On peut parler ?

— Entre, Sandra, dis-je sans attendre la réponse de son fils.

La porte s'entrebâille et elle se glisse à l'intérieur de ma chambre. Je force mon ami à se redresser et je fais de même, abandonnant mon lit pour me remettre debout.

— Je vais vous laisser un moment. Ça va aller ?

Ma question s'adresse à tous les deux et ils hochent la tête de concert, alors je me dirige vers la sortie. Je redescends au rez-de-chaussée afin de rejoindre mes parents. Je les trouve dans le salon, assis sur le canapé en train de discuter à voix basse. Ma mère est la première à me remarquer et elle s'enquiert immédiatement de l'état de mon ami.

— Comment va-t-il ?

— Mal.

Je m'assieds sur l'un des fauteuils qui leur font face et replie mes genoux contre ma poitrine pour poser mon menton dessus.

— Et Sandra ? demandé-je à mon tour.

— Elle a pris conscience de certaines choses.

— Notamment d'avoir dépassé les bornes, ajoute mon père. Elle s'est rendu compte qu'elle se reposait trop sur son fils.

J'acquiesce. Jusqu'alors, Gregory a tenu le coup, mais au bout de dix ans il n'en a plus la force. J'aimerais être une petite souris pour savoir ce qui se dit à l'étage. Pour l'instant, personne ne crie, ça doit être bon signe, mais je ne peux m'empêcher de m'inquiéter pour mon ami. Cette année semble plus rude que les autres.

— Et toi, ma fille, comment tu vas ?

— Bien, papa.

— Sûre ?

Je sens son regard perçant chercher en moi toute trace qui prouverait que je lui cache quelque chose. J'ai toujours parlé librement à mes parents, de tout et de rien, même si ça ne m'empêche pas d'avoir quelques secrets.

— Certaine. Vous avez des nouvelles d'Adam ? demandé-je pour changer de sujet.

— Très peu, répond ma mère. Depuis que Baley est enceinte, il n'a plus une seconde.

J'imagine. Mon frère va devenir papa, et réaliser son plus grand rêve, sauf que je devine qu'il n'avait pas anticipé les envies farfelues de sa femme, ni le yo-yo des hormones. Adam a toujours été un fonceur ; il agit, et réfléchit seulement après.

— S'il survit jusqu'à Noël, ça sera un miracle, lâche mon père avec humour.

— Tu n'étais pas bien différent, Jerry, à la même époque.

Je regarde mes parents se taquiner en faisant remonter leurs souvenirs et je ne peux retenir mon sourire. Leur amour est beau, simple et inépuisable. Ils s'aiment, de la plus belle des façons. C'est le moment que choisissent les mots de Christmas pour se rappeler à moi. « Y a-t-il une bonne et une mauvaise façon d'aimer ? » Je pense à l'amour que Sandra éprouve pour son défunt mari. Cet amour-là fait mal, mais en est-il moins beau pour autant ? L'amour peut-il conduire à la haine ? Incontestablement. Pourtant, est-ce que ça signifie qu'il est laid ? Que c'est mal aimer ? Je ne pense pas. Pour moi, l'amour porte toujours un grand A, sinon, ce n'est simplement pas de l'amour.

— Alyson ?

Je lève les yeux vers ma mère, qui semble m'avoir déjà appelée plusieurs fois.

— Où étais-tu partie ?

— Pas très loin.

— Je crois que l'un de nos invités souhaite te parler, m'indique-t-elle en désignant la porte du menton.

Je me retourne et découvre Gregory, dont les yeux sont rivés sur moi. Il sourit légèrement, j'en déduis que ça ne s'est pas trop mal passé. D'un signe de tête, il m'invite à le suivre. Je me lève et le rejoins dans l'entrée. Il est déjà en train de mettre son manteau, alors je l'imite. Il m'emmène dans le petit jardin de mes parents et nous marchons côte à côte.

— Elle a accepté de se faire soigner, m'informe-t-il après un moment de silence.

— Elle va consulter un psychologue ?

Il secoue la tête négativement.

— Elle va se rendre dans un centre dans un coin paumé du Wisconsin dont une amie lui a parlé. Elle part après les fêtes.

— Tu en penses quoi ? demandé-je tout en sondant son regard.

— Que je vais me retrouver seul, murmure-t-il à demi-mot.

Je m'immobilise, choquée par ses paroles. Il ne peut pas sérieusement penser ça ?

— Je suis là, moi.

Gregory hausse les épaules et ce simple geste me percute en plein cœur. Je sais qu'il n'est pas dans son état normal, il souffre, mais je refuse de le laisser croire qu'il peut me tenir à distance.

— Ce n'était pas une question, je suis là pour toi, qu'importe ce que tu peux en dire. Tu te souviens de ce que tu as dit, le premier Noël que ta mère et toi avez passé ici ?

— Qu'on était comme une famille.

— Non, qu'on *était* une famille. Je suis ta famille, Greg. Que tu le veuilles ou non, tu es obligé de faire avec, je ne compte pas te lâcher.

À ces mots, il sourit, pas un sourire triste, non, un sourire franc. Alors, pour le pousser à continuer sur cette voie, je me mets à faire une petite danse de la joie improvisée complètement ridicule. Le rire dont il me gratifie est le plus beau des cadeaux, et lorsque j'arrête de gesticuler il rompt l'espace entre nous et me serre dans ses bras.

Malgré nos vêtements épais, je sens la chaleur de son corps m'envelopper et nous nous retrouvons dans une bulle où rien d'autre que nous n'existe. Il prend mon visage en coupe entre ses mains et plonge son regard sombre dans le mien. Le temps est suspendu. Aucun de nous ne bouge, pourtant, mon cœur cogne contre ma cage thoracique, il veut me faire passer un message mais je ne sais pas lequel. J'attends un geste, un signe de la part de mon meilleur ami – ou même de Dieu – pour enfin savoir comment agir.

Soudain, je sens une goutte à la fois légère et gelée atterrir sur mon nez. Je lève les yeux vers le ciel. Là, un million de petits flocons virevoltent autour de nous. Un sourire fend mon visage, et je me sépare de mon ami pour étendre mes bras en croix et tourner sur moi-même. *Les premières neiges.* Comme une enfant, je tire la langue pour cueillir une perle de glace.

*Est-ce le signe que j'attendais ?* Dans ce cas, comment dois-je l'interpréter ? Faut-il que je me laisse aller avec mon meilleur ami et que je prenne le risque de vivre une belle histoire ? Ou alors est-ce un avertissement ? Du genre « sauvée par le gong » ?

À trop réfléchir, j'ai fait éclater notre bulle. Greg a reculé de quelques pas, il m'observe, les mains dans les poches, et son sourire a disparu.

# Lettre 9

*Chère Alyson,*

*Mets cette clé USB dans ton ordinateur, ferme les yeux et écoute.*

*Christmas*

*« Pendant un instant, tu n'es plus où tu es, tu t'évades et tu le suis, qu'importe où il veut aller, tu le suis.*

*Il part de ton immeuble et fait signe de le rejoindre. Il te sourit, il est heureux, alors tu le suis. Il est toujours devant toi, il avance vite mais tend la main en arrière pour attraper la tienne. Tu ne le perds pas de vue, tu lui cours après.*

*Vous traversez Beacon Hill, ce quartier historique où il rêve que vous achetiez une maison. Les rues pavées et les habitations datant du* XIX*e siècle s'écoulent sous vos pas. Vous arpentez les trottoirs en prenant le temps de contempler les boutiques d'antiquaires, les petits bistrots, en vous promettant d'y revenir dans un futur proche.*

*Sans vous arrêter, vous poursuivez jusqu'à Copley Square. Les touristes affluent en masse, mais il te promet de revenir à la nuit tombée pour écouter les chants de Noël dans la petite église. Il négociera avec le prêtre pour que vous assistiez à la dernière session du jour, mais il ne demandera pas de concert privé. Il sait à quel point tu aimes les gens et leur présence autour de toi.*

*Vous êtes à bout de souffle, mais il ne ralentit pas, alors tu le suis. Jusqu'à arriver sur l'esplanade qui jouxte le bord de la Charles River. Le panorama est magnifique, et cette fois vous ralentissez. Vos yeux fixent l'eau et vous vous perdez dans cet instant de quiétude, rien d'autre n'existe.*

*Puis il s'assoit sur le banc qui fait face à l'étendue azur. Il te fait un signe, il t'attend.* »

# Chapitre 32

*J – 16*

Dans un premier temps, j'ai été surprise de ne trouver qu'une phrase et une clé USB dans l'enveloppe. J'ai écouté l'enregistrement, une voix féminine m'a fait voyager. J'ai écouté la moindre consigne à la lettre et j'ai redécouvert les plus beaux endroits de Boston. Et puis il y a cette dernière phrase, « il t'attend », cette promesse. Je suis sûre d'une seule chose : il faut que je vive cette aventure.

J'envoie un message à Sofia en lui demandant de gérer la boutique ce matin, elle piochera dans les pâtisseries de secours. J'abandonne mon portable sur le plan de travail de ma cuisine et je retourne dans ma chambre pour me changer. Si je dois traverser la ville à pied, autant que je sois dans une tenue confortable.

J'abandonne ma jupe et mes collants au profit d'un jean. Ensuite, je range ma veste dans l'armoire et en tire un pull en laine couleur crème, bien chaud. J'enfile une paire de bottines plates, doublées de fausse fourrure, avant de m'équiper contre le froid. Fin prête et le sourire aux lèvres, je quitte mon appartement.

Je prends la direction de Beacon Hill, ce quartier n'est qu'à quelques rues de chez moi et je devine que Christmas le sait. Il a calculé son coup pour que je rejoigne la Charles River en suivant un itinéraire plein de sous-entendus, mais étrangement c'est également le plus simple. Je me rends dans le centre historique en hâte, je prête attention à tous les commerces et malgré moi je zieute la devanture des maisons à la recherche d'un panneau « À vendre ». Je tire des plans sur la comète, j'en suis consciente, pourtant, je ne parviens pas à me raisonner.

Bien que j'aie les consignes de Christmas en tête, je m'octroie quelques libertés en poussant la porte d'un café. Le décor est pittoresque, et l'ambiance à cette heure matinale est celle d'une petite maison de charme en pleine campagne. Je souris en m'installant à une table libre. Celui que je devine être le gérant, avec ses yeux fatigués et sa prestance, vient prendre ma commande.

— Des œufs et du bacon avec un café, s'il vous plaît.

— C'est noté.

Lorsqu'il repart, mes yeux se perdent immanquablement par la fenêtre. J'observe les habitants de Beacon Hill se lever et prendre la route pour se rendre au travail. Je ne sais pas si c'est dû à mon état d'esprit, mais j'ai l'impression que tout le monde sourit davantage dans cette partie de la ville. Une femme semble heureuse de conduire ses enfants à l'école, l'homme de l'autre côté de la rue tient la porte de l'immeuble, qu'il vient de franchir, à une vieille dame.

Mon petit déjeuner apparaît devant moi comme par magie. Je remercie celui qui me l'a apporté et m'attaque à mes œufs sans attendre. Même si le côté bistrot de ce café me donne envie de prendre mon temps, je n'oublie pas ma quête du jour et les instructions de mon admirateur secret. Christmas a décidé de me faire voyager ce matin, toutefois, s'il me fait traverser ses lieux un par un, c'est bien parce qu'il veut que je m'en imprègne, n'est-ce pas ?

Depuis le début de cette aventure, je me laisse guider par cet homme inconnu, mais je suis sûre d'une chose : il ne fait rien au hasard. S'il me connaît aussi bien qu'il le prétend, il aura anticipé mes arrêts sur le parcours. Je pense à la finalité de cette chasse au trésor en avalant mon café. Nous sommes seulement le 9 décembre, je doute qu'il se révèle aussi tôt, il a lui-même fixé l'échéance au jour de

Noël. Cependant, j'ai du mal à imaginer ce qui m'attend sur l'esplanade. Est-il au courant des doutes qui m'habitent ? Des hommes pour lesquels mon cœur balance ? Peut-être a-t-il peur que je me détourne de lui. Toutefois, je n'ai pas l'impression qu'il court après le temps.

J'embrasse une dernière fois du regard ce qui m'entoure et me promets de revenir. Avec Christmas ou non. Je vais régler mon repas avant de reprendre ma course folle.

Je remonte encore trois rues pour quitter Beacon Hill en direction de Back Bay. Aller jusqu'à Copley Square me fait faire un petit détour, mais mon admirateur a deviné ce qui m'attirait dans cette partie de la ville. En une vingtaine de minutes, je me retrouve aux pieds de la Trinity Church, dont les vitraux sont mondialement connus. C'est l'un des plus beaux monuments de Boston. La Sainte-Trinité est revenue de ses cendres après le grand incendie de Boston au XVII^e^ siècle. Bien qu'elle ne soit plus au même endroit, lorsqu'on pénètre dans l'église, on peut sentir l'histoire que porte l'édifice.

Je suis venue ici des centaines de fois pour écouter des chants de Noël ou simplement profiter de l'atmosphère qu'offre Copley Square. Greg, Elsa et moi venons souvent l'été profiter de la grande étendue d'herbe pour pique-niquer et passer l'après-midi à flâner au soleil.

Je meurs d'envie de pousser la lourde porte de l'église, même si je sais qu'il n'y a pas de chorale à cette heure-ci. Je m'avance jusqu'à poser la main sur le bois verni. Un petit déclic se fait entendre et j'y vois un signe. Je lève les yeux au ciel un instant avant de franchir le pas et d'entrer.

Un froid religieux me saisit à peine le seuil franchi. Certains se sentent mal à l'aise en pénétrant dans une église, pour d'autres, il s'agit d'un lieu austère, pour ma part, je me sens bien et apaisée. J'avance vers l'autel parmi les dizaines de rangées de bancs. Je ne suis catholique que de baptême, toutefois, ça ne m'empêche pas de prier lorsque j'ai besoin de réfléchir ou d'un conseil. Aujourd'hui, je ne cherche rien de spécial lorsque je m'assois sur un banc. Je ferme simplement les yeux et écoute les bruits ambiants.

Mon esprit vagabonde sans que je ne contrôle rien, j'en viens même à entendre les premières notes de *Silent Night* résonner contre la pierre. Je chante à demi-mot, bercée par mon illusion mystique.

Je finis toutefois par rouvrir les yeux et le silence reprend ses droits. Je me redresse en faisant un signe de croix respectueux, puis me dirige vers la sortie. Une fois sur le parvis, j'ai le sentiment d'être à contretemps, le monde autour défile à toute vitesse tandis que je suis au ralenti.

À pas mesurés, je prends la direction de ma destination finale. Je me reconnecte au monde extérieur durant le quart d'heure nécessaire pour rejoindre l'esplanade de la Charles River. Immédiatement, mes yeux partent à la recherche du moindre indice et du fameux banc. Je m'avance jusqu'à avoir les bords du fleuve en face de moi. La vue est à couper le souffle. Le soleil continue son ascension vers son zénith, l'eau rectiligne accueille les adeptes de la voile et de l'aviron. C'est une bulle de calme en plein centre de Boston.

Puis je me retourne et le vois. Le banc. J'approche, le cœur battant. Je sais qu'il n'est pas là, mais à la place je trouve une nouvelle enveloppe dont je tire une simple feuille sur laquelle est inscrit :

*Trouve-moi*

# Chapitre 33

*J – 16*

Le taxi se gare devant la boutique peu après 10 heures. Je n'ai pas eu le courage de faire le trajet en sens inverse, le flot d'émotions de cette matinée m'ayant submergée. Je suis encore rêveuse lorsque je pousse la porte et pénètre dans le magasin. Toutefois, le brouhaha assourdissant me ramène à la réalité. Comment ai-je pu m'absenter ce matin et laisser Sofia toute seule à seulement deux semaines de Noël ?

Je découvre une queue d'une dizaine de personnes à la caisse, toutes ont les bras chargés de décorations et de cadeaux originaux. La jeune étudiante se débrouille comme elle peut pour satisfaire les clients en répondant à leurs questions tandis qu'elle les encaisse. Pendant ce temps, côté salon de thé, c'est la cohue, la file d'attente n'a de cesse de s'allonger ; pourtant, je distingue quelqu'un qui s'agite derrière le comptoir. Je suis surprise de découvrir Hayden, un tablier autour des hanches, en train de se débattre avec le percolateur.

Je dépose mon sac et mon manteau à la va-vite dans l'arrière-boutique et saisis un autre tablier avant de porter secours à un artisan débordé.

— Bienvenue au Good Life, que puis-je vous servir ? demandé-je à une femme dont les yeux sont rivés sur son téléphone.

— Un *latte* et un donut.

Je me retourne pour prendre un gobelet en carton et m'approche de la machine à café. Je tourne le levier à droite, tire, tourne et repousse, avant d'appuyer sur le bouton et de voir le nectar s'écouler.

— Frimeuse, murmure Hayden, dont le sourire est perceptible dans sa voix.

— L'entraînement, jeune Padawan.

— Tu fais référence à *La Guerre des étoiles*, ou je me trompe ?

— Je ne regarde pas que des films de Noël, contrairement à ce que tu crois.

Nous échangeons un sourire tandis qu'il pose une boîte en carton sur le comptoir en même temps que j'y glisse la boisson de la cliente. D'un commun accord, nous entamons une gymnastique tout à fait synchronisée pour les commandes suivantes. Je m'occupe des cafés pendant que Hayden se charge des pâtisseries. Nous fonctionnons en binôme jusqu'à ce que la file diminue et que je puisse servir les clients au compte-gouttes.

— Je t'offre le café ? proposé-je à mon assistant d'un jour.

— Volontiers.

Je lui fais un signe de tête pour l'inviter à s'asseoir à une table vide alors que je prépare deux mugs. Je jette un œil à Sofia, qui est en train de conseiller un client sur le choix de décorations de jardin. Elle aussi est venue à bout de la farandole humaine qui attendait à la caisse. Elle lève le pouce pour me signifier qu'elle gère et j'ajoute une assiette de donuts sur mon plateau avant de rejoindre Hayden.

— Merci pour ton aide ce matin, dis-je pour rompre le silence.

— Il n'y a pas de quoi, j'ai vu cette pauvre gamine se dépatouiller de toute une armée de clients et j'ai eu pitié.

— Sofia s'en sort très bien, c'est moi qui l'ai mise dans la panade ce matin.

— J'étais surpris de ne pas te voir, réplique-t-il sur le ton curieux de celui qui demande à en savoir plus.

— Disons que j'avais une course importante entre Beacon Hill et Back Bay.

Il hoche la tête, l'air songeur, mais ne dit rien. Je repense à mon périple matinal et un sourire étire mes lèvres sans que je parvienne à le retenir. L'espace d'un instant, je rêve à cette maison mentionnée dans l'enregistrement, au petit café dans lequel je me suis arrêtée, à la vue imprenable sur Charles River…

— La balade t'a plu, on dirait, murmure-t-il si bas que je ne suis pas certaine de ce que j'ai entendu.

— Et toi, que fais-tu là ? Je pensais que tu avais fini le gros œuvre et qu'on se retrouvait en fin de journée pour commencer l'ameublement.

— Je venais récupérer mon matériel, puis j'ai vu ta collègue et tu connais la suite.

J'opine du chef. Hayden enfourne un donut presque entièrement dans sa bouche avant de boire son café d'une traite.

— Je dois être sur un autre chantier avant 13 heures, dit-il en se levant. Je reviens avant la fermeture.

Cette dernière phrase sonne telle une promesse, et lorsque je le vois franchir la porte je suis déjà impatiente de le voir revenir.

Hayden Parker est un homme de parole, il est 17 h 30 lorsqu'il fait de nouveau sonner la clochette de l'entrée. Il passe la main dans ses cheveux pour en retirer quelques flocons de neige égarés. L'hiver a repris ses droits il y a une vingtaine de minutes, et tente de recouvrir Boston d'un cotonneux manteau blanc. J'ai persuadé Sofia de rentrer chez elle dès qu'un petit garçon s'est extasié devant la fenêtre. Puis j'ai bien essayé de convaincre Hayden de remettre à demain notre rendez-vous, mais je constate que mon offre n'a pas été retenue.

— Qu'est-ce que tu fais là ? lui dis-je, les poings sur les hanches.

— On avait un accord.

Je souris, je n'ai aucune envie de le contredire, le voir ici en cette fin de journée me fait beaucoup trop plaisir.

— Les derniers clients viennent de partir, alors on peut attaquer avant que le ciel ne nous tombe sur la tête.

— Tu n'en fais pas un peu trop ?

— Juste un peu, lui réponds-je avec un clin d'œil.

Avant qu'il arrive, j'ai commencé à faire de la place pour les nouveaux meubles et je m'apprêtais à vider les étagères. Hayden jette un regard appréciateur à la pièce.

— Je crois que tu as libéré suffisamment d'espace. Tu m'aides à décharger ?

J'acquiesce et le suis à l'extérieur après avoir attrapé mon manteau. Hayden s'est garé en warnings devant la boutique, et je suis surprise de voir son 4x4 déborder de cartons.

— Tu es certain que j'ai besoin de tout ça ?

— C'est tout ce qu'il y avait sur le devis que tu as signé.

— Je t'ai fait confiance ! dis-je pour me défendre.

— Et tu as eu raison.

*Je n'en doute pas une seconde.* Au lieu de lui répondre, je monte à l'arrière du véhicule et commence à faire glisser les cartons un à un en direction de Hayden. Durant une demi-heure, nous emportons le nouveau mobilier à l'intérieur de la boutique, tout ça sous une neige qui ne cesse de tomber. Le froid crispe mes doigts, si bien que je commence à avoir du mal à les plier, et malgré mon manteau je suis complètement gelée. Un nuage de fumée quitte mes lèvres à chaque mot que je prononce.

Le dernier carton déchargé, je me hâte de retourner à l'intérieur de la boutique et pousse un soupir d'aise lorsque la douce chaleur de la pièce m'enveloppe. Je me déshabille et file nous préparer des chocolats chauds avant que nous nous mettions au travail. À défaut de pouvoir nous installer à une table – elles sont toutes entassées dans un coin –, nous restons accoudés au comptoir en silence.

Un large bâillement m'échappe, ce qui fait rire Hayden. Mon périple de la matinée a épuisé toute mon énergie.

— Tu n'es pas obligée de rester, dit soudain Hayden. Je suis un grand garçon, je peux monter quelques meubles tout seul.

— C'est hors de question ! m'écrié-je. Je suis là pour t'aider. C'est ma boutique, je ne vais pas me tourner les pouces alors que tu travailles comme un acharné.

— Alors, dans ce cas, mettons-nous au boulot !

— Chef ! Oui, chef !

Je porte ma main à hauteur du front tout en me tenant droite comme un I. Hayden secoue la tête tout en souriant. Puis il prend les choses en main.

# Chapitre 34

*J – 16*

— Victoire ! crié-je après avoir tourné la dernière vis de ce fichu meuble.

Ça fait trois heures que Hayden et moi vissons-dévissons des planches entre elles pour former de magnifiques présentoirs dans les rayons de la boutique. Mon acolyte a bien évidemment le coup de main et en est à son cinquième meuble tandis que je termine seulement le premier. Il m'applaudit gentiment sans faire de remarque sur mon manque de productivité. Je suis habituée au mobilier en kit ultra-simple à monter, sauf que Hayden ne s'est pas moqué de moi et s'est fourni dans un catalogue professionnel. Du coup, mon bac + 5 Ikea ne me sert à rien.

— Je pense qu'on va s'arrêter là pour aujourd'hui, lance Hayden en se redressant.

Il étire ses muscles, sans doute engourdis par la position qu'il tient depuis des heures. Je ne parviens pas à contenir mon regard et il finit par se balader allègrement sur son corps. Mes dents s'enfoncent dans ma lèvre inférieure lorsque son T-shirt remonte, dévoilant ainsi une fine bande de peau. Hayden n'a pas besoin de se déshabiller pour qu'on voie qu'il s'entretient. Son ventre est plat et on devine des abdominaux fermes bien qu'ils ne soient pas proéminents. Je me ressaisis avant de me mettre à baver. *Pas très sexy, comme image.*

Je masque mon trouble en époussetant mon jean, les yeux rivés vers mes pieds. J'embrasse la boutique du regard et me rends compte que nous avons encore beaucoup de travail avant de pouvoir la rouvrir au public. Sofia a proposé une activité de *click & collect* pour ne pas manquer de rentrée d'argent, sauf qu'en deux jours ce serait dépenser beaucoup d'énergie pour pas grand-chose, nous n'aurons pas le temps de faire la communication sur ce nouveau concept. Notre chiffre d'affaires est bon, alors cette fermeture ne devrait pas nous causer de tort.

Je récupère mon manteau et mon sac dans l'arrière-boutique avant d'éteindre toutes les lumières, puis je rejoins Hayden devant l'entrée. Le spectacle qui s'offre à nous est indescriptible. Boston n'existe plus, la nature a repris ses droits et l'hiver s'est installé. Le bitume a disparu pour laisser place à la neige. Une poudre blanche et compacte, d'au moins trente centimètres d'épaisseur, recouvre la route et les trottoirs. La vie semble comme paralysée, plus aucune voiture ne circule, certaines sont même abandonnées au milieu de la voie. Rares sont les aventuriers qui osent arpenter la ville à pied. Boston s'est endormie.

— Je crains que nous ayons un petit problème, m'indique Hayden en pointant son 4x4 du doigt.

— Je t'avais prévenu qu'il était risqué de revenir ce soir.

Il soupire tandis que je fais demi-tour pour aller chercher la pelle que je garde pour ce genre d'événements.

— Tu comptes déblayer la route jusque chez moi avec ton engin ? dit-il, moqueur.

— Non, mais dégager la neige qui nous empêche de sortir, certainement !

Je dépasse le bel artisan et ouvre la porte. Une envolée de flocons pénètre dans la boutique, et le vent glacial tente de s'insinuer sous mes vêtements. Je ne perds pas une seconde et commence mon labeur. Il ne me faut que quelques pelletées pour être en sueur. Je sens le regard de Hayden posé sur moi et devine son petit sourire, je suis certaine qu'il apprécie de me voir essoufflée par l'effort. Toutefois, en quelques minutes, nous pouvons enfin rejoindre le trottoir sans risquer une avalanche dans ma boutique. Je range mon outil avant de verrouiller la porte, puis, le sourire aux lèvres, je prends la direction de mon appartement.

Je ne me suis éloignée que de quelques pas lorsque je m'arrête et me retourne. Hayden est adossé à sa voiture, son téléphone dans la main et un air grognon sur le visage. *Qu'est-ce qu'il fabrique ?*

— Tu comptes me suivre ou tu es tenté par une nuit à la belle étoile ?

Il lâche son portable des yeux, surpris par mon intervention. Il ne semble pas décidé à bouger, alors j'insiste :

— J'ai un canapé, le chauffage et même de quoi dîner. Après, si tu veux jouer les Robinson Crusoé, qu'à cela ne tienne, mais je t'aurai au moins proposé le gîte et le couvert.

— Tu es en train de m'inviter à passer la nuit chez toi ? rétorque-t-il, une lueur inconnue dans le regard.

Le rouge me monte aux joues. Dit comme ça, on dirait que je lui propose quelque chose d'indécent.

— Tu… Je… Je me sentirais coupable de te laisser mourir de froid alors que tu as passé la fin de la journée à m'aider pour le magasin.

*Et je bégaye, maintenant… Bravo !*

— Tu es sûre que ça ne te dérange pas ? me demande-t-il en ayant repris son sérieux.

Nos regards sont rivés l'un à l'autre, et l'espace d'un instant je ne sens plus du tout le froid ambiant. Hayden s'est rapproché. Bien que nous ne soyons pas collés au point de partager le même air, mon corps a conscience du moindre mouvement de l'homme qui me fait face et je suis comme suspendue à ses yeux azur.

— Certaine, murmuré-je d'un souffle.

Il opine du chef et, d'un geste de la main, m'invite à passer devant. Pendant les quinze minutes qui nous séparent de mon immeuble, nous gardons le silence. Habituellement, je ne suis jamais à court de réparties, sans doute parce que le vide me met mal à l'aise ; cependant, cette fois, je ne ressens pas le besoin de me perdre en babillage. Pendant que nous marchons côte à côte, je me plonge dans la contemplation des illuminations de Noël. Même si je les connais par cœur, je ne peux m'empêcher de m'émerveiller devant ces loupiotes qui habillent les arbres et les lampadaires. Toutefois, ce n'est pas ce que je préfère…

Nous passons devant une bijouterie qui au premier abord ne paye pas de mine, pourtant, elle cache un secret. Comme chaque soir, je passe devant un détecteur de mouvements situé juste au-dessus de la porte et la vitrine s'allume. Là, devant nos yeux se dresse un tableau enchanté. Nous découvrons une petite maison en pain d'épice devant laquelle s'anime un casse-noisette. Si nous suivons le parcours du bonhomme de bois, il nous révèle que la maison est en réalité une usine. La vitrine voisine nous montre l'intérieur. C'est somptueux. Dans un dédale d'étagères, de présentoirs et de piédestaux, des bijoux sont présentés au milieu d'un décor féerique.

— Je suis fasciné par ta passion pour cette fête.

La voix de Hayden me surprend, j'avais oublié sa présence. Toutefois, je ne suis pas gênée de me montrer telle une enfant devant ses cadeaux le matin de Noël. Ça fait partie de moi.

— Tu sais où on peut voir toute une allée de vitrines de ce genre ? dit-il.

Je secoue la tête en attendant la réponse.

— À Paris.

*Paris…* Je ne peux m'empêcher de faire le rapprochement avec mon admirateur secret. *Serait-ce possible ?* Je ne pense pas. Je n'ai rencontré Hayden que très récemment et, bien qu'il y ait une certaine alchimie entre nous, je ne suis pas certaine que ça aille au-delà de l'attirance physique. *Ou peut-être que si ? Bien sûr que non !* Je chasse cette idée de ma tête et me reconcentre sur celui qui m'accompagne.

— Tu as déjà visité la France ?

*Non, je ne cherche pas d'indices !*

— Jamais, seule Suzy y est allée lorsqu'elle était au lycée. Le voyage m'a coûté un bras, mais rien ne vaudra jamais les étoiles qu'elle avait dans les yeux lorsqu'elle est rentrée.

— Vous avez l'air d'avoir une sacrée relation, tous les deux.

— On prend soin l'un de l'autre, répond-il en se renfrognant.

Il glisse ses mains dans les poches de son jean et reprend la route en direction de chez moi. J'en conclus que le sujet est clos, Hayden n'aime pas parler de lui et encore moins de ce qui touche à sa famille, et c'est quelque chose que je respecte. Alors c'est sans plus échanger un mot que nous rejoignons mon immeuble.

# Chapitre 35

*J – 16*

— Bienvenue dans mon humble demeure.

Je m'efface pour laisser Hayden pénétrer chez moi le premier. Pendant ce qui me semble être de longues minutes, il ne dit rien et se contente d'observer mon intérieur. Je n'avais pas prévu d'accueillir un colocataire d'un soir : le désordre est omniprésent, contrairement à chez lui, où tout est bien rangé malgré la présence d'un petit garçon de cinq ans.

Les restes de mon dîner de la veille traînent sur le plan de travail, mon canapé est en désordre, comme toujours, et un plaid demeure étalé au pied de celui-ci. Je pense que si on se penchait pour regarder sous les meubles on pourrait entendre bêler, tant je manque de temps pour passer l'aspirateur. Lorsque Hayden se tourne vers moi, je ne peux pas m'empêcher d'enfoncer mes dents dans ma lèvre inférieure, à l'écoute de son verdict.

— Je m'attendais à découvrir un immense sapin et des bibelots un peu partout, finit-il par dire.

Son constat me fait sourire et je fais non de la tête avant de m'expliquer.

— Je passe presque tout mon temps à la boutique alors je néglige un peu mon propre chez-moi, et puis quand je ne suis pas au magasin je suis chez mes parents, donc je ne peux qu'être en retard.

— C'est inadmissible, mademoiselle Hale !

Le sourire sur son visage force le mien, et des petits papillons viennent se loger dans mon ventre. Ne voulant pas m'attarder sur cette sensation, je retire mon manteau et mes bottines pour les abandonner dans l'entrée. En bonne hôtesse, je récupère les affaires de mon invité avant de lui proposer de me suivre dans la cuisine.

— Pâtes à la bolognaise ? proposé-je.

— Pas de tourte à la dinde ou de purée de patates douces ?

Je soupire, faussement agacée.

— J'aime Noël, mais ça ne veut pas dire que toute ma vie tourne autour de cette fête.

— Alors va pour des bolognaise.

J'acquiesce et sors tout ce qu'il me faut : tomates, oignons, viande hachée et bien sûr les spaghettis. Je dispose le tout sur le plan de travail et je suis surprise de voir Hayden se saisir d'un couteau et d'une tomate qu'il a préalablement pris le temps de rincer. Je me contente d'esquisser un léger sourire avant de sortir deux marmites. Je mets l'eau à chauffer et fais revenir la viande dans un peu de beurre.

Une fois que Hayden a coupé tous les légumes, il les joint au bœuf en train de dorer. C'est la première fois que je me retrouve à cuisiner aux côtés d'un homme, chez moi, qui plus est. Je dois avouer que c'est plaisant de pouvoir partager ces petits moments du quotidien. Nous ne faisons rien d'extraordinaire, nous n'avons pas de conversation profonde, et pourtant j'ai l'impression de vivre l'un de ces moments précieux que nous offre la vie.

— Une bière ?

— Si tu en prends une aussi, volontiers.

J'attrape nos boissons dans le frigo et décapsule nos bouteilles. Nous laissons mijoter notre dîner et je propose à Hayden de passer dans le salon. Je fais mine d'ordonner un peu la pièce en redressant les coussins du canapé et en pliant le plaid, puis mon regard se porte sur ma table basse, où reposent mon ordinateur ainsi qu'un bloc-notes et toute une panoplie de stylos de toutes les couleurs. Mais le plus important, ce sont les lettres de Christmas, toutes ouvertes et alignées dans l'ordre de réception. Je m'empresse de les récupérer et je les glisse dans le tiroir de la table.

Hayden ne semble pas avoir remarqué mon moment de panique, ou alors il s'applique à ne pas le montrer. Au lieu de ça, il se laisse aller sur le clic-clac dans un grincement qui en dit long sur l'âge de ce sofa. Je m'installe dans le fauteuil qui lui fait face et porte ma bière à ma bouche. Du bout de sa bouteille, il m'indique mon bloc-notes et m'interroge :

— Tu es une obsédée des listes ?

Je regarde la première page, celle qu'il peut voir, et en effet il y a au moins trois listes sur un pauvre format A4.

— Je ne suis pas obsédée, je m'organise.

Son rire résonne dans l'appartement et je me surprends à le trouver sexy. *Un son peut-il être sexy ?* Si c'est le cas, alors le rire de Hayden est en pole position. *Et voilà que je perds la raison.* La bière doit déjà m'être montée à la tête. Habituellement, je tiens plutôt bien l'alcool, sauf que mon dernier repas remonte à ce délicieux petit déjeuner à Beacon Hill. J'ai conscience que c'est une excuse bidon pour justifier l'effet que Hayden a sur moi, toutefois, je ne suis pas encore prête à assumer le fait qu'il me plaise. Pour me donner un peu de contenance, je prends une nouvelle gorgée de ma boisson avant d'expliquer *mon organisation.*

— Il y a une liste pour tout ce que je dois faire avant lundi, une autre pour les films que je dois regarder en replay car j'ai loupé le direct, et la dernière c'est pour mes cadeaux de Noël.

Il s'intéresse à cette dernière liste. J'ai déjà une idée pour presque tous mes proches, seuls Gregory et Christmas gardent un espace vide à côté de leur nom. En réalisant cette liste, il m'a paru évident d'y ajouter mon admirateur secret, pourtant, rien n'est tracé quant à notre avenir et à l'évolution de notre relation. Toutefois, j'estime qu'il me fait un magnifique cadeau chaque jour en m'ouvrant son cœur et en me faisant vivre de nouvelles aventures, comme ce matin. Il me semble que c'est le juste retour des choses de penser à lui pour cette fête si particulière. Je ne peux pas lui promettre mon amour, car je ne sais pas de quoi il retourne, mais je compte bien lui offrir un présent à la hauteur de ce qu'il fait pour moi.

Bizarrement, Hayden ne fait aucune remarque et se renfonce sur le canapé. Il porte sa boisson à sa bouche et mes yeux ne le quittent pas. Je tente de me concentrer sur ce qui se passe dans sa tête et non sur le mouvement de sa pomme d'Adam, mais c'est plus dur qu'il n'y paraît.

— Je suis impressionné, finit-il par dire. Pour ma part, je n'ai que deux cadeaux à trouver et chaque année je galère.

— Tu cherches quoi, comme type de cadeaux ?

— Quelque chose qui ait du sens.

Je vois exactement ce qu'il veut dire. Il ne souhaite pas un objet banal, que sa sœur puisse s'acheter ou bien que ses copines pourraient lui offrir. Ce n'est pas un coffret beauté ou un nouveau téléphone qu'il lui faut. Je pose mon menton sur mes genoux tout en réfléchissant. D'après ce que j'ai compris, Suzy est une jeune maman célibataire que la vie a décidé de ne pas épargner.

— Que dirais-tu d'un album ? Pas avec de simples photos, mais avec des souvenirs. Quelque chose qui retrace tous vos moments heureux. Je sais que votre enfance a été chaotique, mais vous avez dû partager des moments de joie. Si tu veux un cadeau qui ait du sens, offre une rétrospective du bonheur à ta sœur.

— C'est une idée fantastique, Alyson.

Le rouge me monte aux joues instantanément, je n'ai jamais su recevoir les compliments. Pour masquer mon trouble, je me lève et retourne à la cuisine pour vérifier que tout se passe bien. L'odeur indique que notre repas est presque prêt, alors je sors les assiettes et les couverts pour les déposer sur un plateau avec deux verres. J'emmène le tout sur la table et propose à mon invité de prendre place pendant que j'apporte le plat.

Le dîner se passe dans une ambiance détendue. Hayden me raconte le projet qu'il prépare pour son prochain chantier. Il est passionné par son travail, ses yeux s'illuminent quand il parle design et ameublement, ou encore lorsqu'il s'emporte sur les différents types de beige. Il tente même de faire un schéma avec ses pâtes, ce qui me fait exploser de rire.

Une fois encore, ce moment anodin dans le quotidien de beaucoup de gens me fait un drôle d'effet. J'ai le sentiment que tout est à sa place. Je n'ai jamais vécu avec personne depuis que j'ai quitté le domicile familial, pourtant, ces quelques heures avec Hayden me semblent les plus naturelles du monde. Un regard non averti pourrait croire qu'il vit ici.

Je me force à rester concentrée sur les paroles de l'artisan et non sur un fantasme de ma vie à ses côtés. Toutefois, il semble avoir remarqué que mes pensées se sont échappées un instant.

— Désolé, je t'ennuie avec mes histoires de boulot.

— Non ! m'exclamé-je avec un peu trop de véhémence. Non, pas du tout, je trouve ça fabuleux, de te voir aussi passionné par ton travail. Tu as toujours su ce que tu voulais faire ?

— Absolument pas. Lorsque Franck m'a pris sous son aile, j'étais plutôt du genre récalcitrant. Je me levais le matin pour aller travailler simplement parce que j'avais des factures qui m'attendaient le soir en rentrant.

Je grimace. Un boulot alimentaire, on ne peut pas dire que je sais ce que c'est, toutefois, je comprends que tout le monde ne puisse pas vivre de sa passion. Néanmoins, Hayden semble animé par son métier, je me demande donc ce qui a bien pu le faire changer d'avis. Sans que je n'aie le temps de l'interroger, il poursuit son récit.

— Franck était un homme formidable et il faisait son travail par plaisir. Lorsqu'il en a eu marre de voir ma tête de déterré quand je me pointais le matin, il a annulé tous nos rendez-vous de la journée. Il m'a dit : « On reprendra le travail quand tu auras trouvé la flamme. »

— Et tu l'as trouvée, affirmé-je.

— Pas tout de suite, répond-il en riant. Je me suis d'abord dit que ce type était cinglé. Puis il m'a fait faire une sorte de pèlerinage, et ça peut sembler fou mais ça a marché.

Après ça, je ne suis plus allé travailler à reculons. Pire, je me suis mis à bosser les jours fériés et pendant mes congés.

— C'est pour ça que Franck t'a laissé son entreprise.

Ce n'est pas une question mais un constat. Il a trouvé « la flamme », et c'était tout ce qui importait pour l'ami de mon père. Je me souviens des déjeuners à la maison où il était convié, c'est la même passion que je retrouve aujourd'hui dans les yeux de Hayden qui l'animait.

— C'est le plus beau cadeau qu'on m'ait jamais fait.

La gêne dans sa voix est palpable. Il ne devrait pas, c'est une belle histoire, pourtant, je ne le retiens pas lorsqu'il récupère nos assiettes désormais vides pour les ramener dans la cuisine. Il a besoin de s'isoler quelques secondes pour retrouver son assurance.

Pendant ce temps, je fais un détour par ma chambre pour récupérer des draps propres et une couverture bien chaude. Lorsque je reviens, il est assis sur le canapé, deux tasses fumantes devant lui.

— Je me suis permis de fouiller un peu pour nous préparer des chocolats.

Mon cœur fait un bond dans ma poitrine et je ne cherche pas à masquer mon sourire. Cette petite attention me touche, et je fais preuve d'une grande retenue pour ne pas lui sauter au cou… et l'embrasser. Cette pensée me fait frissonner. J'ai envie de l'embrasser, c'est indéniable. Toutefois, un petit je-ne-sais-quoi me retient. Je décide de poser les draps sur l'accoudoir avant de prendre ma tasse entre mes mains.

— Merci, Hayden.

Le silence reprend ses droits sans qu'aucun de nous ne le brise. Nous sirotons nos boissons et je ne peux m'empêcher de penser à tout ce que je ressens. Je me mens en prétendant qu'il s'agit d'une simple attirance physique, sauf que pour l'instant ça me rassure.

Un bâillement peu élégant m'échappe. Évidemment, c'est à ce moment que les yeux du beau brun se braquent sur moi.

— Tu devrais aller te coucher, on a encore pas mal de boulot demain, dit-il tandis que je vire à l'écrevisse.

J'acquiesce avant de me redresser pour déposer mon mug dans l'évier. Avant de prendre la direction de ma chambre, je lui indique où se trouve la salle de bains et dans quel tiroir il peut trouver une serviette et une brosse à dents propre.

Je me démaquille et récupère mon pyjama avant de lui céder la place. Hayden attend patiemment, adossé au mur qui jouxte la porte. Il s'engouffre dans la petite pièce exiguë, non sans m'offrir un dernier sourire qui me fait fondre. Alors que je crois qu'il a refermé la porte, je l'entends murmurer :

— Bonne nuit, Alyson.

# Chapitre 36

*J – 15*

Bizarrement, la nuit a été calme, à peine ai-je posé la tête sur l'oreiller que mes yeux se sont fermés et que j'ai retrouvé les bras de Morphée. Au réveil, je me sens reposée et boostée pour la journée qui nous attend. Je saute du lit et récupère mes vêtements dans l'armoire avant de me rendre directement dans la salle de bains, sans faire de crochet par le salon encore silencieux.

Je passe sous le jet chaud de la douche en fredonnant. L'eau détend mes muscles, si bien que je pourrais y rester des heures, sauf que l'horloge tourne. Même si la boutique n'est pas ouverte au public, la rendre présentable en deux jours relève du miracle.

J'enfile mon jean et un sweat à capuche avant de nouer mes cheveux en un chignon désordonné. Pas de clients aujourd'hui, alors autant être à l'aise. Je fais tout de même l'effort de me maquiller légèrement. Une fois prête, je rejoins le salon à pas de loup. Je suis surprise de découvrir que le clic-clac a retrouvé sa fonction de canapé et que les draps sont pliés dessus. J'inspecte la pièce du regard et constate qu'elle est vide, toutefois, le bruit dans la cuisine m'indique que Hayden n'est pas bien loin.

Je le rejoins et le découvre derrière les fourneaux en train de se débattre avec mon appareil à gaufres. Je l'observe sans rien dire, appuyée contre la porte du frigo. Un homme qui cuisine, ça a du charme, mais un homme qui cuisine et qui se bat avec ses préparations c'est encore mieux !

— Tu comptes rester là à me regarder ou venir me donner un coup de main ?

Je m'approche et au lieu de l'aider je tends le bras vers l'assiette où repose déjà une fournée de gaufres. J'attrape le pot de Nutella dans le placard et en tartine une bonne cuillère sur mon petit déjeuner. Je porte la douceur à ma bouche sous le regard médusé de Hayden.

— Quoi ? Je t'aide à les manger !

Il esquisse un sourire qui ne s'étire pas totalement lorsque ses yeux se portent sur mes lèvres. Je passe la langue dessus pour effacer toute trace de chocolat, persuadée de m'en être mis partout, sauf que ce simple geste a pour conséquence de le faire grogner. Ses dents s'enfoncent dans la peau charnue de sa bouche et je me rends compte de ce que je viens de faire. Je pique un fard, certaine de l'avoir allumé malgré moi. Gênée, je pose ma gaufre et déverrouille l'appareil, qui s'était mis en sécurité pour ne pas surchauffer, puis je me détourne pour attraper une capsule que j'insère dans la machine à café.

— Tu n'étais pas obligé de préparer le petit dej, il y a ce qu'il faut à la boutique.

— Je voulais te remercier pour ton accueil. Désolé de m'être imposé et d'en plus t'envahir en faisant comme chez moi.

Il semble mal à l'aise et je m'en veux immédiatement, alors je tente de me rattraper.

— C'est moi qui t'ai proposé de venir, tu te rappelles ? Sinon, tu dormais sur le trottoir. Simplement, je suis un peu du genre hyperactive, alors voir qu'il est presque 8 heures et que je ne suis pas encore au travail, ça a tendance à me démanger.

— Message reçu ! On met le reste de la pâte au frais, on emballe les gaufres et on décolle.

Je m'attendais à un énième sermon sur le fait que le boulot n'est pas le plus important dans la vie, alors je ne retiens pas le sourire qui fend mon visage. Je ne devrais pas être surprise, pourtant : lui et moi, nous sommes pareils.

Nous trimons toute la journée, et c'est peu dire. J'admire Hayden de faire ça tous les jours et je comprends mieux pourquoi il a un physique aussi bien dessiné. Nous avons monté les derniers meubles avant de les organiser selon les plans établis par Hayden. Je n'ai fait qu'obéir et suer, néanmoins, le jeu en vaut la chandelle. La boutique prend forme et j'ai des étoiles plein les yeux. Je revois la maquette que Hayden m'a présentée, elle est en train de prendre vie sous mes yeux.

Je suis tirée de ma contemplation par la sonnerie de mon téléphone, qui vient de l'arrière-boutique. Le temps que je réagisse et que je trouve mon portable, la musique s'arrête, toutefois, lorsque mes yeux se posent sur l'écran, je panique : trois appels manqués et un message de Gregory. Je choisis d'ouvrir le SMS pour avoir l'info le plus vite possible.

T'es où ?

*Comment ça, où je suis ?* Dubitative, je cherche dans ma mémoire un rendez-vous oublié. Soudain, je panique en regardant la date. *Merde, le 10 !* J'attrape nos manteaux à la volée et me rue vers Hayden. Il me regarde, intrigué, et attrape son vêtement lorsque je le lui lance.

— J'ai besoin que tu me rendes un service.

— D'accord.

— Faut qu'on passe chez moi pour que je me change et que j'aille retrouver Greg pour son vernissage. Je suis déjà à la bourre, et ça serait génial si tu pouvais me raccompagner en voiture.

Ce matin, la déneigeuse a fait son œuvre et les routes sont de nouveau praticables. Hayden acquiesce sans rien dire et donne un coup de menton vers la porte. Je me précipite dehors et constate que la nuit est déjà tombée. Il est bientôt 19 heures et je culpabilise. Depuis que Greg fait des expos, j'ai toujours été présente à ses vernissages. Les fois où je ne pouvais pas être là pour la mise en place, je faisais en sorte d'être en avance pour accueillir les invités et soutenir mon ami. Sauf qu'aujourd'hui je l'ai oublié… Ce n'est pas comme si j'avais prévu de m'y rendre plus tard. Non, l'événement le plus important pour mon meilleur ami m'est complètement sorti de la tête. Pourra-t-il le comprendre, étant donné tout ce qui m'occupe l'esprit en ce moment ? Sans doute pas. Toutefois, je ne pourrai pas lui en vouloir.

Une fois dans la voiture de Hayden, il nous faut tout juste cinq minutes pour rejoindre mon immeuble. Je le remercie à la va-vite et grimpe les marches quatre à quatre. Je ne prends même pas le temps de retirer les clés de ma porte lorsque je pénètre enfin chez moi. Je me déshabille tout en courant vers ma chambre pour y récupérer la tenue que j'avais sélectionnée il y a déjà plusieurs semaines. J'enfile ma longue robe de couleur jade dont les voilages du bas sont fendus. Le drapé du haut met en valeur ma poitrine tout en laissant apparaître des losanges de peau sur les côtés. Au lieu de la couronne tressée que je voulais faire, je me contente d'une pince perlée pour dégager mon visage. Je parfais ma tenue à l'aide d'un collier à la fois discret et élégant offert par mon père pour mes dix-huit ans. Puis je récupère le nécessaire pour parachever mon maquillage, que je glisse dans ma pochette ; je ferai un petit détour par les toilettes en arrivant. Je repars en sens inverse tout en récupérant mes talons hauts, que j'enfile sur le palier.

Arrivée en bas, je suis surprise de découvrir Hayden qui patiente dans sa voiture. Je pensais qu'il était reparti après m'avoir déposée, je m'apprêtais à prendre ma voiture.

— Monte !

Je cligne plusieurs fois des yeux et m'exécute. Je reprends la place que j'ai quittée il y a quelques minutes avec le sourire.

— Merci, soufflé-je.

Hayden reste concentré sur la route et j'en profite pour descendre le pare-soleil afin d'utiliser le miroir. À grand-peine, je parviens à rectifier mon maquillage avant que nous nous garions devant la galerie.

Le moteur est à peine coupé que je suis déjà hors de la voiture. Je m'apprête à franchir la porte d'entrée lorsqu'une main chaude se pose au creux de mes reins et me pousse gentiment. Je n'ai pas le temps de me retourner que Gregory me saute dessus.

— Non mais c'est une blague !

# Chapitre 37

*J – 15*

Je recule d'un pas devant la véhémence de mon ami.

— Tu te fous de moi, Alyson ? Tu arrives en retard et en plus tu viens avec ton homme à tout faire.

Mes yeux s'écarquillent d'eux-mêmes sous l'effet de la surprise. *Il n'a pas pu dire ça !*

— Je préfère artisan designer, répond Hayden sans s'offusquer des propos de mon ami.

Je saisis le poignet de Gregory et l'entraîne à ma suite à l'extérieur. Je pense avant tout à son image : faire un scandale au milieu de son propre vernissage n'est pas très vendeur, et je ne veux pas que mon ami gâche des mois de travail pour une simple dispute.

— Tu me fais quoi, là ? lui demandé-je une fois que nous sommes seuls.

— C'est plutôt à moi de te poser cette question. Tu arrives en retard et ton cavalier semble tout droit sorti d'un chantier.

— Parce qu'on a bossé toute la journée ! m'exclamé-je. Je n'avais pas prévu que Hayden m'accompagne, mais il a gentiment fait le chauffeur. Qui plus est, c'est ouvert au public, le but est de faire découvrir ton art. Il bosse dans la décoration, alors c'est un client potentiel, déclaré-je d'abord pour adoucir mon ami, mais il s'avère que c'est un argument valable.

Gregory se renfrogne tandis que la colère monte en moi. Son comportement commence sérieusement à m'agacer. Ce qu'il éprouve peut-être à mon égard n'est pas une raison pour être désagréable et faire la tête lorsqu'un autre homme est dans les parages ; notamment Hayden. Il me donne l'impression de ne pas avoir voix au chapitre, pourtant, ma vie amoureuse me concerne, non ? S'il y a un choix à faire, ne me revient-il pas ?

— Il faut qu'on parle, Greg.

Je suis sérieuse, les choses ne peuvent pas rester en l'état, sauf que ce n'est ni le moment ni l'endroit. Mon ami hoche la tête et soudain je remarque ses traits tirés. J'ai de la peine pour lui et ça me brise le cœur de peut-être lui en causer davantage.

— Rentrons, finit-il par dire en prenant la direction de la porte.

À peine l'a-t-il franchie qu'il disparaît dans la foule. Ce vernissage est un succès et ça me met du baume au cœur. Une serveuse passe habilement entre les convives avec un plateau sur lequel reposent plusieurs coupes de champagne. J'accepte volontiers celle qu'elle me propose avant d'avancer dans le dédale de toiles.

Bien que les gens se baladent de manière aléatoire, Greg a créé un parcours qui relie les toiles entre elles. Chacune raconte un morceau d'histoire, que je découvre en les observant une à une. Je ne suis pas certaine de tout saisir, le coup de crayon de mon ami est à la fois intense et subtil, toutefois, l'émotion qui s'en dégage est perceptible. Je progresse dans un dédale de couleurs et de reliefs, jusqu'à remarquer Hayden au loin. Il est debout, les mains dans les poches, devant l'ultime peinture de Greg. Je devine qu'il s'agit de la toile gardée secrète par mon ami.

Lorsque le tableau apparaît enfin dans mon champ de vision, j'en ai le souffle coupé. Je ne m'attendais à rien de précis, j'aurais été incapable d'anticiper ce que j'ai devant les yeux. Greg a déjà fait des dessins de nous, d'Elsa et même de ses parents, cependant, aucun n'a jamais figuré dans ses expositions… jusqu'à aujourd'hui. J'ai le sentiment de me retrouver face à un miroir. Mon ami n'a omis aucun détail, ni mon petit grain de beauté sur la mâchoire ni cette cicatrice sur le coude dont j'ai écopé suite à une chute de vélo.

Les larmes brouillent ma vue, les émotions sont trop fortes. Je tends le bras pour toucher la toile, mais je me retiens à la dernière seconde. Gregory a horreur de ça. Si je doutais encore de ses sentiments, mon ami vient de m'en apporter la confirmation. Pourtant, ce n'est pas de l'amour qui se dégage de son œuvre. La première chose qui me vient à l'esprit, c'est la simplicité, avant le partage et enfin l'insouciance. L'image me représente allongée au sol sur un matelas de neige, la tête légèrement inclinée, les bras en croix. Tout autour de moi, il fait nuit. J'essaye de repérer les lieux sans toutefois y parvenir. Cette scène me fait penser à un moment que nous avons partagé il y a quelques jours dans le jardin de mes parents, sauf que cette fois je ne porte ni manteau ni écharpe, mais une robe du soir qui s'étale autour de moi.

— C'est magnifique, murmure Hayden, à ma gauche.

J'acquiesce sans répondre, incapable de lâcher le tableau du regard.

— Tu es au courant qu'il est amoureux de toi ?

— Je sais.

Le silence retombe, néanmoins, le regard de Hayden en dit long sur la question qu'il voudrait me poser. « Et toi ? » Je serais incapable de répondre.

— Si je te proposais un rendez-vous maintenant, ça serait malvenu.

Il s'agit autant d'une affirmation que d'une question. Une fois de plus, les mots me manquent. Je devrais être ravie que Hayden souhaite prolonger ces moments que nous partageons, sa mission à la boutique touche à sa fin et j'avais peur qu'il disparaisse. Mais, ce soir, je ne peux pas lui donner une réponse claire.

— Sans doute.

Mon esprit est accaparé par la toile qui nous fait face et les sentiments de mon meilleur ami, je ne parviens pas à me détacher de cela. Au moment où je m'apprête à parler, mes parents font irruption à nos côtés.

Mon père porte l'un de ses nombreux costumes, il a choisi le gris anthracite et a préféré abandonner sa cravate. Bien qu'il soit sur son trente et un, il dégage une allure détendue, tout le contraire de ma mère, dont la jolie robe violine est l'image de la sophistication.

— Hayden ! Je suis ravie de te voir, lance ma mère d'un ton un peu trop jovial.

Je hausse un sourcil, suspicieuse. La connaissant, je parie qu'elle est déjà en train d'imaginer la tête de nos futurs enfants le jour de leur première rentrée des classes.

— Madame Hale, c'est un plaisir.

— Hayden, dit simplement mon père en lui tendant la main.

Ils échangent un hochement de tête entendu avant de se tourner vers la peinture. Je suis gênée que mes parents puissent la voir, pour moi, c'est une photographie du cœur à nu de Gregory.

— J'ai appris que les travaux de la boutique touchaient à leur fin, déclare mon père en s'adressant à mon compagnon. J'ai hâte de voir le travail que tu as fait.

— Alyson m'a aidé.

— N'exagérons rien, j'ai monté quelques meubles.

Je ne veux pas récolter de fleurs pour un travail qui n'est pas le mien. Hayden s'est beaucoup investi dans ce projet, il est normal qu'il puisse bénéficier de la reconnaissance qui lui est due.

— J'ai hâte de venir voir le résultat final ! s'exclame ma mère. Tu vas faire une soirée d'inauguration, ma chérie ?

— Ce n'est pas vraiment au programme. Nous rouvrons demain après-midi, et je n'ai pas eu le temps de penser à ce genre de choses. À quinze jours de Noël, les habitants de Boston ont autre chose à faire que déguster des petits-fours à une soirée de réouverture.

Je suis de mauvaise foi, car je suis certaine que cette soirée marcherait du tonnerre, simplement, je n'ai pas la tête à ça. Je jette un dernier coup d'œil vers mon portrait avant de me détourner. J'embrasse mes parents sur les joues et m'éclipse sous un prétexte. Je n'ai plus le cœur à la fête, ma dispute avec Gregory me pèse et la tentative de rapprochement de Hayden me reste en mémoire. C'est beaucoup trop pour une seule soirée.

Je quitte la réception discrètement. Une fois à l'extérieur, je respire le bon air frais, qui m'apaise automatiquement. Je pourrais appeler un taxi, ça serait sans doute la meilleure solution étant donné mes chaussures qui ne sont pas adaptées aux trottoirs glissants, sauf que le besoin de marcher se fait plus pressant.

Je tente de vider mon esprit durant tout le trajet, et lorsque j'arrive dans le hall de mon immeuble j'ai presque le sentiment d'avoir réussi. Puis mes yeux se posent sur ma boîte aux lettres. Je ne l'ai pas ouverte ce matin, pourtant, je suis certaine que la lettre du jour m'attendait. Toutefois, je ne voulais pas découvrir les mots de Christmas devant Hayden.

Je l'ouvre et, parmi quelques factures, elle est là.

# Lettre 10

*Lâche-toi.*

*Laisse-toi aller.*

*Libère-toi.*

# Lettre 11

*Ce matin, lorsque je me suis réveillé, les choses étaient différentes, rien de perceptible pour quiconque, simplement, je me sentais différent. Pris d'une résolution nouvelle. J'ai le sentiment que nous sommes en train de changer, d'évoluer.*

*Je suis plein d'espoir, cette fois, le doute n'a plus sa place, je suis certain de ce que je ressens et surtout de ce que je veux : toi, nous. Avancer.*

*Je ne mettrai pas ce calendrier de l'Avent particulier en péril, j'irai au bout. Je sais que les fêtes ont une saveur particulière pour toi, tout comme les traditions. Alors aujourd'hui pas de jeu de piste, ni de nouvel indice pour te permettre de me retrouver, simplement cette information : la donne a changé.*

*Je te laisse en faire ce que tu veux, je devine que ça va t'occuper l'esprit. Je devrais te dire de penser à autre chose et de laisser venir, sauf que j'aime imaginer que tu penses à moi, que notre jeu te plaît. Ça me donne de l'espoir, et l'espoir fait vivre, paraît-il. Toutefois, je sais que cette journée est importante pour toi, tu rouvres ton magasin après y avoir apporté des modifications. Ce projet te fait briller les yeux et j'espère qu'il en sera de même pour tes clients. J'aimerais être une petite souris pour assister à cet événement, mais c'est ton rêve, pas le mien. Alors vis-le à fond, pour une fois laisse-moi de côté.*

*Je serai encore là demain.*

*Affectueusement,*

*Christmas*

# Chapitre 38

*J – 14*

C'est le sourire aux lèvres que je quitte mon immeuble ce matin. Les mots de mon admirateur secret m'ont donné la dose d'énergie dont j'avais besoin après cette nuit chaotique. Le sommeil a tardé à venir et il ne s'est jamais vraiment installé. Chaque fois que je fermais les yeux, ils se rouvraient moins d'une heure plus tard et mon cerveau commençait une rumba endiablée. Impossible de le mettre en off, celui-là ! Je n'ai fait que ressasser pendant des heures. Pourtant, ce matin, je commence sur les chapeaux de roues et la fatigue s'est dissipée grâce à une simple lettre.

Lorsque j'arrive à la boutique, Hayden m'attend, adossé à son 4x4, tout en pianotant sur son téléphone.

— Salut, lancé-je une fois à sa hauteur.

Il range son portable et ses yeux s'ancrent dans les miens.

— Tu as disparu hier soir.

*Aïe !* Je grimace devant sa mine vexée. Je ne suis pas sûre d'avoir une explication valable pour être partie comme une voleuse. Malgré mes tourments, Hayden a eu la gentillesse de m'accompagner, il a été reçu comme un moins-que-rien et pourtant il est resté, pour qu'au final je prenne la fuite.

— Je suis désolée, j'étais bouleversée et je n'ai pas réfléchi.

Il hoche la tête, puis nous rejoignons tous les deux la boutique en silence. Une fois à l'intérieur, j'allume les lumières et lance la machine à café avant de retirer mon manteau.

— Il nous reste pas mal de boulot, si tu veux rouvrir en début d'après-midi.

— Douteriez-vous de mes compétences, monsieur Parker ?

— Disons qu'après t'avoir vue te débattre avec un tournevis j'ai de quoi m'inquiéter, dit-il sur un ton badin.

Je le bouscule en guise de réprimande, ce qui le fait à peine bouger, et il part dans un rire franc. Je lève les yeux au ciel avant de récupérer nos deux tasses et de lui tendre la sienne. Pendant que nous sirotons notre café, Hayden me donne les instructions pour ce matin.

En bon soldat, je me mets au travail dès ma boisson terminée. Je remplis les rayons tandis qu'il s'occupe de l'aménagement final. J'ai le droit d'approcher uniquement des meubles arborant un post-it. C'est ainsi que la matinée s'écoule sans que ni l'un ni l'autre ne le remarquions. Lorsque je finis par regarder l'heure, midi est déjà passé et le temps du lever de rideau va bientôt sonner.

Tout est prêt, la boutique est parfaite, et l'ambiance, féerique, mais je ne peux m'empêcher de réajuster quelques articles, soi-disant pas tout à fait alignés.

— Alyson ?

— Hmm, hmm.

— Viens.

Hayden me tend la main et je n'hésite pas une seconde avant de la saisir. Nos doigts s'entrelacent tandis qu'il me conduit à l'entrée de la boutique.

— Il est temps que tu vives l'expérience au moins une fois. Suis-moi.

Sans me lâcher, il franchit le rideau de velours qui crée un sas entre la porte et l'univers qu'il a créé. Je lui emboîte le pas, et en une seconde j'en prends plein les yeux. Je découvre ce que je n'ai pas réussi à voir lorsque nous faisions l'installation.

Le premier décor est une forêt de sapins, nous n'apercevons pas ce qui se trouve à la sortie, et, même si je le sais, je ne peux m'empêcher de trépigner d'impatience. Autour de nous, des arbres de Noël de bois nous proposent une multitude de décorations. Une farandole de boules, guirlandes et autres sujets qui font que chaque sapin est unique.

Hayden m'entraîne ensuite dans un tout autre tableau. Cette fois, nous sommes dans la fabrique du Père Noël. Les conifères laissent place à des étagères classiques où on trouve papier cadeau, bolduc et cartes de vœux. Ce qui rend cet espace incroyable, c'est la fresque murale représentant une machine digne des plus belles histoires de Noël qui sort des cadeaux sur un tapis roulant.

Puis le dernier décor avant le salon de thé met à l'honneur les origines de Noël. Si un jour le grand barbu au manteau rouge est né, c'est grâce à la Bible et à la naissance du petit Jésus. Afin de ne pas afficher d'opinion religieuse, Hayden a privilégié une ambiance qui se trouve à mi-chemin entre le chalet des stations de ski et la crèche qu'on retrouve dans certaines maisons. Ici, c'est le royaume des décorations murales et extérieures, des sprays pour vitres, des pochoirs et des couronnes à accrocher aux portes.

Et enfin le salon de thé apparaît dans la continuité. Cette fois, c'est clairement le chalet suisse par excellence. Tout le mobilier est en bois et l'ambiance est feutrée, Hayden a même ajouté un canapé et des fauteuils autour de tables basses, ainsi que des petites étagères où sont disposés des sucres d'orge, des chocolats et tout un tas de friandises.

Le rendu est somptueux.

— C'est magnifique, dis-je à voix haute tandis que les larmes me montent aux yeux. Merci, Hayden, vraiment.

— Je n'ai fait que mon travail. D'ailleurs, la fresque est détachable, elle paraît peinte à même le mur, mais ça fonctionne comme un magnet.

Il se gratte la nuque nerveusement et ses yeux se posent partout sauf sur moi. Pourtant, il est loin d'être novice dans son travail, il doit avoir l'habitude de recevoir des compliments.

— Hayden, regarde-moi.

Ses yeux azur rencontrent les miens et ce que j'y lis est indescriptible. C'est une fenêtre ouverte sur un panel d'émotions qui me dépasse. De la timidité mêlée à de la reconnaissance et d'autres sentiments plus complexes.

— Tu as un talent fou, tu mérites que ton travail soit mis en valeur. Alors je me répète mais merci.

— Je suis simplement déçu que ce soit déjà fini, murmure-t-il.

Ses mots me laissent interdite. Sa phrase d'hier me revient en mémoire. Je l'avais laissée de côté, bien plus préoccupée par la situation avec mon meilleur ami, sauf que je ne m'attendais pas à ce qu'il insiste à nouveau sur ce point. Je pensais qu'il s'agissait d'une idée en l'air, ou simplement d'un trait d'humour pour alléger l'ambiance.

— Je suis presque sûr que ton père t'a inculqué le principe de séparer ta vie professionnelle et ta vie personnelle, mais maintenant que nous ne bossons plus ensemble… tu accepterais un vrai rencard ?

*Est-ce que j'accepterais ?*

— Avec plaisir.

La surprise se lit sur le visage de Hayden, qui soudain s'illumine.

— Ce soir, 20 heures ?

— Ce soir, 20 heures, répété-je, le sourire aux lèvres.

Nous ressemblons à deux adolescents, mais en cet instant je m'en moque et profite de ce moment de bonheur. Nous sommes face à face, avec des sourires niais, aucun de nous n'est prêt à se détourner. Toutefois, le téléphone de Hayden nous rappelle à l'ordre.

— Mon prochain client, dit-il alors qu'il consulte son portable.

— Fonce.

— À ce soir, Alyson.

Puis il récupère ses affaires avant de disparaître en me laissant la tête pleine de rêves.

# Chapitre 39

*J – 14*

La journée a été une pure réussite, les clients étaient au rendez-vous et l'émerveillement dans les yeux des enfants a été le clou du spectacle. Je suis rentrée chez moi avec le sourire en me remémorant quelques anecdotes que je pourrai partager avec Hayden ce soir.

Maintenant que le calme est revenu et que mon corps se détend dans l'eau chaude d'un bon bain, mon esprit réalise ce que je suis en train de faire. Pas plus tard qu'hier, mon cœur était tiraillé et je ne savais plus où donner de la tête, pourtant, à présent, je me prépare pour un rendez-vous galant. Un sourire étire mon visage à la perspective de cette soirée en compagnie d'un artisan canon.

En sortant de la baignoire, je m'enveloppe dans une serviette douce et moelleuse avant d'en attraper une deuxième, plus petite, pour mes cheveux. Je me passe de la crème hydratante à la cerise sur tout le corps avant d'aller dans ma chambre pour m'habiller.

Je reste pensive devant mon armoire, je ne sais pas à quoi m'attendre pour cette soirée. Hayden n'a rien dévoilé de ses intentions hormis « un vrai rencard ». Je suis devenue plutôt douée en devinettes ces derniers temps, alors je songe à un dîner dans un restaurant avec peut-être une balade dans les rues animées de la ville. J'opte pour une petite robe bleu marine avec une paire de collants fins à pois, et pour être à l'aise des bottes dont les talons n'excèdent pas huit centimètres. Pour le maquillage, mon choix se porte sur mon gloss à la cerise et du fard à paupières qui rappelle ma tenue. Rien de trop marqué, mais suffisamment pour que ça sorte de l'ordinaire.

Il est 19 h 58 lorsque j'ai fini de me pomponner. Malgré la petite pointe de stress qui me noue l'estomac, je trépigne d'impatience et jette des regards à l'horloge toutes les cinq secondes.

20 h 3. *Qu'est-ce que trois minutes de retard ?*

20 h 12. *Toujours pas là.*

20 h 17. Je me laisse tomber sur le canapé, attendre devant la porte ne le fera pas venir plus vite.

20 h 26. Mon portable reste désespérément silencieux.

20 h 32. *Devrais-je l'appeler ?*

20 h 59. *Est-il sérieusement en train de me poser un lapin ?*

21 h 11. J'ouvre le frigo.

21 h 12. Je le referme, hors de question de me goinfrer avant le repas.

21 h 13. J'ouvre finalement le placard pour attraper le Nutella. *Juste une cuillère.*

21 h 24. Je fais des petites tresses dans mes cheveux lâchés tout en fusillant la porte du regard.

Quand 21 h 30 sonnent, je lâche l'affaire, Hayden ne viendra pas. Je regarde une nouvelle fois mon téléphone, mais son nom ne s'affiche pas. J'ai essayé de l'appeler, une seule fois, il est hors de question que je sois la femme désespérée qui court après un homme qui ne prend pas notre relation au sérieux. *Quelle relation ?* Je me fustige intérieurement. Si nous avions rendez-vous ce soir, c'était pour évaluer la potentialité d'aller au-delà d'une rencontre dans le cadre du travail, sauf qu'on ne s'est rien promis.

Cela ne m'empêche pas d'être déçue et de me sentir humiliée. Je me suis fait tout un monde de ce rencard, ça faisait bien longtemps que je n'avais pas eu hâte de retrouver un homme. Malgré moi, les larmes me montent aux yeux. Je suis ridicule, à pleurer pour un type qui m'a délibérément oubliée.

Mon premier réflexe est d'envoyer un message à Gregory, mais je me retiens au dernier moment. Je ne peux pas lui infliger ça et bafouer ses sentiments. J'efface les mots déjà tapés et ouvre la conversation avec Elsa.

Hayden m'a posé un lapin.

Sa réponse ne se fait pas attendre.

Tu avais rendez-vous avec lui ?

Non, je n'ai pas mis une jolie robe et épilé mes jambes pour mater Netflix en m'empiffrant de cochonneries.

Mon téléphone sonne, et cette fois c'est un appel.

— Allô ?

— Il habite où, ce goujat, que je lui coupe ses boules de Noël ?

— Oublie, ça ne vaut pas la peine, dis-je pour me persuader moi-même.

— Aly… Tu veux que je vienne ?

J'ai envie de dire oui, au moins pour ne pas me morfondre toute la nuit. Cependant, il est hors de question que je pourrisse le week-end de ma meilleure amie pour… quoi, au juste ? Une histoire d'amour qui n'en est même pas une ?

— Non, je suis une grande fille. Je suis sûre que tu as d'autres projets pour ton vendredi soir.

— Mike comprendra, dit-elle.

— Non ! Je voulais juste te tenir au courant, tu ne vas pas tout remettre en question pour moi. Tu as ta propre vie. On se fera un truc dans la semaine.

Nous parlons encore quelques instants avant de raccrocher, puis je me lève et me rends dans la cuisine pour récupérer le pot de Nutella et la cuillère que j'ai abandonnés tout à l'heure. Je me réinstalle dans mon vieux clic-clac et allume la télé. J'ai le moral en berne, alors tant pis si j'ai l'air pathétique. *De toute façon, ce n'est pas comme si j'avais un rencard ce soir !*

Je zappe à la recherche d'un programme qui m'occupera l'esprit, mais des coups donnés à ma porte me font lâcher la télécommande. Je lève les yeux vers l'horloge : 22 h 16. Je me redresse et me dirige vers la porte, les poings serrés et le pas lourd.

— Si tu crois que tu peux te pointer la bouche en cœur avec plus de deux heures de retard, tu mets le doigt dans l'œil ! grondé-je en ouvrant rageusement la porte, sauf que celui qui se présente sur le palier n'est pas l'homme que j'ai arrêté d'attendre. Gregory ?

— Salut, dit-il, les yeux rivés sur ses pieds.

— Que fais-tu là ?

— Elsa m'a dit que tu avais besoin de moi… alors me voilà.

Mes larmes, qui avaient disparu, refont surface. Sans réfléchir, je me jette dans les bras de mon meilleur ami. Je voudrais le ménager, mais sa présence en cet instant abat mes barrières. Il m'enlace en retour et son menton repose sur le haut de mon crâne. Une douce chaleur m'enveloppe ainsi que les effluves de son parfum.

— Je suis là, murmure-t-il.

Je hoche la tête contre son torse avant de me détacher de lui et de l'inviter à entrer. Il ne se fait pas prier et se dirige directement vers le canapé. Il récupère mon pot de Nutella avant de mettre la cuillère à sa bouche.

— Tu regardes quoi ?

Je lève les yeux vers l'écran, où deux ours polaires se tournent autour.

— Un reportage animalier, apparemment.

Je le rejoins et nous restons un moment devant la télé sans rien dire, à seulement fixer de grosses bêtes en train se battre ou s'aimer, c'est difficile à savoir. Je lance des regards à la dérobée en direction de mon ami, lui reste stoïque.

— Greg ?

— Hmm ?

— Tu ne penses pas qu'on devrait profiter de ce moment pour discuter ?

— Tu avais rendez-vous avec un autre homme ce soir, je crois que tout est dit.

*Aïe !* Je ne sais pas à quoi je m'attendais, j'avais conscience de ses sentiments et je les ai sciemment ignorés.

— Écoute, Alyson, je ne veux pas tout foutre en l'air pour un petit béguin de rien du tout.

— Alors c'est une simple passade ? lui demandé-je, persuadée qu'il ment.

— Oui.

Je suis lasse de tourner autour du pot. Gregory ne dira rien si je ne le pousse pas jusqu'à ce qu'il n'ait plus le choix.

— J'ai vu ton tableau hier et ça n'avait rien d'une amourette qu'on peut laisser de côté juste parce qu'on ferme les yeux.

— Qu'est-ce que tu veux que je te dise ? s'écrie-t-il. Tu veux m'entendre avouer que tu as foutu le bordel dans ma tête ? Que je suis amoureux de toi depuis bien trop longtemps, ou alors que j'ai eu un mince espoir que les choses évoluent avant qu'un artisan bien gaulé se pointe « la bouche en cœur » et anéantisse toutes mes chances ?

Ses émotions me percutent de plein fouet, si bien que je m'enfonce davantage sur le canapé.

— Aly… Je ne veux pas te perdre, mais je ne peux plus faire semblant, dit-il en se levant. Je vais rentrer, c'était une mauvaise idée, de venir ce soir.

Avant que je ne puisse esquisser le moindre geste, il a franchi la porte. Perdue, je reste interdite, les yeux dans le vague, puis je réalise soudain ce qui est en train de se passer. Je m'élance à sa suite, manquant de me rompre le cou en descendant les escaliers. Je me retrouve sur le trottoir et le froid mordant de décembre m'assaille, mais je n'y prête pas attention.

— Greg !

Il s'immobilise au milieu de la rue sans se retourner. Je réduis l'espace qui nous sépare jusqu'à être suffisamment proche pour le toucher.

— Dis-moi que tu vas revenir. Dis-moi que ce n'est qu'un au revoir ! crié-je, les larmes au bord des yeux.

— Je ne sais pas, Aly, répond-il tout bas.

— Dis-le ! Tu ne peux pas me laisser tomber, après toutes ces années. Après ce qu'on a partagé. Tu es mon roc, je suis ta force. Tu as oublié ? Je ne veux pas de cette fin-là ! Je…

Il ne me laisse pas poursuivre. Ses lèvres se pressent sur les miennes, étouffant les derniers mots. Tout d'abord surprise, je finis par me perdre dans ce baiser. Sa bouche est douce et sucrée. Gregory prend mon visage entre ses mains pour me rapprocher davantage, je me laisse faire, allant jusqu'à m'accrocher aux pans de sa veste.

Je sais pertinemment que c'est une mauvaise idée, je devrais m'écarter car ce geste va nous blesser tous les deux, ou, pire, ruiner ce qui peut encore être sauvé. Sauf que je suis incapable de me détacher de lui. En l'embrassant, je le laisse panser mon cœur meurtri par un autre homme ce soir.

Un élan de conscience me force à faire un pas en arrière et rompre le contact. Les mains de Gregory quittent mes joues, et je ne parviens pas à lever les yeux pour le regarder. Il marche à reculons pour mettre le plus de distance possible entre nous.

— Je reviendrai, promet-il avant d'être trop loin pour que je l'entende.

Mon ami disparaît et je doute qu'il puisse tenir parole. Les bras enroulés autour de moi, je fais demi-tour. Des larmes silencieuses s'échappent tandis que je retourne vers mon appartement.

# Chapitre 40

*J – 13*

Lorsque le réveil sonne, je suis toujours allongée dans mon lit, les yeux rivés au plafond. Le sommeil n'est jamais venu. J'ai l'impression qu'un semi-remorque m'est passé dessus. Pour la première fois depuis que j'ai ouvert ma boutique, je n'ai aucune envie de me lever pour aller travailler. Sauf que nous sommes samedi et que Noël est dans moins de deux semaines.

Je rejette ma couverture et me force à poser les pieds au sol. C'est en pilote automatique que je rejoins la salle de bains afin de prendre une douche rapide, avant d'enfiler un jean et un pull choisi au hasard. Je m'attache les cheveux en une queue-de-cheval haute, puis récupère mes affaires pour quitter l'appartement en faisant l'impasse sur le petit déjeuner. Ce que je ne fais jamais !

Avant de franchir le seuil de l'immeuble, je fais un arrêt à la boîte aux lettres. S'il y a une chose qui peut m'aider à supporter cette journée, ce sont bien les mots de Christmas, qu'importe qui se cache derrière ce pseudonyme.

Toutefois, le sort s'acharne, aucune enveloppe ne m'attend ce matin. Je ressens un énorme vide dans la poitrine et je suis à deux doigts de fondre en larmes. *Pourquoi faut-il qu'il arrête aujourd'hui ?* La réponse est évidente, sauf que je refuse d'y croire. Je claque la porte en métal et quitte rageusement l'immeuble.

Je rejoins la boutique sans prêter attention à tout ce qui m'entoure. Habituellement, j'aime flâner dans les rues de Boston alors que la population est encore endormie, mais aujourd'hui le cœur n'y est pas. Lorsque j'arrive au magasin, je fonce directement dans mon refuge et sors tout le nécessaire pour pâtisser. Dans un saladier, je mélange le beurre, le sucre, la farine et les œufs. Je pétris la pâte énergiquement, j'y mets toute ma tristesse, mes doutes et ma colère. Je suis remontée contre Hayden, contre moi et même contre Greg, lui qui ne fait rien d'autre que m'aimer. J'attrape le rouleau à pâtisserie et écrase la pâte de tout mon poids. C'est ce moment que Sofia choisit pour entrer dans la pièce.

— Salut, patronne ! lance-t-elle de sa voix enjouée. Houlà, qu'est-ce que ces pauvres sablés ont osé faire ?

— Mettre ma vie sens dessus dessous, grogné-je.

Sofia s'approche prudemment et pose une main sur mon épaule.

— Alyson.

Il n'en faut pas plus pour que la pression qui repose sur mes épaules soit trop lourde à porter. Je ne retiens plus mes larmes, je m'autorise à me laisser aller quelques minutes. Je préfère que ce soit maintenant que devant les clients. Ils n'ont pas besoin de savoir que ma vie amoureuse se résume à des lettres anonymes, un rencard avorté ainsi que mon meilleur ami, et que tout ça me met dans tous mes états. Plus j'y pense, plus je me trouve pathétique.

— Tu devrais rentrer chez toi, je peux gérer.

— Non. On est samedi, ça va être la course et le travail est comme une thérapie. Ça m'aide à ne pas penser à mes problèmes.

Sofia hoche la tête. J'essuie mes larmes du dos de la main avant de me remettre aux petits gâteaux qui attendent de passer au four.

— Tu m'aides ? lancé-je pour me redonner un peu de contenance.

— Évidemment, patronne.

Nous passons l'heure qui suit à découper des sapins et de petits bonshommes à l'aide d'emporte-pièces. Je laisse Sofia faire la conversation et me contente de réponses concises. Quand vient le moment d'ouvrir, je regrette de ne pas être restée dans mon lit ce matin, j'ai peur de ne pas pouvoir jouer à la petite vendeuse souriante aujourd'hui.

Je laisse ma collègue accueillir les clients derrière le comptoir et prendre un moment privilégié avec chacun. Pour ma part, j'arrange les rayons pour m'occuper les mains.

Lorsque la clochette de l'entrée tinte, je me fige. Sans que je ne sache comment, j'ai deviné l'identité de celui qui vient de pénétrer dans la boutique. Mon corps est traversé par un frisson et mes membres s'engourdissent malgré moi. Je lève les yeux vers Hayden, qui se dirige vers le salon de thé d'un pas déterminé. Il ne me cherche pas du regard et se contente de passer derrière le comptoir et disparaître dans l'arrière-boutique. Il refait surface en quelques secondes avec une petite boîte à outils.

Je devine qu'il compte fuir comme un lâche, sans même m'adresser un « bonjour ». La colère que je tentais d'enfouir au fond de moi refait surface et je me jette en travers de son chemin. Les bras croisés sur la poitrine, je le fusille du regard. Hayden est obligé de s'arrêter pour ne pas me rentrer dedans, il passe nerveusement la main dans ses cheveux bruns et soupire.

— Laisse-moi passer.

— Tu comptes la jouer homme des cavernes ?

— Alyson, gronde-t-il.

— Je vois que tu n'as pas oublié comment je m'appelle. Je devrais peut-être me sentir flattée.

Mon ton est acerbe. J'ai conscience qu'il n'est pas judicieux de se donner en spectacle, toutefois, mon ego a été bafoué et il s'agit sans doute de la seule possibilité que j'aurai de dire ce que je pense à cet abruti.

— Tu me fais quoi, là ? s'écrie Hayden.

— Tu me poses vraiment la question après m'avoir laissée tomber hier soir ? Je t'ai attendu plus de deux heures comme une pauvre fille, tu te pointes ce matin au magasin en te comportant comme un mufle, et tu penses que je ne vais rien dire ?

— Je suis sûr que tu as trouvé de quoi te consoler de mon absence, crache-t-il, amer.

Je suis sciée, incapable de répondre. L'image de mon meilleur ami et du baiser qu'il m'a donné s'impose à moi. Il ne peut pas avoir deviné. Hayden tente simplement de se déculpabiliser.

— Je ne vois pas de quoi tu parles.

— De la langue de Gregory qui te léchait la glotte devant chez toi.

*Impossible !*

— Eh oui, je suis venu ! J'étais aux urgences avec Axel et je n'avais plus de batterie. Dès que nous avons quitté l'hôpital, je suis venu, mais tu semblais bien occupée.

— Tu…

— Oui ! Je ne suis pas un connard, si je te propose un dîner, ce n'est pas pour annuler, c'est parce que tu me plais. Mais je ne supporte pas d'être pris pour un con, le message est passé, je ne compte pas te courir après.

Il me contourne pour sortir. Je reste là, les bras ballants, me sentant idiote.

— Je pensais que tu ne viendrais pas, lancé-je avant qu'il ne disparaisse.

— Tu es vite passée à autre chose. Je me suis trompé sur toi.

Puis Hayden quitte la boutique pour de bon, ne me laissant plus que mes yeux pour pleurer. Je devrais le suivre pour lui expliquer ce qu'il a vu, qu'il s'agit simplement d'un malentendu. Sauf que ses derniers mots résonnent en moi et me font mal. Si mal que je suis incapable de faire semblant une minute de plus…

# Chapitre 41

*J – 13*

Je n'ai pas réfléchi en quittant la boutique, je voulais juste respirer et me remettre les idées en place. J'étais complètement déboussolée après la visite éclair de Hayden. Il a prononcé des mots durs qui résonnent encore dans ma tête. Puis la tristesse m'a envahie et je ne savais pas quoi faire. C'est ainsi que je me retrouve dans ma voiture en plein milieu de la matinée et je roule en direction de chez mes parents.

J'abandonne ma Corsa garée de travers dans l'allée derrière celle de mon père. À peine ai-je franchi le seuil que ma mère apparaît depuis le salon et pose un regard interrogateur sur moi.

— Alyson ?

L'instant d'après, je suis dans ses bras et mes larmes viennent humidifier son chemisier.

— Ma chérie, parle-moi, dit-elle en me berçant tendrement.

— Je suis perdue, maman. J'en viens à regretter ma vie amoureuse inactive du mois dernier.

— On va te préparer un bon chocolat chaud et tu vas me raconter tout ça. Je vais dire à ton père d'aller à la quincaillerie sans moi.

J'opine du chef et me redresse avant de me rendre dans la cuisine. Bien que j'aie quitté le nid depuis plusieurs années, je retrouve immédiatement mes habitudes, tout est toujours à la même place.

— C'est bon, je suis toute à toi, dit ma mère en entrant dans la pièce tandis que je verse le lait dans deux tasses.

— Pourquoi papa est parti à la quincaillerie ? demandé-je en m'adossant au plan de travail après lui avoir tendu sa boisson.

— On veut faire refaire la chambre de ton frère. Ma petite-fille ne dormira pas dans une chambre d'adolescent en proie à ses hormones.

Je me pensais incapable de rire aujourd'hui, et pourtant ma mère me prouve le contraire.

— Adam n'était pas si terrible, il aurait pu placarder des posters de femmes en bikini qui cachent à peine leurs tétons.

— Mon Dieu, j'ai échappé au pire ! s'exclame-t-elle en s'éventant le visage. Je suis certaine que tu n'es pas venue pour me parler de la jeunesse de ton frère.

Je baisse les yeux vers ma tasse, qui est soudainement devenue très intéressante.

— Un homme te fait des misères ?

— Si seulement il n'y en avait qu'un…

Ma mère recrache la gorgée qu'elle vient de boire, sous l'effet de la surprise. Je me mords la lèvre inférieure tant je suis nerveuse, je ne lui ai pas parlé de garçons depuis Dimitri, du moins pas d'un qui me plaisait vraiment.

— Tu comptes faire durer le suspense encore longtemps ou tu vas me dire ce qui se passe ?

— Je ne sais pas vraiment, en réalité, soupiré-je en me laissant tomber sur une chaise à ses côtés. Tout a commencé début décembre, enfin, je crois, un homme me laisse des lettres chaque matin comme un calendrier de l'Avent. Puis il y a eu Hayden, ce mec est une vraie girouette, il passe son temps à souffler le chaud et le froid mais j'ai très vite senti une alchimie entre nous. Et, pour finir, Greg… Il s'est mis à avoir des sentiments bien plus forts à mon égard.

Dire tout ça à voix haute fait resurgir la myriade d'émotions avec laquelle je me débats depuis des jours. Je ne sais plus ce que je veux, ni ce qui est bon pour moi. La seule chose dont je suis certaine, c'est que mon cœur se fait malmener et que chaque coup qu'il reçoit me force à me refermer sur moi-même. Pourquoi ne suis-je pas une de ces femmes capables de vivre sans homme à ses côtés ? Les tourments que m'apporte l'amour en valent-ils la chandelle ?

— Si c'est le jeune Parker qui te plaît, pourquoi pleurais-tu ?

— Parce que rien ne se passe comme prévu. Nous avions rendez-vous hier soir, mais lorsqu'il est arrivé il a vu Gregory m'embrasser.

— Je vois.

Ma mère semble réfléchir. J'aimerais savoir ce qu'elle pense de tout ça et surtout si elle a une solution pour tout arranger. Cette situation n'est qu'un énorme quiproquo.

— Parle-moi de cet homme mystérieux qui t'écrit des lettres, demande-t-elle subitement.

— Il se fait appeler Christmas. Le 1er décembre, j'ai trouvé sa lettre dans laquelle il expliquait qu'on se connaissait, de près ou de loin, et que ses sentiments pour moi évoluaient. Il a promis de m'écrire chaque jour, jusqu'au 25, pour qu'ensemble on chemine jusqu'à savoir ce qu'on ressent l'un et l'autre. Sauf que ce matin ma boîte aux lettres était vide. Ça ne peut pas être une coïncidence.

— Tu as une idée de qui ça peut être ?

Je hausse les épaules. J'y songe tous les jours, sauf qu'aucune réponse ne colle parfaitement aux mots de mon admirateur. Les lettres sont parsemées d'indices, toutefois, ce sont des détails très personnels, des choses dont je ne peux pas avoir connaissance. Il devait me rester une douzaine de jours pour trouver Christmas. Jusqu'alors, le but était de découvrir notre compatibilité. Maintenant, je ne suis plus certaine que ce soit d'actualité.

— Je pense que c'est l'un des deux hommes qui te tournent autour.

— J'y ai pensé, mais pourquoi rien ce matin, dans ce cas ?

— Réfléchis, chérie. Greg t'a embrassée alors peut-être pense-t-il qu'il n'a plus besoin de se cacher, et, si c'est Hayden, il t'a vue avec ton ami.

Je me prends la tête entre les mains en soupirant. Cette histoire est un vrai casse-tête.

— Et toi, Alyson ? Tu m'as parlé de ces hommes, du bazar qu'ils ont mis dans ta vie, mais que ressens-tu ?

— Je ne sais pas… Je ne sais plus. Greg est mon meilleur ami, je sais que nous pourrions être bien ensemble, sauf qu'il n'y a pas d'étincelle et je refuse de le choisir par dépit. Hayden est compliqué, il sait être charmant et l'homme qui se cache derrière sa carapace est fantastique. Et puis Christmas c'est ma bouffée d'oxygène dans le chaos qu'est ma vie en ce moment. Qu'est-ce que je dois faire, maman ?

Je la supplie du regard de me donner la solution à tous mes problèmes comme elle le faisait quand j'étais enfant.

— Qu'est-ce que tu souhaites ?

— Tout réparer, soufflé-je.

— Tout ne pourra redevenir comme avant, ma chérie, dit-elle en me caressant les cheveux. Il y a des choses qu'on ne peut pas défaire, tu dois faire un choix, tu ne pourras pas les avoir tous les deux.

J'acquiesce, le regard dans le vide. Ma mère est pleine de sagesse, elle ne prendra pas la décision à ma place mais à sa façon elle m'aiguille dans la bonne direction.

— Le bonheur est parsemé d'embûches, Alyson, le tout est de franchir les obstacles.

# Lettre 13

*Chère Alyson,*

*« Putain de merde ! Je ne sais pas quoi te dire ce matin, je n'ai pas fermé l'œil. Tu me hantes. Toi avec lui. J'ai cru devenir fou. Je sais que nous ne nous sommes rien promis mais j'espérais que tout ça comptait un peu pour toi.*

*Je vois rouge, j'ai envie de tout casser, de hurler. Je ne sais pas si je dois être en colère, triste ou heureux pour toi. Si mes sentiments sont aussi forts, pourquoi je ne parviens pas à me ravir de ton bonheur ? Parce que ce n'est pas moi ! Suis-je égoïste ? J'en ai bien peur quand cela te concerne.*

*Dois-je lui péter la gueule, me battre ?*

*Ou alors je laisse tomber ?*

*Je ne sais pas et ça me rend dingue ! Je ne pensais pas être confronté à ce genre d'obstacles quand je me suis jeté à l'eau. Je n'avais aucune certitude nous concernant, mais je n'ai aucunement évalué la concurrence. On m'avait dit que tu étais libre comme l'air. Je n'ai jamais voulu marcher sur les plates-bandes de qui que ce soit, sauf qu'à partir du moment où ce petit jeu a commencé je ne suis plus en mesure de m'effacer.*

*Pourquoi lui ? Pourquoi pas moi ?*

*Ces questions tournent en boucle dans ma tête et tu es la seule à pouvoir m'apporter les réponses… Toutefois, je ne suis pas sûr d'encaisser. Je ne suis pas un putain de mec insensible ! Je suis juste un gars qui en pince pour une fille et qui n'a pas eu les couilles d'agir en premier… J'ai voulu prendre mon temps et faire les choses bien, sauf que ce n'est pas moi que tu regardes. La place est prise.*

*J'abandonne…*

*Dois-je continuer ?*

*Tu l'aimes ?*

*Je ne vais rien lâcher, qu'il aille se faire foutre.*

*J'abandonne…*

*Au revoir, Alyson…*

*Christmas* »

*J'ai déchiré cette lettre hier, puis je l'ai récupérée pour la coller à celle-ci. Tu dois savoir dans quel état je suis…*

*Je ne sais pas quoi faire, Alyson, je ne sais pas si ça vaut le coup de se battre ou si je vais me brûler les ailes. Je suis incapable de prendre la décision, alors je m'en remets à toi. Si tu veux poursuivre l'aventure, je dois être le seul à compter, au moins jusqu'à Noël. Si après la messe de minuit tu en choisis un autre, je me ferai une raison… mais pour ça tu dois trouver un moyen de me faire savoir que tu veux continuer avant demain.*

*Sois inventive…*

*Christmas*

# Chapitre 42

*J – 12*

J'ai vérifié le contenu de la boîte aux lettres en rentrant de la boutique ce midi par habitude, j'étais persuadée qu'elle serait vide une fois encore. Sauf que la lettre était là, je dirais même les deux lettres. Je suis montée dans mon appartement pour lire et j'ai ressenti chaque mot de Christmas au plus profond de moi.

La culpabilité m'étreint le cœur, il souffre par ma faute. J'ai relu son message cinq fois avant que mes larmes ne se tarissent. Il m'offre une chance de me rattraper, une seule. *N'est-ce pas ce que je voulais ?* Je refuse de la laisser s'envoler simplement parce que j'ai décidé de passer la journée à m'apitoyer sur mon sort.

Je suis certaine qu'il ne s'agit pas de Gregory, à présent, il n'aurait pas eu cette réaction puisque c'est lui qui m'a embrassée. Tout converge vers Hayden. Il nous a vus ce soir-là. Peut-être est-ce pour ça que je ne parviens pas à mettre bout à bout tous les indices laissés dans les lettres. Je ne le connais pas suffisamment, et d'une certaine façon c'est à travers ce drôle de calendrier qu'il m'incite à le faire.

Je sors toutes les enveloppes du tiroir de ma table basse et les étale devant moi. Je relis les lettres une à une avec un œil nouveau. Je souhaite avoir cette seconde chance. Pour ça, il faut que je trouve *la* bonne idée qui lui prouvera que je suis sérieuse et qu'il compte. Je veux faire quelque chose de spécial.

Je m'arrête sur la lettre du 7 décembre, ce poème français qui m'a retourné le cœur. J'attrape mon ordinateur et lance le moteur de recherche. Je ne sais pas encore ce que j'espère trouver en tapant « Agrippa d'Aubigné », mais je suis convaincue d'être sur la bonne piste. Google me propose toute une liste de poètes et je me perds parmi les vers des heures durant.

Je lève le nez de mon ordinateur après avoir traduit des dizaines de poèmes et la nuit est déjà tombée. Mon cœur s'affole : Hayden, enfin, Christmas, a précisé que je devais lui faire savoir mes intentions aujourd'hui. Il ne me reste que quelques heures pour mettre mon plan à exécution.

J'attrape une feuille et un stylo. Le poème de Victor Hugo affiché devant moi, en français, je commence à recopier les vers. Je dois m'y reprendre à trois fois pour que mon courrier soit digne de ceux que j'ai reçus chaque jour.

*Cher Christmas,*

*Je te prends au pied de la lettre.*

*Je respire où tu palpites,*

*Tu sais ; à quoi bon, hélas !*

*Rester là si tu me quittes,*

*Et vivre si tu t'en vas ?*

*À quoi bon vivre, étant l'ombre*

*De cet ange qui s'enfuit ?*

*À quoi bon, sous le ciel sombre,*

*N'être plus que de la nuit ?*

*Je suis la fleur des murailles*

*Dont avril est le seul bien.*

*Il suffit que tu t'en ailles*

*Pour qu'il ne reste plus rien.*
*Tu m'entoures d'Auréoles ;*
*Te voir est mon seul souci.*
*Il suffit que tu t'envoles*
*Pour que je m'envole aussi.*
*Si tu pars, mon front se penche ;*
*Mon âme au ciel, son berceau,*
*Fuira, dans ta main blanche*
*Tu tiens ce sauvage oiseau.*
*Que veux-tu que je devienne*
*Si je n'entends plus ton pas ?*
*Est-ce ta vie ou la mienne*
*Qui s'en va ? Je ne sais pas.*
*Quand mon orage succombe,*
*J'en reprends dans ton cœur pur ;*
*Je suis comme la colombe*
*Qui vient boire au lac d'azur.*
*L'amour fait comprendre à l'âme*
*L'univers, salubre et béni ;*
*Et cette petite flamme*
*Seule éclaire l'infini*
*Sans toi, toute la nature*
*N'est plus qu'un cachot fermé,*
*Où je vais à l'aventure,*
*Pâle et n'étant plus aimé.*

*Sans toi, tout s'effeuille et tombe ;*
*L'ombre emplit mon noir sourcil ;*
*Une fête est une tombe,*
*La patrie est un exil.*
*Je t'implore et réclame ;*
*Ne fuis pas loin de mes maux,*
*Ô fauvette de mon âme*
*Qui chantes dans mes rameaux !*
*De quoi puis-je avoir envie,*
*De quoi puis-je avoir effroi,*
*Que ferai-je de la vie*
*Si tu n'es plus près de moi ?*
*Tu portes dans la lumière,*
*Tu portes dans les buissons,*
*Sur une aile ma prière,*
*Et sur l'autre mes chansons.*
*Que dirai-je aux champs que voile*
*L'inconsolable douleur ?*
*Que ferai-je de l'étoile ?*
*Que ferai-je de la fleur ?*
*Que dirai-je au bois morose*
*Qu'illuminait ta douceur ?*
*Que répondrai-je à la rose*
*Disant : «Où donc est ma sœur ?»*
*J'en mourrai ; fuis, si tu l'oses.*

*À quoi bon, jours révolus !*

*Regarder toutes ces choses*

*Qu'elle ne regarde plus ?*

*Que ferai-je de la lyre,*

*De la vertu, du destin ?*

*Hélas ! et, sans ton sourire,*

*Que ferai-je du matin ?*

*Que ferai-je, seul, farouche,*

*Sans toi, du jour et des cieux,*

*De mes baisers sans ta bouche,*

*Et de mes pleurs sans tes yeux !*

*« Je respire où tu palpites », Victor Hugo, « Les Contemplations »*

*Pour moi, tout ça est bien plus qu'un jeu, c'est une aventure dans laquelle tu m'as embarquée il y a déjà douze jours. J'ai commis des erreurs et je ne suis sans doute pas celle que tu crois ou que tu veux. Toutefois, laisse-moi te prouver que ça vaut le coup, laisse-moi prendre les rênes.*

*Tu sais comment me faire parvenir ta réponse.*

*Je t'embrasse.*

*Alyson*

Je me relis, satisfaite. Seul bémol : comment lui faire parvenir cette lettre ? Je ne peux pas débarquer chez Hayden et la glisser dans sa boîte aux lettres. Nous sommes dimanche soir, le risque de me faire surprendre est trop grand. Et puis, si ce n'est pas lui qui se cache derrière Christmas, j'aurai l'air ridicule.

Je n'ai plus qu'à tenter un coup de poker.

# Chapitre 43

*J – 12*

Armée d'un rouleau de scotch et de ma missive, je descends dans le hall de mon immeuble, là où se trouvent les boîtes aux lettres. Je n'ai aucune certitude que mon admirateur viendra jusque chez moi ce soir, toutefois, c'est la seule solution que j'ai trouvée dans un délai aussi court. Je fixe l'enveloppe sur la petite porte où est inscrit mon nom.

Je m'apprête à remonter, mais je suis retenue par une curiosité dévorante. S'il vient ce soir, j'aurai la certitude qu'il s'agit bien de l'artisan qui hante mes rêves. Je jette un œil autour de moi et mon regard se pose sur la porte du local technique. J'hésite un instant, cette pièce doit grouiller d'araignées. *Et puis zut !* Je tire la porte et me glisse à l'intérieur en m'empêchant de réfléchir plus longtemps.

Le froid s'insinue très vite sous mes vêtements, je grelotte mais je suis incapable d'abandonner mon poste d'observation. J'ai laissé un petit interstice par lequel je zieute ce qui se passe dans le hall. Je suis à l'affût du moindre bruit, du moindre mouvement.

Je passe près de deux heures dans la semi-obscurité en ne voyant que quelques voisins rentrer chez eux. Je m'apprête à lâcher l'affaire lorsque le son des pas dans l'escalier me force à ne pas bouger. Je devine que ce n'est pas celui que j'attends, toutefois, j'aurais du mal à expliquer à l'un des locataires de l'immeuble ce que je fais dans le local technique.

Il s'agit du vieux Dan qui descend. Je me demande ce qu'il peut bien partir faire au milieu de la nuit, sauf que son accoutrement m'interpelle. Il porte un long peignoir par-dessus ce que je suppose être son pyjama, et des pantoufles. Mais ce qui me surprend davantage c'est le fait qu'il se dirige vers les boîtes aux lettres. Il s'arrête devant la mienne et saisit l'enveloppe.

L'espace d'une seconde, mon esprit s'embrouille et j'imagine Dan rédiger les courriers que je me hâtais de découvrir le matin. Je grimace à cette idée. Incapable de tenir plus longtemps, je sors de ma cachette. Mon voisin sursaute avant de m'offrir un sourire gêné.

— Bonsoir, mademoiselle Alyson.

— Bonsoir. Que faites-vous avec cette lettre, Dan ?

— Je me dois de la remettre à son destinataire, répond-il sans se démonter.

Ma mâchoire se décroche et les mots me manquent.

— Ne soyez pas si surprise, s'amuse Dan devant mon expression abasourdie.

— Je ne vous imaginais pas coursier.

— Je suis toujours prêt à venir en aide à l'amour, mademoiselle Alyson.

Il m'offre un clin d'œil accompagné d'un sourire tendre.

— Vous savez donc qui m'écrit.

— C'est exact.

— Je ne peux pas vous donner les détails mais j'ai besoin de savoir qui c'est, déclaré-je dans l'espoir de récolter quelques indices.

Dan secoue la tête, il ne se laissera pas amadouer aussi facilement. J'ai le sentiment que cette situation l'amuse. Je comprends qu'il ne dira rien, mais son aide peut m'être précieuse autrement.

— J'aimerais rendre la pareille à cet homme, commencé-je tout en rougissant. Disons que je dois faire mes preuves. Pourriez-vous jouer les facteurs dans l'autre sens ?

— Évidemment, dit-il en agitant ma lettre, qu'il tient déjà entre ses mains. Vous devriez aller vous reposer, mademoiselle Alyson, vous avez une petite mine.

Je lui offre un sourire contrit tandis qu'il se détourne pour remonter chez lui. Le vieux Dan a raison, maintenant que la pression de cette journée retombe, je sens la fatigue m'assaillir. Je retourne à mon appartement et me rends directement dans ma chambre pour mc laisser aller sur mon lit.

Un soupir m'échappe et je laisse mon esprit divaguer. Les événements de ces derniers jours se bousculent dans ma tête. Je repense à cette journée où tout devait être parfait. La boutique a revêtu sa tenue de fête et les clients ont été émerveillés devant le travail de Hayden. Les lieux sont imprégnés de la magie de Noël et mon humeur s'y est accordée. Sauf qu'il n'a fallu qu'une seconde pour que tout dérape.

Je songe au baiser que m'a donné mon ami avant de s'enfuir. Était-ce un baiser d'adieu ? J'ai du mal à y croire, dix ans d'amitié ne peuvent pas disparaître en un claquement de doigts. Pourtant, depuis vendredi, je n'ai pas eu de nouvelles de Greg. Je ne lui en ai pas donné non plus, à vrai dire, je ne sais plus comment me comporter avec lui.

Et puis il y a Hayden. Avec lui, il faut que je rattrape le coup. Je ne sais pas où en sont mes sentiments à son égard, c'est trop frais, trop intense. Il souffle le chaud et le froid, il peut être doux et gentil comme bourru et méprisant. Toutefois, il s'est passé quelque chose entre nous. Lorsqu'il entre dans une pièce, mon sourire s'élargit et mon cœur s'emballe. J'ai envie de partager des moments simples avec lui, et même des disputes électriques s'il le faut. J'ai l'impression d'être comprise, avec lui. Il ne me reproche pas ma vie, ni mes rêves.

Pour la première fois, j'ai l'espoir que ça pourrait marcher.

Je regarde mon réveil, qui indique 1 heure passée. Je suis épuisée, mais le sommeil ne compte pas venir, alors je saisis mon portable et commence à rédiger un message à l'attention de Hayden.

Bonsoir,

J'aimerais qu'on parle de cette situation, de ce que tu as vu. Ce n'est pas ce que tu crois… Je ne suis pas une de ces femmes capables d'interchanger les hommes sans éprouver le moindre remords. Tout ça est plus compliqué qu'il n'y paraît…

Et comment va Axel ?

J'appuie sur « envoyer » le cœur battant. J'ai fait un autre pas dans sa direction. Ce soir, c'est aussi bien pour Hayden que pour Christmas que je me bats, pour l'artisan et le romantique. Pour cet homme qui est encore plein de surprises.

Mon téléphone reste désespérément silencieux. Je me demande si Hayden a lu mon SMS ou s'il dort, peut-être a-t-il simplement effacé le message en voyant mon nom. *Ou il dort, Alyson !* Dans sa dernière lettre, il me laisse une chance, alors, si j'ai raison et qu'il est bien l'homme qui se cache derrière le pseudonyme, il lira ce message.

Une fois rassurée et mue d'une détermination nouvelle, je lui propose un rendez-vous. Si je veux pouvoir lui prouver ma bonne foi, ça ne peut pas se faire par message interposé.

Un café demain à l'heure du déjeuner ? Et si j'ajoute une part de cheese-cake et un bonhomme de pain d'épice, ça peut t'aider à venir ?

Après ça, je pose mon téléphone à l'envers sur la table de chevet pour ne pas être tentée de guetter la petite loupiote qui ne manquera pas de clignoter lorsque sa réponse arrivera. *Car elle va arriver.* C'est cette pensée qui m'aide à m'endormir pendant quelques heures.

# Lettre 14

*Chère Alyson,*

*Rien n'est jamais acquis à l'homme Ni sa force*
*Ni sa faiblesse ni son cœur Et quand il croit*
*Ouvrir ses bras son ombre est celle d'une croix*
*Et quand il croit serrer son bonheur il le broie*
*Sa vie est un étrange et douloureux divorce*
*Il n'y a pas d'amour heureux*
*Sa vie Elle ressemble à ces soldats sans armes*
*Qu'on avait habillés pour un autre destin*
*À quoi peut leur servir de se lever matin*
*Eux qu'on retrouve au soir désœuvrés incertains*
*Dites ces mots Ma vie Et retenez vos larmes*
*Il n'y a pas d'amour heureux*
*Mon bel amour mon cher amour ma déchirure*
*Je te porte dans moi comme un oiseau blessé*
*Et ceux-là sans savoir nous regardent passer*
*Répétant après moi les mots que j'ai tressés*
*Et qui pour tes grands yeux tout aussitôt moururent*

*Il n'y a pas d'amour heureux*

*Le temps d'apprendre à vivre il est déjà trop tard*

*Que pleurent dans la nuit nos cœurs à l'unisson*

*Ce qu'il faut de malheur pour la moindre chanson*

*Ce qu'il faut de regrets pour payer un frisson*

*Ce qu'il faut de sanglots pour un air de guitare*

*Il n'y a pas d'amour heureux.*

*Il n'y a pas d'amour qui ne soit à douleur*

*Il n'y a pas d'amour dont on ne soit meurtri*

*Il n'y a pas d'amour dont on ne soit flétri*

*Et pas plus que de toi l'amour de la patrie*

*Il n'y a pas d'amour qui ne vive de pleurs*

*Il n'y a pas d'amour heureux*

*…*

*« Il n'y a pas d'amour heureux », Louis Aragon, « La Diane française »*

*Allons-nous communiquer par poèmes, maintenant ? Soit, ça me va. Tu souhaites prendre les rênes, je te les laisse.*

*Ne t'attends pas à ce que ce soit facile, non pas que je compte te mettre des bâtons dans les roues, loin de là, mais se dévoiler par écrit n'est pas aussi simple qu'on peut le croire. Les paroles s'envolent dans les airs lorsque tu les prononces, les mots couchés sur du papier restent…*

*Bon courage, Alyson.*

*À demain,*

*Christmas*

*P.-S. : Je t'invite à découvrir, seule, le dernier vers.*

# Chapitre 44

*J – 11*

Je manque de pleurer de joie en ouvrant ma boîte aux lettres ce matin. Après la déception de ne pas avoir eu de réponse de Hayden par SMS, voir une nouvelle enveloppe de Christmas me met du baume au cœur. Soudain, le doute s'installe, et si Hayden n'était pas Christmas ? Peut-être que je fais fausse route. Qu'est-ce que cela impliquerait pour moi ? En ce qui concerne mes sentiments ? Pourtant, après m'être faite à l'idée que le bel artisan était mon admirateur secret, j'ai eu l'impression de le retrouver à travers les lignes de ses lettres.

J'ouvre le pli du jour en espérant y trouver des réponses. Un sourire naît sur mon visage lorsque je découvre le poème. Les quelques mots à la fin sont à la fois lourds de sens et pleins de possibilités.

Je tire mon téléphone de mon sac pour lancer une recherche sur le vers restant. Louis Aragon a su illustrer les sentiments à la fois contraires et complémentaires de ce que nous vivons en ce moment. Les histoires d'amour sont peut-être toutes uniques, néanmoins, elles suivent un schéma intemporel.

Le dernier vers, celui que Christmas a retiré, fait naître une envolée de papillons dans mon ventre. « Mais c'est notre amour à tous les deux. » Le pense-t-il vraiment ?

Je secoue la tête et range l'enveloppe soigneusement dans mon sac. Il est partant pour continuer, c'est tout ce qui compte. C'est le cœur plus léger que je prends le chemin de la boutique. J'ai conscience que mes problèmes sont loin d'être réglés, mais c'est une étape franchie. Il va me falloir plusieurs jours pour arriver au but final.

Il est bientôt midi et mon regard n'a de cesse de dériver vers la porte d'entrée. Depuis les rénovations, il n'y a qu'à partir du comptoir du salon de thé qu'on peut l'observer. Les chemins de traverse créés par Hayden dans l'espace vente la rendent inaccessible.

Chaque fois que la clochette tinte, mon cœur s'emballe, je compte jusqu'à trois avant de relever les yeux, mais ce n'est jamais celui que j'attends. Ce petit manège dure encore deux heures avant qu'un client me force à me faire une raison :

— Pourrais-je avoir la dernière part de cheesecake ?

*Non !*

— Oui, bien sûr. Avec un café ?

— Un chocolat chaud, c'est pour ma fille.

J'acquiesce avant de récupérer l'ultime part de gâteau, que j'ai promise à un beau brun, pour la déposer dans une boîte en carton. J'encaisse le client et lui remets ses achats avec un sourire un peu forcé dont il ne semble pas s'offusquer. Il ne m'a rien fait, hormis me faire prendre conscience de la réalité : Hayden ne viendra pas. Toutefois, il est hors de question que je me laisse abattre aussi facilement, je ne suis pas du genre à renoncer au moindre petit obstacle. S'il ne vient pas, c'est moi qui irai à lui.

Durant tout le reste de la journée, ma détermination me donne des ailes et je parviens à penser à autre chose que ma vie amoureuse. Je passe de bons moments avec les clients et un petit garçon faisant tourner ses grands-parents en bourrique me fait rire.

Je ferme le magasin sur les coups de 20 heures sans jouer les prolongations, pour une fois. Je retourne chez moi récupérer ma voiture pour rejoindre la maison de Hayden sans tarder. Il me faut à peine plus d'un quart d'heure pour me garer devant chez lui, juste derrière son 4x4. J'abaisse le pare-soleil et vérifie dans le petit miroir que je suis présentable. Habituellement, je me fiche de ce que les hommes peuvent penser de moi, pourtant, ce soir, j'ai envie de plaire.

Je quitte ma voiture et monte les quelques marches qui mènent à la porte. J'inspire un bon coup avant de frapper et reculer d'un pas. Des pas lourds se font entendre à mesure qu'ils se rapprochent. Je retiens ma respiration. La porte s'ouvre, et je découvre Hayden vêtu d'un simple T-shirt noir et d'un jeans délavé. Il est à couper le souffle. Pourtant, lorsque mes yeux se posent sur son visage, je suis obligée de redescendre sur terre. Ses sourcils sont froncés et ses lèvres ne forment plus qu'une fine ligne tant elles sont pincées. *OK, il m'en veut toujours !*

— Qu'est-ce que tu fais là ?

— Comme tu n'as pas répondu à mes textos, je me suis déplacée moi-même, réponds-je sans me laisser impressionner par son ton grognon.

— Si je ne t'ai rien envoyé, c'est simplement parce que je n'en avais pas envie.

— Ou par fierté, rétorqué-je.

Hayden me fusille du regard. Je lève les mains à hauteur de ma tête en signe de reddition. Le provoquer n'est pas la meilleure des façons de se faire pardonner.

— Je suis venue prendre des nouvelles d'Axel. Tu m'as dit l'avoir emmené à l'hôpital vendredi, comment va-t-il ?

— Mieux.

— On recommence à communiquer par le moins de mots possible ? OK, ça va le faire, assuré-je après quelques secondes de réflexion.

Hayden lève un sourcil interrogateur tandis que je m'éclaircis la voix.

— Pardon.

Je lève le pouce pour commencer à compter.

— Malentendu.

C'est le tour de l'index.

— Platonique.

Je lève un troisième doigt.

— Seconde chance. Oups, ça fait deux.

Le regard de Hayden a changé, il ne semble plus en colère, j'y décèle même de l'amusement. Il est appuyé contre le chambranle de la porte, un petit rictus au coin des lèvres.

— Ou veux-tu en venir, Alyson ?

— J'ai droit à des phrases complètes ?

Il acquiesce d'un mouvement de tête.

— Il ne se passe rien entre Gregory et moi, enfin, moi, je n'ai aucun sentiment amoureux à son égard. C'est mon ami, il est perdu en ce moment, les fêtes ne sont pas une période réjouissante pour tout le monde. Nous étions en train de tirer ça au clair quand il m'a embrassée, puis il est parti. Je ne sais pas tout ce qui se passe dans sa tête, mais je compte bien le découvrir.

— Qu'est-ce qu'il faisait chez toi alors que tu étais supposée être avec moi ? me demande-t-il d'un ton sec.

*Elle est gonflée, celle-ci !* Néanmoins, Hayden semble ouvert à la discussion, ce n'est pas le moment de le renvoyer dans ses sapins.

— Elsa lui a dit que tu m'avais posé un lapin.

— Je vois.

Ça y est, il se referme comme une huître. Je ne veux pas laisser la conversation s'arrêter là. J'ai peur qu'au moment où il refermera sa porte tout s'arrête.

— Tu crois aux secondes chances ?

Il me considère en m'interrogeant du regard, alors je continue.

— Je pense qu'aucun chemin n'est une ligne droite, « Rien n'est jamais acquis à l'homme ni sa force ni sa faiblesse ni son cœur »[1]. La seule chose qu'il peut espérer, c'est ne pas répéter ses erreurs.

— Tu cites du Louis Aragon ?

1. Deux premiers vers de *Il n'y a pas d'amour heureux*.

— La poésie française m’inspire, ces derniers temps.

Je tente de masquer mon sourire. Il a repéré la référence, cela veut bien dire qu’il est l’auteur de ces lettres, non ? Je m’accroche à cette idée et continue sur ma lancée.

— Je te propose un rencard de rattrapage. Demain, après le boulot, on se retrouve chez mon voisin Dan, tu sais, celui à qui nous avons promis de l’aider à décorer son appart pour Noël ? Et, si tout se passe bien, cette fois, c’est moi qui t’invite à dîner. Qu’en dis-tu ?

— J’en dis que demain on a un rencard de rattrapage, rétorque-t-il avec un sourire qui gonfle mon cœur d’espoir.

# Lettre 15

*Cher Christmas,*

*Aujourd'hui, nous sommes le 15 décembre, il faut faire une croix sur le calendrier car c'est un nouveau départ. Jusqu'alors, tu m'as appris à te découvrir à travers tes mots, tu en as même profité pour me prouver que tu me connaissais bien. Toutefois, je suis certaine qu'il y a encore beaucoup de choses que tu ignores.*

*Dans les dix prochains jours, je vais te révéler ma réalité, les sentiments qui la constituent. Je ne compte pas te mentir, alors ne sois pas déçu si je ne me souviens pas de notre première rencontre, des mots que nous avons échangés. Je ne suis pas là pour parler du passé mais du présent et, je l'espère, de l'avenir. Je ne te ferai aucune promesse que je ne pourrai pas tenir.*

*Sais-tu pourquoi j'aime tant Noël, en dehors des sapins, des guirlandes et des illuminations ? Parce qu'à Noël tout est possible. Les gens se mettent à croire à la magie. Ça ne dure pas longtemps, mais l'espace d'un petit mois tous les rêves semblent réalisables, avant que le quotidien ne reprenne le dessus. Sais-tu quel est mon rêve ?*

*Un miracle de Noël.*

*Jusqu'à aujourd'hui, le destin m'a laissée de côté, mais il se pourrait bien que les choses changent...*

*Je te souhaite une journée enneigée.*

*Alyson*

# Chapitre 45

*J – 10*

Il est 19 h 27 et je suis sur le palier de mon appartement à guetter l'arrivée de Hayden. Ce matin, je lui ai envoyé un SMS pour lui donner rendez-vous à 19 h 30 et il m'a promis d'être à l'heure. Toutefois, une pointe de stress me noue l'estomac et je ne parviens pas à m'en défaire. *Et s'il annulait une nouvelle fois ?* Je ne suis pas certaine de pouvoir encaisser s'il me fait encore faux bond.

Avant que je n'aie le temps d'échafauder mille et un scénarios sur les raisons de son absence, Hayden fait son apparition à mon étage dans un jeans couvert de peinture et un pull sombre qui semble propre.

— Tu craignais que je ne vienne pas, constate-t-il en me sondant de son regard perçant.

— Faux.

— Alors tu espionnes souvent tes voisins sur le pas de ta porte ? dit-il, moqueur.

— Tout à fait ! Je garde à l'œil Mme Antunes, qui s'amuse à interchanger les paillassons des différents résidents.

Son sourire fait écho au mien. Nous restons l'un en face de l'autre sans bouger. L'électricité entre nous est palpable, si bien que je pourrais le tirer à l'intérieur de mon appartement, où nous resterions enfermés quelque temps. Juste pour apprendre à se connaître, évidemment. Toutefois, une promesse est une promesse, je ne peux pas garder mon bel artisan pour moi ce soir.

— Dan nous attend.

— Je te suis.

Nous montons les marches pour rejoindre l'étage qui abrite le logement du septuagénaire. Lorsque nous arrivons, la porte est grande ouverte et mon voisin nous accueille avec le sourire.

— Vous voilà, les jeunes ! J'ai sorti les décorations que j'avais et mis des bières au frais. On commence quand vous voulez.

— Vous êtes un amour, Dan. On va transformer votre appartement en annexe de celui du Père Noël.

— Je crois qu'il vit plutôt dans une maison, mademoiselle Alyson.

Les deux hommes se moquent de moi tandis que nous entrons. Dans la pièce principale, trois gros cartons reposent sur la table.

— J'ai ressorti ces vieilleries, nous indique Dan. Toutefois, je ne suis pas certain que vous puissiez en faire quelque chose.

— Détrompez-vous, répond Hayden. Tout objet a droit à une seconde vie, en plus, le style rétro-vintage est très tendance ces dernières années.

— Oh ! c'est vous, les pros, moi, je vais descendre chez le disquaire, c'est soirée poker avec les anciens. Claquez la porte quand vous aurez fini.

Sur ces mots, notre hôte récupère son manteau et sa casquette, avant de nous faire un signe de la main en se dirigeant vers la sortie. Je le suspecte de nous laisser seuls pour une autre raison qu'un jeu de cartes entre amis. Je note dans un coin de ma tête de remercier Dan pour ce coup de pouce supplémentaire.

— Bon…, dis-je en me tournant vers le sapin, qui repose toujours dans son filet. Tu as des idées pour mettre en valeur cette pièce ?

— C'est toi la spécialiste de Noël, pas moi.

— Je rêve ou tu es simplement venu pour siffler des bières et me regarder bosser ? lancé-je en mettant les poings sur les hanches.

— Il était temps qu'on inverse les rôles, répond-il en m'offrant un clin d'œil.

Je fais mine d'être outrée. Je ne pensais pas qu'il avait remarqué mes pauses chocolat chaud, durant lesquelles mon activité préférée était la contemplation de son corps en plein exercice.

— Si tu ne comptes pas m'aider, va au moins chercher de quoi nous hydrater.

Hayden étouffe un rire en se rendant dans la cuisine, tandis que j'entreprends de sortir le sapin des mailles qui l'étouffent. Il mesure un bon mètre quatre-vingts et est bien touffu. Dan a de quoi impressionner sa chère et tendre. Je le positionne dans l'angle, entre une fenêtre et un fauteuil en cuir.

Une bouteille de bière apparaît devant moi et je remercie Hayden. Il se tient à côté de moi, nous contemplons l'arbre encore nu dans le silence, un instant.

— Par quoi on commence ?

— Les guirlandes lumineuses, toujours.

— Chef, oui, chef, dit-il, reprenant les mots que j'ai prononcés il y a quelques jours.

Nous partons à la recherche de cette fameuse guirlande parmi les cartons à notre disposition. Dan a amassé une grande quantité de décorations au fil du temps. Nous trouvons plusieurs styles différents, allant de la boule en tissu écossais à celle en verre peinte à la main. C'est un vrai trésor d'Ali Baba.

— J'ai ! s'exclame mon acolyte en tirant un amas de fils emmêlés.

— Ça risque d'être plus long que je ne le pensais.

— Tu veux déjà mettre fin à notre tête-à-tête, Alyson ?

— Simplement l'accélérer jusqu'au moment où on se retrouve vautrés sur le canapé en train de dévorer des plats chinois ou une pizza, devant *Love Actually*.

— *Love Actually* ? demande-t-il en haussant un sourcil. Et si je suis plus *Pirates des Caraïbes* ?

— Au moins, on est d'accord sur Keira Knightley. Mais adieu la jolie blonde si on n'accélère pas la cadence.

Je fais passer le morceau de fil que je tiens sous un autre et dans une boucle. Je ne suis pas certaine d'améliorer la situation, je suis même sûre de créer de nouveau nœuds lorsque j'entends la voix rauque de Hayden murmurer :

— On a toute la nuit.

Deux heures plus tard, le sapin scintille de mille feux, les guirlandes, les boules et autres sujets sont accrochés aux branches. Hayden finit d'appliquer la neige artificielle sur les fenêtres avec les pochoirs que nous avons trouvés, quant à moi, je lisse la nappe rouge sur laquelle repose un chemin de table cotonneux. J'ajoute des bougies, des feuilles de gui ainsi que des petites étoiles dorées et argentées.

— C'est parfait, dis-je en me redressant.

— Je crois qu'il reste un peu de place entre le Père Noël chantant et la rangée de boules à neige, je suis certain que tu peux trouver quelque chose à mettre.

— Vous moqueriez-vous de moi, monsieur Parker ? dis-je, faussement offusquée.

— Si peu.

Je lui donne un coup de coude et contemple notre travail, satisfaite. Tout l'appartement respire l'esprit de Noël. Je sors mon téléphone de ma poche arrière et prends quelques photos.

Maintenant que nous ne sommes plus occupés à embellir le foyer de mon voisin, la gêne s'invite parmi nous. Le silence s'étire et je commence à jouer nerveusement avec mes cheveux. Hayden ne semble pas plus à l'aise, ses yeux n'ont de cesse de faire des allers-retours entre le sapin, les fenêtres, les boules à neige… enfin, tout sauf moi. Comme s'il avait entendu nos prières, c'est le moment que choisit Dan pour rentrer chez lui.

— Vous êtes encore là ?

— On vient de finir, Alyson voulait que tout soit parfait.

Le compliment de Hayden semble sincère, ce qui me va droit au cœur. Je guette la réaction de mon voisin alors qu'il découvre ce que nous avons fait de son appartement, toutefois, son visage ne laisse rien transparaître. Si bien que je me demande si nous n'en avons pas un peu trop fait.

— Je suis sûr que Stella va adorer, finit-il par dire.

— Alors mission accomplie.

— Merci, les jeunes. Maintenant, vous devriez aller dîner avant que plus rien ne soit ouvert.

*Message reçu !* Nous quittons l'appartement de Dan la minute suivante. Hayden et moi redescendons jusqu'à atteindre le trottoir, qui commence à se recouvrir de neige. Une fois encore, les mots me manquent. Je me mords la lèvre tout en réfléchissant à un prétexte pour faire perdurer la soirée. Maintenant que je sais qu'il est celui qui se cache derrière Christmas, je ne parviens plus à agir naturellement. Je me pose mille et une questions, chacune de mes actions aura des conséquences sur l'avenir et je devine que je n'ai plus le droit à l'erreur.

— Il me semble que tu avais parlé de plat chinois, toujours partante ?

Comment fait-il ? Cela semble si simple. Un sourire étire mes lèvres et j'acquiesce.

— Quand tu parles à mon estomac, c'est comme si tu me murmurais des mots doux, je ne peux qu'accepter.

# Chapitre 46

*J – 10*

J'ai le sentiment d'être une adolescente vivant ses premiers émois. Hayden et moi marchons côte à côte, mon cœur bat la chamade et mes joues rougissent sans que ce soit la faute de la température. Habituellement, je suis plutôt bavarde, sauf qu'à cet instant les mots me manquent. Je ne trouve pas de sujet de conversation pertinent.

— Tu ne trouves pas que c'est bizarre ? me demande Hayden, en écho à mes pensées.

— J'ai l'impression de ne pas avoir le droit à l'erreur, que c'est ma dernière chance, avoué-je. Alors je suis stressée à l'idée de faire le moindre faux pas.

Mon bel artisan marque un temps d'arrêt et son regard acier plonge dans le mien.

— Ce n'est pas ce que je veux, Alyson.

*Quoi ?* Un vent de panique me submerge et je ne sais pas comment réagir. Il y a encore une minute, nous étions en route pour notre premier rencard, et maintenant il veut tout annuler ? Mon agitation doit se lire sur mon visage car Hayden reprend, l'air sérieux :

— Ce que je veux dire, c'est que si tu n'es pas toi-même ça ne peut pas marcher. On doit apprendre à se connaître, à se faire confiance et voir où tout cela peut nous mener. Il n'est pas question de compter les points ou de tirer à vue à la première difficulté.

— C'est pourtant ce que tu as fait, murmuré-je.

— Disons que j'ai été secoué de te voir embrasser un autre homme alors que ça aurait dû être moi.

Ses mots sonnent comme des excuses et je décide d'alléger la conversation, après tout, c'est un rendez-vous galant.

— C'est un peu présomptueux de votre part, monsieur Parker.

— Tu ne comptes pas m'offrir un baiser en fin de soirée ? me demande-t-il en jouant les offusqués.

— Je n'ai pas encore décidé.

J'ajoute un clin d'œil avant de pousser la porte du traiteur chinois.

Nous commandons à emporter. Il ne faut que quelques minutes pour récupérer notre dîner, j'en profite pour nous commander un taxi. Le plus simple serait de manger chez moi, mais une idée me traverse l'esprit. Lorsque nous quittons le restaurant, la voiture nous attend.

— Tu es fatiguée ?

— Non. Monte, ordonné-je en pointant le taxi du menton.

Hayden se glisse dans l'habitacle et je prends place à ses côtés. Je tends mon portable au chauffeur après y avoir inscrit l'adresse.

— Une surprise, mademoiselle Hale ?

— Peut-être bien.

La voiture se met en marche et sillonne les rues de Boston une vingtaine de minutes, avant de s'immobiliser. Hayden zieute les alentours et hausse un sourcil interrogateur. Je sais qu'il a reconnu l'endroit où nous nous trouvons. Je ne lui laisse pas le temps de me poser une quelconque question et tends un billet au chauffeur avant de sortir de la voiture. Hayden me rejoint et j'attrape sa main pour l'emmener à ma suite. Nous longeons les bords de la Charles River jusqu'à nous retrouver sur l'esplanade, face à un banc, *ce* banc.

— Je me suis dit qu'un dîner sous les illuminations de la ville serait une bonne idée.

— L'endroit est parfait.

Les non-dits flottent entre nous. Ni lui ni moi ne faisons allusion à l'enregistrement qui m'a conduite ici il y a quelques jours.

Le temps s'écoule à toute vitesse. Hayden et moi avons passé plus de deux heures à discuter, nous sommes restés bien après avoir fini nos plats. Ce n'est que lorsque je tente de dissimuler un bâillement que Hayden se redresse et consulte sa montre.

— Je te ramène chez toi, me propose-t-il, tout en me tendant une main pour m'aider à me lever.

J'opine et glisse ma main dans la sienne. Lorsque je suis debout, Hayden entrelace ses doigts aux miens et nous prenons la direction de l'axe principal. Toute mon attention est focalisée sur le contact de sa peau avec la mienne. Ce geste, pourtant anodin, me procure des sensations que je n'ai pas éprouvées depuis longtemps. De quand date la dernière fois où mon cœur s'est emballé parce qu'un homme me tenait par la main dans la rue ? Mes dernières relations ont été de courte durée, notamment car il n'y avait pas cette flamme, ce petit frisson qui parcourt mon corps pour un simple regard ou une attention banale.

Hayden hèle un taxi – ils sont encore nombreux dans ce quartier fréquenté – et m'ouvre galamment la portière arrière. Nous nous installons et la voiture démarre. Ces dernières minutes semblent nous échapper, nous manquons de temps et je sais déjà que je ne lui proposerai pas de prolongation.

Pas de dernier verre ce soir, ni même un bon chocolat chaud. Si je le fais monter dans mon appartement, je suis certaine que je finirai par l'embrasser. J'en meurs d'envie, en réalité, mais pas ce soir. Même si notre attirance mutuelle est évidente, je veux faire les choses bien et poursuivre ce qu'il a engagé il y a déjà deux semaines. Ces lettres que nous nous écrivons sont toutes aussi importantes qu'un premier baiser.

Le chauffeur finit par s'arrêter au pied de mon immeuble. Avant que Hayden ne puisse dire quoi que ce soit, je dépose un baiser aérien sur sa joue et m'enfuis comme Cendrillon au douzième coup de minuit.

# Lettre 16

*Cher Christmas,*

*Cette lettre, je te l'écris le cœur battant, je suis dans mon lit depuis déjà deux heures mais je ne trouve pas le sommeil. Tu es dans toutes mes pensées. Je songe à demain, après-demain, mais aussi à hier. En réalité, je me pose beaucoup de questions.*

*Penses-tu qu'une simple rencontre peut t'amener à faire l'introspection de tes dix dernières années ?*

*Et si on y réfléchissait ensemble ?*

*Quelle était ta dernière relation sérieuse ? À quand remonte-t-elle ? Ta tête était-elle sens dessus dessous ? Ton corps cherchait-il toujours un moyen de se rapprocher du sien ?*

*Pour ma part, je pense ne rien avoir vécu d'important depuis ma relation avec Dimitri au lycée. Il n'y a eu que des hommes de passage, aussi éphémères que des papillons. La plupart sont des connaissances de ma famille, de « bons partis », selon ma mère. Ne va pas croire qu'elle se donne des airs bourgeois, elle cherche juste mon bonheur et a peur que je me perde dans la course au prince charmant.*

*Chaque année, à l'approche des fêtes, elle tente de me faire abandonner l'idée du « miracle de Noël », soi-disant que je pourrais passer à côté de mon âme sœur en guettant une histoire trop parfaite. Je n'étais pas prête à renoncer, je suis une romantique inconditionnelle, et tu es arrivé…*

*On est charmé par des mots, mais on tombe amoureux par les actes.*

*Aujourd'hui, c'est à moi de mettre des mots pour conquérir ton cœur, et de les appuyer par des actes pour t'avoir tout entier.*

*Je ne peux pas te parler de ce que j'ai ressenti lors de notre première rencontre, il y a des années, mais je le fais avec la plus récente, celle qui, pour moi, compte.*

*Ça ne ressemble pas à un film de Noël où les deux protagonistes se rentrent dedans et où après un regard ils sont déjà subjugués l'un par l'autre. Pourtant, le temps s'est suspendu l'espace d'un instant. Tu étais là, devant moi, avec tes allures d'homme des cavernes. J'ai eu un doute, peut-être même un peu peur, puis tu as poussé la porte… et ça ne s'est pas arrangé. Cette rencontre n'augurait pas une relation des plus pacifistes, mais je ne la changerais pour rien au monde. C'est toi que j'ai vu, sans artifice ou faux-semblant. Tu n'étais pas là pour me séduire.*

*Et pourtant…*

*Je t'embrasse,*

*Alyson*

# Chapitre 47

*J – 9*

J'ouvre les yeux, le sourire aux lèvres. Un bel artisan est venu me rendre visite dans mes rêves, et cette fois nos lèvres se sont scellées dans un baiser langoureux. Mon premier réflexe, ce matin, est d'envoyer un SMS à mes meilleurs amis pour leur raconter mon rencard. Je tape un résumé plein de suspense et finis par une invitation à prendre un chocolat chaud à la boutique. Toutefois, je suspends mon geste avant d'appuyer sur envoi.

Je ne peux plus agir ainsi sans blesser Gregory. Ce constat fait décliner ma bonne humeur. Mon meilleur ami me manque, mais surtout la simplicité de notre relation. Depuis que Hayden est entré dans ma vie, j'ai le sentiment que le destin me pousse à faire un choix entre les deux hommes. Est-ce trop demander que de vouloir tomber amoureuse et garder l'amitié de Gregory ? Il semblerait. Malgré toute l'affection que je lui porte, je ne peux pas forcer Greg à supporter ma relation naissante. Je ne souhaite pas le voir souffrir, il ne le mérite pas. Pourtant, je suis incapable de me résigner à laisser les choses se détériorer en restant les bras ballants.

J'efface les quelques lignes de mon écran et les remplace par une simple question :

On peut parler ?

Je reste un instant devant mon portable à attendre une réponse sans prêter attention à l'heure matinale. *Le commun des mortels dort encore, Alyson !* Je finis par me faire une raison et file à la salle de bains pour me préparer. J'opte pour une robe patineuse vert sapin avec des collants à pois. Je relève mes cheveux en une queue-de-cheval haute et appose un maquillage léger.

Avant de quitter mon appartement, je consulte mon téléphone : rien.

J'ai la tête ailleurs toute la matinée. Mes pensées devraient dériver vers mon idylle naissante, sauf que je suis obsédée par mon meilleur ami. Je me pose mille et une questions, si bien que j'inverse la commande de plusieurs clients, et c'est un vrai jeu de piste pour que chaque boisson arrive dans les bonnes mains.

À 14 heures, lorsque Sofia me rejoint, son regard sur moi m'inquiète. Ai-je une mine si affreuse ?

— Tout va bien, patronne ? Il s'est passé quelque chose ?

*Je prends ça pour un oui.*

— Non. Un simple coup de fatigue, dis-je.

— On pourrait revoir mon planning pour que tu aies une ou deux journées off. Tu dois être la seule Bostonienne à travailler sept jours sur sept et à ne pas te plaindre.

— Tu exagères, je ne…

Je m'interromps lorsque je sens mon portable vibrer dans ma poche. Je le sors et en oublie ma collègue. Un mot. Un seul, qui suffit à me donner un peu d'espoir.

Oui.

Ce soir, 19 heures, à ton atelier ?

Oui.

*Aïe !* La tâche va être ardue. Les réponses de mon ami n'ont jamais été aussi laconiques, même lors de nos disputes d'adolescents. J'ai peur que cette situation soit en train de le changer, ou alors j'ai fermé les yeux sur son mal-être depuis un certain temps.

Cette idée m'obsède jusqu'à la fin de la journée. À quelques jours de Noël, je ne peux pas me permettre de fermer la boutique plus tôt, alors je laisse les rênes à Sofia.

— Je t'offre ton premier week-end après les fêtes, lui promets-je en enfilant mon manteau.

— Je note, patronne.

Je crois que je ne me déferai jamais de ce surnom. Je la salue d'un signe de la main et me mets en chemin pour rejoindre mon meilleur ami. Je presse le pas et traverse les rues de Boston à grande vitesse. J'ai besoin de voir Greg, d'être certaine qu'il va bien. Tout est compliqué depuis début décembre, nous ne nous sommes jamais autant disputés et surtout nous ne sommes jamais restés plus de vingt-quatre heures sans nous parler.

Lorsque j'arrive devant chez lui, je trouve la porte de l'atelier verrouillée malgré la lumière qui filtre. C'est une première. Cette porte close est le reflet des sentiments de mon ami. Une partie de mon cœur se fissure, mais je prends une grande inspiration avant d'appuyer sur la sonnette.

Greg apparaît moins d'une minute plus tard, je manque de ne pas le reconnaître avec ses yeux cernés et son teint blafard. J'ai un hoquet de surprise, je porte ma main à ma bouche et refoule les larmes qui menacent de s'échapper. Ça fait des années que je n'ai pas vu mon ami dans cet état.

— Greg…

— Je ne veux pas de ta pitié, Aly, grogne-t-il.

Je déglutis et attrape sa main pour la serrer dans la mienne.

— Je suis tellement désolée, dis-je d'une voix tremblotante.

— Arrête, Alyson.

— Non ! Il faut que tu m'écoutes. Je sais que tu te sens blessé, délaissé, triste et toute la panoplie qui accompagne généralement la fin d'année. Mais tu ne peux pas tout foutre en l'air maintenant, après tout ce qu'on a traversé ensemble.

Il tente de m'interrompre.

— Alyson…

— Je n'ai pas fini ! Notre amitié a survécu à bien des secousses, elle est à l'épreuve des balles, des ouragans et de la plus vive des blessures. Nous avons toujours été là l'un pour l'autre, simplement nous ne pouvons pas être *tout* l'un pour l'autre. C'est impossible. Ça risquerait de nous faire exploser.

Je suis à bout de souffle à la fin de ma tirade. Un léger sourire étire les lèvres de mon ami. Puis il m'attire à lui pour me serrer au creux de ses bras.

— Je t'aime, Alyson, je t'aimerai toujours, mais j'ai compris le message. De toute façon, il se pourrait que je ne sois pas amoureux de toi.

Je me recule sans quitter son étreinte pour croiser son regard, interloquée.

— J'ai eu le temps de réfléchir et de faire d'innombrables conneries, mais j'ai eu tellement peur de te perdre que je me suis persuadé que mes sentiments pour toi dépassaient l'amitié.

— Tu ne me perdras jamais, je ne le laisserai pas arriver.

— Promis ?

— Tu en doutes ? lui demandé-je.

— Je pars pour Paris après les fêtes.

Cette fois, je fais trois pas en arrière. Je ne m'attendais pas à ça. Notre réconciliation a été bien trop simple, maintenant, je me demande si Greg ne cherche pas à me fuir pour se convaincre qu'il ne s'agit que d'un béguin passager. Il peut prendre ses distances sans pour autant quitter le continent.

— Tu te moques de moi ?

— Non, le propriétaire d'une galerie a eu vent de mon travail et il me propose une expo. C'est une chance de me faire un nom en Europe.

— C'est… formidable.

Je ne sais pas comment réagir. Nous marchons sur des œufs en ce moment, alors je préfère me réjouir pour lui, même si j'ai l'impression que c'est un nouveau coup de couteau dans notre relation.

— Tu n'es pas ravie.

— Si, si… Je suis simplement surprise. Je n'imaginais pas que c'était dans tes projets immédiats.

— Ça ne l'était pas, mais c'est une opportunité en or.

Je lui souris. Il a raison, notre histoire n'a rien à voir là-dedans. Le destin lui sourit enfin, alors en bonne amie je le soutiendrai, même de l'autre côté de l'Atlantique.

— Alors il est temps de faire ta valise.

# Lettre 17

*Cher Christmas,*

*Hynes Convention Center*

*900 Boylston Street*

*Boston, MA 02115*

*Stand 36*

*Affectueusement,*

*Alyson*

# Chapitre 48

*J – 8*

Il est 6 heures du matin quand je finis de vider la camionnette que j'ai louée pour l'occasion. C'est l'une de mes journées préférées, mais également l'une des plus chargées. Le marché de Noël de Boston est une institution. Il me reste deux heures pour dresser mon stand et faire la mise en place. Je suis installée entre l'étal de vin chaud et celui où on trouve tout un assortiment de pulls kitsch multicolores. Le Hynes Convention Center est en effervescence, tous les exposants s'affairent pour être prêts avant l'ouverture.

L'odeur de cannelle chatouille mes narines tandis que je repositionne mes boules à neige pour la énième fois. Mon ventre émet un son qui me fait comprendre que je n'aurai pas dû sauter le petit déjeuner, mais je n'ai plus le temps de faire un tour pour m'acheter une pâtisserie, les premiers clients arrivent.

La matinée commence lentement, seuls les plus courageux sont présents aux premières heures, mais avant midi les allées se remplissent et il est difficile de circuler. Les visiteurs flânent entre les stands et se laissent emporter par la magie du marché de Noël. Comme chaque année, je suis surprise du nombre de personnes qui n'ont pas encore décoré leur sapin ni le reste de leur maison, à une semaine du réveillon. Cette ambiance féerique suscite une vraie addiction chez moi, si bien que je me retiens de relooker mon appartement dès le mois de novembre. Mon stock de guirlandes et autres pièces lumineuses s'amenuise à toute vitesse. J'hésite à envoyer un message à Hayden pour qu'il passe à la boutique afin de faire un réassort, mais je m'abstiens. Après tout, peut-être qu'il n'a pas prévu de venir malgré mon invitation. Cette idée me serre le cœur et fait monter le stress. Chaque occasion est bonne pour scruter la foule à la recherche d'un visage familier.

Le stand ne désemplit pas, je dois accélérer afin de ne pas faire attendre les clients trop longtemps, si bien que je ne prête plus attention aux personnes qui se tiennent en face de moi et je n'aime pas ça. D'habitude, Gregory m'accompagne et en profite pour vendre ses toiles. À deux, nous arrivons à prendre du temps pour chouchouter nos visiteurs et leur donner envie de revenir l'année suivante. Seule, je suis en pilote automatique.

— Bonjour et bienvenue dans l'univers du Good Life. Qu'est-ce qui ferait votre bonheur ? lancé-je sans perdre ma bonne humeur.

— Je voudrais la magnifique boule à neige avec Rudolf près de son traîneau.

Cette voix… rauque et sensuelle. Mon regard croise le gris du sien avant de se concentrer sur son sourire lumineux.

— Hayden, soufflé-je comme une idiote.

— Je suis certain que ça fera plaisir à Suzy, surtout si je lui dis que ça vient de ta boutique. Axel parle toujours de la journée qu'il a passée avec toi, alors sans t'avoir rencontrée ma sœur t'apprécie déjà.

Le rouge me monte aux joues. Je n'ai jamais su recevoir des compliments, encore moins de la part d'un homme qui me plaît. Pour masquer mon trouble, j'attrape le petit objet et commence à l'emballer.

— Tu as pu faire le tour des différents étals ? demandé-je avec intérêt.

— Je me suis dit qu'on pourrait faire ça ensemble. Si tu as quelques minutes à m'accorder, bien sûr.

— Je ne peux rien te promettre, réponds-je, gênée. Il y a encore pas mal de monde…

— Je peux patienter jusqu'à ce que tu puisses prendre une pause.

Hayden m'offre un clin d'œil tandis qu'il règle son achat. Puis il s'écarte pour laisser place au client suivant. Durant les deux heures suivantes, je ne fais que l'apercevoir, nous n'avons pas le temps d'échanger un mot.

Peu après 14 heures, la foule est moins dense. Je profite de ce moment pour m'accorder un peu de temps, le prochain rush ne sera sans doute pas avant la clôture. Je quitte ma maisonnette en bois et la contourne pour rabattre la planche qui indique que la boutique est fermée.

— Je me suis permis de te prendre un verre de vin chaud, je me suis dit que tu pourrais avoir soif.

Je pivote, le sourire ancré à mes lèvres, et découvre Hayden s'avançant vers moi, deux gobelets à la main. L'odeur de cannelle me met l'eau à la bouche. Je récupère mon gobelet et hume le parfum avant de boire une gorgée. En signe d'appréciation, mon estomac se met à gronder, si fort que c'en est indécent.

— J'aurais peut-être dû acheter l'un des cornets de frites de patates douces et bacon que j'ai vus un peu plus loin.

Un second gargouillis se fait entendre.

— Margaret est une déesse de la cuisine. Chaque année, j'attends cet événement avec impatience simplement pour déguster ses fameuses frites. Laisse-moi le plaisir de t'inviter.

Hayden opine et me suit trois stands plus loin. Nous commandons deux cornets et des sablés au sirop d'érable en guise de dessert.

— Je vous ai glissé un petit bonus dans le sac, nous informe Margaret en faisant un clin d'œil.

Je la remercie et nous commençons à déambuler dans les allées tout en savourant notre déjeuner.

— Hmm… C'est une tuerie, grogne Hayden après avoir goûté le mélange de patates douces et de bacon.

— Je te l'avais dit. Si je m'écoutais, je pourrais en manger tous les jours.

— Qu'avez-vous d'autre à me faire découvrir, mademoiselle Hale ? demande-t-il en plongeant son regard intense dans le mien.

— Un peu plus de magie de Noël.

*Et mes sentiments !* Mon cœur bat de plus en plus fort lorsqu'il est à mes côtés, et c'est ce qui m'a poussée à lui proposer de me rejoindre ici. Noël, c'est mon univers ; souvent, les hommes que je fréquente voient ma passion comme « des enfantillages » ou encore « de l'immaturité », alors au fil du temps j'ai cessé de partager mon engouement pour cette fête avec mes rencards. Néanmoins, avec Hayden, c'est différent. D'après ce qu'a pu me dire Christmas, il me connaît du moins suffisamment pour s'imprégner de l'ambiance magique des fêtes pour me séduire. Pour ça, je tombe davantage sous son charme.

Notre repas terminé, Hayden se débarrasse des emballages avant de glisser sa main dans la mienne. Je suis surprise par le naturel de ce geste. Nous n'avons pas posé de mots sur notre relation, il est trop tôt, et pourtant j'ai l'impression que tout est clair, pour lui comme pour moi. Alors je me laisse entraîner entre les stands, sur lesquels je m'émerveille une fois encore.

— Elle est magnifique, m'exclamé-je en pointant du doigt une sculpture en bois vernis qui représente un lutin.

Hayden fait un signe au vendeur pour qu'il l'emballe. Je me tourne vers lui, à la fois touchée et surprise.

— Pourquoi tu me regardes ainsi, Alyson ?

— Tu ne devrais pas faire ça. Je risque de m'extasier sur quelque chose à chaque stand, donc ça va créer un trou dans ton porte-monnaie. Et puis c'est trop tôt, soufflé-je finalement.

Nous commençons tout juste à nous fréquenter, et je ne veux pas qu'il se sente obligé de m'offrir quoi que ce soit. Et si tout ça ne nous menait pas plus loin que le 25 décembre ? Lorsque le calendrier de l'Avent sera terminé, nous ne nous cacherons plus derrière nos lettres, nous devrons assumer nos déclarations. J'ai peur de voir la magie disparaître.

Hayden saisit mon menton entre ses doigts pour relever mon visage au niveau du sien. Son regard acier plonge dans le mien. Je ne trouve aucune trace de doute dans ses yeux. Et, comme pour m'insuffler ses certitudes, il se penche en avant jusqu'à ce que ses lèvres rencontrent les miennes.

Ça fait des jours que j'attends ce baiser. J'en ai rêvé, je me suis fait plusieurs scénarios, mais aucun aussi parfait que cet instant. Mes bras s'enroulent autour de sa nuque tandis que je lui ouvre l'accès à ma langue. Ses gestes sont doux alors qu'il approfondit notre étreinte. Hayden a un goût de Noël, un mélange de cannelle et de sucre. Un frisson parcourt mon corps. Je m'abandonne à notre étreinte. J'oublie mes inquiétudes et savoure la sensation de chaleur qui se diffuse en moi. Les paupières closes, je me fonds en lui. Nos cœurs battent à l'unisson.

Lorsque Hayden se recule, je suis à bout de souffle. Pourtant, j'aurais aimé qu'il ne s'arrête jamais. Du pouce, il caresse délicatement ma joue alors qu'un sourire se dessine sur son visage.

— Est-ce trop rapide aussi ?

Je secoue la tête tout en me mordant la lèvre inférieure.

— Alors laisse-moi t'offrir un souvenir de notre premier baiser, qu'il reste gravé dans ta mémoire autant que dans la mienne, murmure-t-il de sa voix rauque.

Je suis sûre d'une chose : qu'importe comment finit cette histoire, je n'oublierai jamais cette journée.

# Lettre 18

*Cher Christmas,*

*J'ai comme l'impression de vivre un rêve éveillé. J'ai peur d'ouvrir les yeux et que ceci ne s'envole sans que nous ne puissions rien y faire. Chaque jour est enveloppé d'un soupçon de magie de Noël, qu'arrivera-t-il une fois que minuit aura sonné ? Ou, pire, lorsque la nouvelle année sera venue…*

*Le rêve deviendra-t-il réalité ? Serait-ce un miracle de Noël ?*

*Je t'embrasse.*

*Alyson*

# Chapitre 49

*J – 7*

Toute la journée, j'ai été incapable de redescendre de mon petit nuage. Le baiser de Hayden est encore imprimé sur mes lèvres. Sofia doit se douter de quelque chose, car elle n'a pas cessé de me jeter des regards en coin. Même lorsqu'un client insatisfait est venu demander des comptes, je n'ai pas perdu mon sourire et ma bonne humeur. J'ai échangé l'article défectueux avant de le remercier et de lui souhaiter une agréable journée.

— Si je n'en étais pas encore certaine avant, maintenant, je suis sûre que vous avez conclu hier, lance ma collègue d'un ton railleur.

Le rouge me monte aux joues. Je lisse mon tablier pourtant impeccable pour détourner l'attention.

— Il faut réapprovisionner l'allée des guirlandes lumineuses, on s'est fait dévaliser aujourd'hui.

— Vous ne voulez pas en parler, message reçu. En tout cas, vous êtes rayonnante, patronne.

Puis elle s'en va vers le fond de la boutique. J'adore Sofia, elle est rafraîchissante et je suis sûre que nous pourrions devenir amies dans un futur proche. Mais je ne souhaite pas évoquer ce qui s'est passé avec Hayden, simplement parce que je ne veux pas que ma bulle de bonheur éclate. Tout est parfait pour le moment, alors je savoure et garde encore pour moi cette romance idyllique qui s'installe entre nous.

Lorsque la lumière du jour décline peu à peu, je laisse Sofia gérer les quelques clients présents tandis que je prépare une livraison spéciale pour ce soir. Comme chaque année, mon père organise une grande fête dans sa société pour remercier ses collaborateurs et ses partenaires, et une fois de plus je suis chargée de la décoration. Quand j'ai lancé mon entreprise, il a été mon premier client et cette soirée a été une véritable opportunité. Elle m'a servi de vitrine, et j'ai pu remplir mon carnet d'adresses. Aujourd'hui, c'est bénévolement que je lui donne un coup de main.

Je charge plusieurs cartons à l'arrière de ma voiture et récupère une boîte de cookies que j'ai mise de côté pour nous donner du courage. Puis je prends la route en direction de l'immeuble qui abrite le bureau de mon père, laissant Sofia fermer la boutique. En un quart d'heure, je suis arrivée, et je découvre mes parents qui m'attendent sur le trottoir. J'arrête le véhicule sur une place de livraison. À peine ai-je posé un pied au sol que ma mère m'embrasse sur les deux joues comme si nous ne nous étions pas vues depuis des lustres. Mon père, lui, se contente d'une accolade chaleureuse.

— Vidons le coffre et allons nous mettre au chaud, tonne la voix du patron.

En dix minutes, nous avons fait les deux allers-retours nécessaires et je suis allée me garer un peu plus loin. Lorsque je rejoins mes parents au septième étage, une délicieuse odeur de café embaume la pièce. Ma mère est déjà en train d'ouvrir les cartons tandis que mon père finit d'installer les sapins artificiels.

— Encore merci, ma chérie, pour ton aide précieuse, dit-il en me voyant approcher.

— Ça me fait plaisir.

— Tout travail mérite salaire, Alyson, ce n'est pas bon pour les affaires que d'offrir gracieusement tes prestations au même client.

Je souris, attendrie une fois de plus. C'est toujours la même rengaine : chaque année, il tente de me convaincre d'accepter un chèque, mais je m'y refuse.

— Ce n'est pas du business, papa, c'est la famille, rétorqué-je en donnant le même argument au fil du temps.

— Jerry, laisse donc ta fille tranquille, lance ma mère avant qu'il n'ait pu répondre.

Elle s'approche de moi, le regard empli de tendresse et une tasse fumante à la main, qu'elle me tend.

— Je me suis laissé dire qu'il y aurait du beau monde, cette année encore, dis-je pour détourner l'attention tout en avalant une gorgée de ma boisson.

Le sourire de ma mère devient taquin et ses yeux me sondent comme des rayons X. Je suis certaine que mes joues s'enflamment et qu'elle parvient à lire en moi comme dans un livre ouvert. Faisant partie de l'organisation – et de la famille –, j'ai eu accès à la liste des invités. Je n'ai pu m'empêcher de voir le nom de Hayden parmi tous les grands pontes qui travaillent avec mon père.

— Du beau monde ? Tu ne voulais pas plutôt dire un bel homme ? renchérit ma mère.

Si ce n'était pas le cas, cette fois, je rougis.

— Carol, gronde mon père.

— Quoi ? Elle a bien le droit de savoir que M. Parker viendra non accompagné !

*Moins subtile, tu meurs !* Je n'ai qu'une envie : me terrer au fond d'un trou. J'adore mes parents, mais lorsqu'ils se mêlent de ma vie amoureuse ça finit rarement bien. Il n'y a qu'à voir le dernier rencard que ma mère a organisé pour moi. Alors, même s'ils n'ont rien à voir dans ma relation avec Hayden, je préfère qu'ils ne mettent pas leur grain de sel. Pour calmer leurs ardeurs et les satisfaire un temps, je leur donne quelques informations.

— On a prévu de se retrouver à la soirée, sa sœur sera là aussi. Et il se peut qu'il me raccompagne chez moi ensuite.

— Alors ça y est, c'est officiel ? me demande mon père, suspendant son geste pour se tourner vers nous.

Je ne m'attendais pas à ce que la question vienne de lui, surtout après qu'il eut réprimandé sa femme. Mes parents guettent tous deux ma réponse. J'opine timidement. La seconde suivante, ma mère trépigne de joie et me demande des détails telle une adolescente de quinze ans. Alors je leur raconte la journée d'hier, l'ambiance romantique du marché de Noël, toutes les petites attentions de Hayden et enfin ce baiser qui m'a transportée sur une autre planète.

— Tu as l'air heureuse, Alyson, dit ma mère, émue.

— Je le suis.

Un silence confortable s'installe entre nous avant que nous nous mettions au travail. Il nous faut plusieurs heures afin que chaque sapin soit décoré, que les tables accueillant le buffet soient dressées, sans oublier d'étoffer le reste de l'espace avec des tapis, des sculptures et autres objets fantaisie. Nous avons dégusté un délicieux gratin de pommes de terre que ma mère a préparé, suivi d'une ultime tasse de café accompagnée de cookies.

Il est 22 heures lorsque nous descendons au pied de l'immeuble. Avant que nous nous séparions, ma mère me prend dans ses bras.

— Profite de la moindre seconde, Alyson, qu'importe que Hayden soit le bon ou non. Savoure les moments que vous partagez, cette complicité qui vous unit et l'affection qu'il te donne. Il n'y a rien de plus beau que de tomber amoureux.

Je hoche la tête et resserre mon étreinte. Ses mots résonnent en moi, je suis la fille de mes parents, romantique dans l'âme, amoureuse de l'amour. Je compte bien jouir de chaque instant passé aux côtés de Hayden Parker.

# Lettre 19

*Cher Christmas,*

*Voici ma meilleure playlist de Noël :*

*— « Ave Maria » de Josh Groban*

*— « All I Want For Christmas Is You » de Maria Carey*

*— « Last Christmas » de Wham !*

*— « Silent Night » des Carpenters*

*— « What Christmas Means To Me » des Pantatonix*

*— « All I Want » de Liam Payne*

*— « White Christmas » de Michael Bublé*

*— « Santa's Coming For Us » de Sia*

*— « Let It Snow ! Let It Snow ! Let It Snow ! » de Frank Sinatra*

*Écoute-les.*

*Affectueusement,*

*Alyson*

# Chapitre 50

*J – 6*

La journée a été fatigante, lorsque je rentre enfin chez moi, je n'ai qu'une seule envie : me vautrer sur mon canapé. Je lance ma playlist de Noël sur la chaîne hi-fi du salon avant d'ôter mes vêtements, ne gardant que ma culotte. Je me rends dans ma chambre afin de passer quelque chose de plus confortable et mets la main sur mes chaussettes montantes ainsi qu'un pyjama en satin couleur crème. Une fois que je suis habillée, je retraverse mon appartement jusqu'à la cuisine. Malgré mon envie de procrastiner, je sors tout le nécessaire à pâtisserie. Chaque matin, il devient de plus en plus difficile de se lever aux aurores ; même si j'adore mon travail, il m'arrive aussi d'avoir des baisses de régime. Alors je prends de l'avance sur ma routine de demain, peut-être que je pourrai rester sous la couette un peu plus longtemps.

Au moment où je m'apprête à casser les œufs dans un saladier, mon téléphone vibre sur le plan de travail. Je le saisis et ouvre le message que je viens de recevoir.

> Je me demandais si tu étais occupée ce soir. Je viens de finir un chantier dans ton quartier et j'ai très envie de te voir. Dis-moi que toi aussi…

Un sourire sans doute niais apparaît sur mon visage. Il aura suffi d'un simple texto de Hayden pour me redonner un coup de boost. Mes dents s'enfoncent dans ma lèvre inférieure tandis que je rédige ma réponse.

Moi aussi.

J'abandonne ce que je suis en train de faire et me rue à nouveau vers ma chambre. Je ne peux décemment pas l'accueillir aussi peu vêtue. Sauf qu'avant que je n'aie eu le temps de choisir une tenue plus appropriée on frappe à la porte. Prise d'un vent de panique, j'attrape la première chose qui me tombe sous la main : un sweat gris informe datant des années universitaires de mon frère. J'ai l'air débraillée mais au moins il ne pensera pas que je veux l'allumer.

Je me hâte vers l'entrée pour ouvrir à Hayden. Lorsque je le vois, j'ai le souffle coupé. Il est appuyé contre le chambranle, portant toujours sa tenue de travail et son éternel rictus caché sous sa barbe parfaitement taillée.

— Salut.

— Salut, répété-je bêtement.

Il fait un pas vers moi et se penche pour déposer un baiser aérien sur mes lèvres, si bien que je douterais presque du fait qu'il m'a embrassé. Je m'efface pour le laisser pénétrer chez moi tandis que Frank Sinatra commence à chanter son célèbre *Let It Snow*. Hayden se débarrasse de son manteau et l'accroche à la patère avant de m'observer attentivement. Sous son regard scrutateur, je tente de masquer ma gêne, mais il la remarque immédiatement.

— Tu t'apprêtais à aller te coucher ? Tu aurais dû me le dire, je ne me serais pas imposé de la sorte, déclare-t-il.

— En réalité, je m'apprêtais à faire des muffins aux noix de pécan et un cheese-cake, pour la boutique. Un nouveau cours de cuisine, ça te tente ?

Il acquiesce et retrousse les manches de son T-shirt, avant de me suivre dans la cuisine.

— On commence par quoi ?

— Séparer les blancs des jaunes, dis-je en lui tendant la boîte en carton contenant les œufs.

Hayden est un élève plein de bonne volonté et appliqué, pourtant, il doit s'y reprendre à plusieurs fois pour isoler les blancs sans laisser de coquille ni de résidus. Ensuite, je lui montre comment battre les œufs en neige, et il s'exécute pendant que je tasse la pâte à biscuit au fond du moule.

— Qui penserait que la pâtisserie constitue un exercice physique ? dit-il une fois sa préparation achevée.

— Tu crois que je les tiens d'où, mes biceps ?

Je joins le geste à la parole en contractant mes muscles comme un haltérophile. Hayden vient tâter mon bras de son pouce et son index, puis m'offre une moue faussement dédaigneuse.

— Il y a encore du boulot.

Je lui tape sur l'épaule, indignée.

— Excuse-moi ! Je ne passe pas mes journées à agiter mon pinceau et mes rouleaux. Il n'y a que mes gâteaux pour me sculpter un corps de rêve.

Ses yeux se baladent à nouveau sur ma silhouette, il semble apprécier ce qu'il distingue car un voile de désir obscurcit ses iris pourtant si clairs. Je retiens ma respiration lorsqu'il replace une mèche de cheveux derrière mon oreille. Son doigt frôle ma peau, provoquant un frisson le long de mon cou. Puis il se détache de moi pour se reconcentrer sur notre gâteau.

— Étape suivante ?

Il me faut plusieurs secondes pour retrouver mes esprits et lui communiquer les instructions pour la suite. Durant l'heure qui suit, l'ambiance est chargée d'électricité. Néanmoins, ni lui ni moi ne faisons un geste vers l'autre. Lorsque la préparation du cheese-cake est achevée, ainsi que la pâte à muffins, Hayden beurre les moules tandis que je les remplis avant de les placer au four pour une vingtaine de minutes.

Une fois que j'ai enclenché le minuteur, je me laisse aller contre le plan de travail.

— Merci pour ton aide, et désolée de t'avoir exploité pendant ce qui aurait dû être un rencard.

Hayden s'approche un peu plus de moi, un sourire ourlant ses lèvres charnues.

— Mais c'était un rencard, Alyson. J'apprécie que tu partages l'une de tes passions avec moi, que tu m'accueilles en tenue décontractée et que tu finisses avec une trace de chocolat sur le visage.

Je porte ma main à ma joue droite sans résultat, Hayden, lui, cueille du pouce le reste de pâte pour le porter à sa bouche. Il est si proche que je vois sa langue rouler sur son doigt. Un délicieux tiraillement naît au creux de mon ventre. Mon regard accroche le sien, et je suis incapable de dire lequel de nous réduit l'espace qui nous sépare.

La seconde suivante, sa bouche rencontre la mienne. Ce baiser n'a rien de chaste, contrairement à celui qu'il m'a donné en arrivant. Non, cette fois, c'est plus intense. Nos dents s'entrechoquent tandis que nos langues dansent à l'unisson. Les poils de sa barbe effleurent ma peau lisse, créant une irritation exquise. Jamais je n'aurais pensé qu'une barbe puisse être aussi sensuelle.

Le désir s'empare peu à peu de nos corps, si bien que les mains de Hayden délaissent mon visage pour partir à la découverte de mes formes. Il parcourt mon échine jusqu'à saisir le bas de mon pull afin de m'en débarrasser, découvrant mon top en satin qui ne masque rien de mon excitation.

— Tu es magnifique, souffle-t-il, haletant.

Il dessine du bout des doigts les contours de mon sein, traçant des cercles de plus en plus petits, jusqu'à venir effleurer mon téton.

— Tu ne portes pas de soutien-gorge, fait-il remarquer, la voix alourdie par l'envie.

Je secoue la tête tout en me mordant la lèvre inférieure. Son sourire est appréciateur avant qu'il ne reprenne possession de ma bouche. Hayden continue son exploration ; lorsque ses mains passent sous mes fesses pour me soulever, j'enroule mes jambes autour de ses hanches. Son érection ne passe pas inaperçue, pressée contre mon intimité. Il me dépose sur le plan de travail sans pour autant s'éloigner. La fraîcheur du bois contraste avec le feu qui me consume.

J'ai conscience qu'il s'agit de notre première fois, qu'on devrait prendre notre temps et en savourer chaque seconde. Toutefois, mon corps appelle le sien. J'ai très envie d'ôter les dernières barrières qui nous séparent et de sentir sa peau contre la mienne. À mon tour, j'attrape le bas de son T-shirt et le fais passer au-dessus de sa tête, révélant un torse bien dessiné. Chacun de ses muscles semble taillé dans la pierre, sans pour autant paraître disproportionné.

— Il est vrai que les coups de pinceau ça bâtit bien.

— À chacun son sport.

Il me coupe toute répartie en m'embrassant à nouveau, mais très vite il délaisse mes lèvres au profit de mon cou… puis du haut de ma poitrine, avant de m'ôter le mince tissu qui lui faisait obstacle. Il prend une seconde pour me contempler, presque nue, avant de venir goûter le bout de mes seins. Sa bouche est généreuse, il suce, lèche et mord ma peau sensible, jusqu'à m'arracher un gémissement. Je sens chacune de mes connexions nerveuses lâcher les unes après les autres.

Je suis dans un épais brouillard de plaisir lorsque mon short et mes chaussettes disparaissent à leur tour. Hayden voudrait poursuivre son voyage gustatif, mais je l'en empêche en saisissant la ceinture de son pantalon. Je ne veux pas être la seule à profiter de ses caresses et, plus égoïstement, j'ai envie de le toucher moi aussi. Je fais sauter le bouton et fais glisser ses vêtements le long de ses jambes à l'aide de mes talons. Son sexe se dresse avec virilité devant moi, provoquant une nouvelle vague de chaleur entre mes jambes.

Cette fois, c'est moi qui prends les commandes. Je me rapproche du bord du plan de travail afin d'être au plus près de lui. Son gland vient effleurer mon humidité, ce qui lui arrache un grognement guttural. D'un geste précipité, il se détourne quelques instants et je comprends qu'il prend ses précautions. Puis, alors qu'il me fait face à nouveau, je me hisse légèrement pour le positionner à l'orée de mon intimité. Ce simple frottement me provoque une myriade de sensations toutes plus exquises les unes que les autres. Par la suite, il suffit d'une poussée à Hayden pour que nos corps s'unissent enfin.

— Mon Dieu…, jure-t-il, haletant. Alyson…

Je suis incapable de lui répondre. Toutes les parcelles de mon corps sont en train d'exploser en mille morceaux. Ça fait bien longtemps que je n'ai pas connu un homme aussi étroitement, et jamais je n'avais perçu de telles choses. Quand Hayden se met à bouger en moi, ça devient meilleur encore. Alors lorsqu'il masse mon clitoris du pouce, je devine que je ne resterai pas longtemps aux portes du nirvana.

Je suis au bord du précipice, prête à basculer, mais je suis surprise par l'orgasme de mon partenaire. Je le sens pulser en moi, tandis qu'un râle s'échappe du fond de sa gorge. Puis c'est mon tour, je m'abandonne et mon corps est pris de tremblements. Ma respiration est saccadée, et je ne contrôle plus rien.

Quand nous redescendons de notre nuage, seule la voix de Sia brise le silence. Nous nous regardons dans les yeux. Un léger rictus ourle les lèvres de Hayden, il semble heureux. Quant à moi, je suis encore groggy. Je ne sais pas quoi dire alors je me laisse porter. Soudain, je sursaute : un bruit strident fait éclater notre bulle de béatitude.

— Sauvé par le gong, lâche Hayden avant de s'éloigner et de récupérer une paire de maniques.

*Nom d'un Père Noël !* Un homme nu, portant simplement des gants de cuisine, c'est si sexy ! Il ouvre la porte du four et extrait la plaque où reposent les muffins tout juste cuits. J'en ai l'eau à la bouche, mais je ne sais pas si c'est à cause de l'odeur alléchante du chocolat ou de la vue du postérieur de mon amant.

— La vue te plaît ?

Le rouge me monte aux joues, je suis prise en flagrant délit.

— Je me régale, rétorqué-je, joueuse.

Il dépose les douceurs sur le plan de travail et revient se nicher entre mes jambes. Il n'y a rien de sexuel, uniquement de la tendresse. Je l'embrasse du bout des lèvres en enroulant mes bras autour de son cou.

— Si tu restes avec moi, tu pourras emporter un muffin ou deux pour le petit déjeuner.

— La proposition est tentante, mais je dois m'occuper d'Axel demain matin. Je suis désolé.

Je masque ma déception derrière un sourire. Il ne peut pas abandonner toutes ses responsabilités pour moi et je le comprends, c'est aussi pour ça que je l'aime. Alors, ce soir, je le laisse quitter mon appartement, mais ce n'est que partie remise.

# Lettre 20

*Cher Christmas,*

*Ce soir, rendez-vous là où tout a commencé.*

*Je t'embrasse,*

*Alyson*

# Chapitre 51

*J – 5*

Enroulée dans ma serviette de bain, j'observe les deux robes étendues sur mon lit sans savoir laquelle choisir pour me rendre à la réception de mon père. En temps normal, je ne me poserais pas autant de questions, je revêtirais la rouge sans hésiter. Sauf que cette fois l'ambiance de Noël ne me suffit pas, je souhaite éblouir Hayden. Je ne joue pas souvent les femmes fatales, mais ce que nous avons fait hier, dans ma cuisine, me pousse à le séduire davantage.

Incapable de me décider, j'attrape mon téléphone sur la table de chevet afin de prendre une photo des robes avant de l'envoyer à Elsa. Je l'accompagne d'un SOS, ainsi, je ne doute pas que ma meilleure amie prendra ma demande au sérieux.

Tu veux le faire baver ou bander, ton artisan ?

Je manque de m'étouffer avec ma salive en lisant le SMS, que je reçois presque immédiatement. Je ne suis pas habituée à ce genre d'échanges, tout simplement parce que ça fait un bail que je ne suis réellement sortie avec personne.

Baver, sans hésiter. Mes parents seront là !

J'ajoute un émoji gêné et envoie.

Petite joueuse ! Prends la jaune.

Je la remercie, puis abandonne mon téléphone pour finir de me préparer. Après avoir mis de la crème hydratante sur l'ensemble de mon corps, j'enfile la robe choisie par ma meilleure amie. Le décolleté se prolonge en dessous de ma poitrine sans pour autant trop en dévoiler. Le haut est serti de perles qui apportent un rendu élégant, tandis que la jupe en mousseline tombe jusqu'à mes chevilles. Lorsque je me regarde dans le miroir, je me trouve jolie, bien plus que je ne l'imaginais. Une fois encore, Elsa a fait le bon choix.

Je boucle mes cheveux tout en essayant de garder un effet naturel, puis applique une pointe de maquillage pour parfaire le tout.

Il est près de 19 heures quand je suis enfin prête. Mon taxi ne devrait pas tarder. J'enfile mon manteau et quitte mon appartement en songeant à la réaction de Hayden.

Lorsque la voiture s'arrête au pied de l'immeuble du bureau de mon père, j'ai un nœud à l'estomac. Une pointe de stress a élu domicile dans mon ventre. Dans quelques instants, je vais présenter officiellement Hayden à mes parents. Je prends une grande inspiration et quitte le véhicule, prête à affronter cette soirée.

La montée en ascenseur dure une éternité mais, lorsque les portes s'ouvrent enfin, je pénètre dans un autre monde. Les guirlandes lumineuses tracent une allée jusqu'à la pièce où se déroule la soirée. Un groom vient récupérer mon manteau pour le consigner au vestiaire puis me propose une flûte de champagne avant que je me joigne aux invités.

La salle est suffisamment grande pour ne pas qu'on se marche dessus. De petits groupes sont déjà formés ici et là, une bonne partie des convives sont là pour enrichir leur carnet d'adresses et tenter de décrocher de nouveaux contrats. Parmi tout ce beau monde, mon regard est irrémédiablement attiré vers un couple, dans le fond. Mon cœur rate un battement lorsque je découvre Hayden dans son costume bleu nuit. Il n'a jamais été aussi élégant, d'ailleurs, je suis certaine que la majorité des femmes présentes ce soir veulent obtenir ses faveurs. À ses côtés, je reconnais Suzy, sa sœur, que je n'ai aperçue qu'en photo. Elle est le portrait craché de son fils.

Je les rejoins. Lorsque je ne suis plus qu'à quelques pas, les yeux de Hayden croisent les miens et son sourire se fige.

— Waouh, Alyson, tu es sublime, souffle-t-il.

Je rougis malgré moi, satisfaite de l'effet de ma tenue.

— Tu n'es pas mal non plus. Tu portes aussi bien le costume que ton bleu de travail.

Il passe une main dans ses cheveux bruns rabattus en arrière, son éternel rictus ourlant ses lèvres. Un raclement de gorge nous ramène à la réalité, je me tourne vers sa sœur, qui tend une main vers moi.

— Je suis Suzy Parker, la sœur de ce gros nigaud.

— Enchantée. Alyson Hale, dis-je en glissant ma main dans la sienne.

— Je sais qui vous êtes et je tenais à vous remercier en personne pour ce que vous avez fait pour Axel lors de mon absence. Grâce à vous, il souhaite devenir lutin en chef du Père Noël.

Ça ne m'étonne pas, ce petit bonhomme s'est pris au jeu durant la journée que nous avons passée ensemble. Nous rions toutes les deux, et la glace est brisée.

— Je crois qu'il serait excellent à ce poste, je pense pouvoir glisser un mot en sa faveur.

— Je comprends ce que mon frère vous trouve. Avec un peu de chance, vous parviendrez à le supporter suffisamment longtemps pour qu'on puisse apprendre à se connaître.

— Pourriez-vous arrêter de faire comme si je n'étais pas là ? lâche le principal intéressé.

Suzy lève les yeux au ciel pour le taquiner. Puis elle nous montre son verre presque vide et s'éclipse en prétextant devoir faire un tour au bar. Une fois que nous sommes seuls, le silence retombe. Je ne trouve pas mes mots. En réalité, notre dernier échange a eu lieu alors que nous étions en tenue d'Adam et Ève, après avoir fait des galipettes sur mon plan de travail. Juste avant que Hayden rentre chez lui.

— Ta sœur a l'air sympa, dis-je pour mettre fin à mon malaise.

— Elle est géniale, mais je ne suis pas certain d'avoir envie que vous formiez une alliance contre moi.

— Je ne te promets rien.

Après un autre silence, Hayden reprend.

— La fête est très réussie. Tu sais où est ton père ? Je tenais à le féliciter.

— Je ne te pensais pas aussi pressé de voir mes parents, rétorqué-je en plaisantant.

— On se connaît déjà, tu sais ?

— Tu connais Jerry Hale le chef d'entreprise, pas le père protecteur.

Je le vois déglutir avec peine. Il n'avait sans doute pas pris la mesure de ce changement du fait de notre relation naissante, et je me délecte de le taquiner ainsi.

— Respire, ils sont adorables et j'ai quelque peu préparé le terrain.

— Tu ne leur as quand même pas dit…

L'expression peinte sur son visage est à se tordre de rire, mais je secoue la tête. J'ai beau être proche de ma famille, il est impensable que je leur donne des détails sur ma vie intime. Lorsque Hayden semble respirer à nouveau, je lui saisis le bras et l'entraîne avec moi pour en finir avec les politesses. Ensuite, nous pourrons profiter de la soirée sans aucune pression.

Je repère mes parents ainsi que mon frère et sa femme, Baley, revenus en ville pour les fêtes. Nous nous joignons au petit groupe qu'ils forment.

— Aly ! s'exclame Adam avant de me prendre dans ses bras. Tu es ravissante !

— Pas autant que la future maman, répliqué-je.

En effet, la grossesse, associée à une robe de gala vert sapin, rend Baley rayonnante.

— Je ne sais pas comment tu fais pour tenir encore debout alors que mon neveu ou ma nièce pourraient arriver d'un moment à l'autre.

— C'est mon arme secrète, m'explique-elle en soulevant le bas de sa robe afin de dévoiler une paire de baskets confortables. Mais assez parlé de moi, qui est ce bel homme qui t'accompagne ?

Je me retourne pour glisser ma main dans celle de Hayden et faire les présentations.

— Hayden Parker, mon cavalier. On se fréquente depuis peu. Hayden, voici Adam, Baley, et mes parents, que tu connais déjà.

Des poignées de main sont échangées et voilà que c'en est terminé. Les conversations démarrent comme s'il avait toujours fait partie de la famille. Nous n'échappons pas au traditionnel « comment vous êtes-vous rencontrés ? », et Hayden raconte qu'il est venu remettre à neuf ma boutique et comment les choses ont évolué. À aucun moment il ne mentionne notre échange de lettres, qui pourtant est la chose la plus romantique qu'on ait faite pour moi. Est-ce parce qu'il nous reste quelques jours avant que sonne le glas de ce calendrier de l'Avent si particulier ? Ou alors souhaite-t-il garder pour nous ce souvenir ? Il est vrai que nous nous sommes dévoilés l'un et l'autre dans cette correspondance, et c'est ce qui m'a fait succomber.

La soirée est bien entamée lorsque mon père s'excuse avant de se retirer quelques instants. Il réapparaît quelques minutes plus tard, un micro à la main, tapotant dessus pour attirer l'attention.

— Bonsoir à tous. Je sais ce que vous vous dites : pitié, qu'il ne nous débite pas un discours assommant !

Les rires des invités résonnent en chœur.

— Promis, je vais tenter d'être bref. Tout d'abord, je tenais à tous vous remercier d'être venus à cette réception. Cette année encore, nous avons pu avancer dans de nombreux projets, la main dans la main. Si cette entreprise ne cesse de grandir, c'est grâce à mes collaborateurs qui travaillent d'arrache-pied chaque jour pour vous satisfaire, vous, clients et partenaires, alors vous pouvez les applaudir bien fort !

Je me joins aux acclamations de la foule. Mon père sait se montrer reconnaissant envers tous ceux qui l'entourent, il ne manque aucune occasion pour cela.

— Et puis il y a d'autres personnes sans qui tout cela ne serait pas possible. Ma femme, Carol, qui doit me supporter chaque jour que Dieu fait, et, il en est témoin, ce n'est pas une mince affaire. Et mes enfants, Adam et Alyson, mes deux bébés. Je vous vois froncer les sourcils, mais vous ne pouvez rien y faire, vous resterez toujours nos bébés, à votre mère et moi. Même lorsque vous nous pousserez dans notre fauteuil roulant.

Il marque une pause le temps que les rires des convives s'estompent.

— Sans vous, je ne serais qu'un homme qui a des idées, sans doute incapable de les réaliser. Vous me donnez la force de les mettre en œuvre. Vous rendre fiers est la raison qui me pousse à continuer, encore et encore. Vous êtes ma source d'inspiration et de motivation. Alors merci à vous trois, du fond du cœur.

Sous les applaudissements, il finit par rendre le micro et revenir vers nous. Il dépose un baiser sur la joue de ma mère, avant de nous serrer, Adam et moi, contre lui. Des larmes, discrètes, ont trouvé le chemin jusqu'à mes yeux. Les paroles qu'il a prononcées m'ont touchée jusqu'au plus profond de mon âme, son amour inconditionnel me comble de bonheur.

Une fois la parenthèse émotion refermée, la soirée se poursuit. Les musiciens engagés pour l'événement se remettent à jouer, et la piste de danse est rapidement envahie par les couples présents dans l'assemblée.

Sans dire un mot, Hayden me tend la main en faisant une révérence digne d'un bal mondain. Je lui souris et accepte d'un hochement de tête avant de le laisser m'entraîner au milieu de la pièce. Il noue les bras autour de mes reins tout en se balançant en rythme alors que j'enlace sa nuque en retour. Soudain, nous sommes propulsés dans notre bulle, hermétique à tout ce qui se passe autour. Plus rien ne compte, sauf nous deux. Je pose la tête contre son torse en me laissant bercer par notre slow. Aucun de nous ne parle, nous n'en avons pas besoin pour profiter l'un de l'autre.

Nous restons près d'une heure à danser sans nous préoccuper du reste. Nous nous accordons une pause lorsque Adam me fait signe que lui et Baley vont rentrer se coucher. Je les embrasse et leur souhaite une bonne nuit, puis me tourne vers mon cavalier.

— Tu me laisses un instant, je vais faire un tour aux toilettes pour me rafraîchir.

— Tout ce que tu voudras.

Hayden dépose un baiser délicat sur ma joue. Je pense très vite m'habituer à ses marques d'affection. Il fait fondre mon cœur à chaque fois.

# Chapitre 52

*J – 5*

Après un passage éclair au vestiaire pour récupérer mon sac à main, je pousse la porte battante des toilettes des femmes, le sourire aux lèvres. Cette soirée est tout simplement parfaite, Hayden s'entend bien avec ma famille, il est d'une galanterie exemplaire, ce qui a fini de charmer mon frère.

Je me penche en avant, les mains posées de chaque côté de la vasque, et me contemple dans le miroir. Mon maquillage a légèrement coulé à cause de mes larmes et du temps passé sur la piste de danse. J'attrape un mouchoir que j'humidifie pour me tamponner les yeux afin d'effacer toute trace noire en dessous. Puis je tire mon mascara de mon kit de retouche, ainsi que mon rouge à lèvres.

Une fois que je suis prête à retourner me mêler aux invités, je rends mon sac au groom dans le couloir et pénètre à nouveau dans la salle de réception. Je fais un détour par le buffet, affamée. Je me laisse tenter par un assortiment de petits-fours et un grand verre d'eau. Sans que je m'y attende, j'entends mon prénom au détour d'une conversation. Je me retourne et découvre Hayden et mes parents en pleine discussion non loin de moi. Aucun ne m'a repérée parmi les convives qui se servent de quoi manger. Curieuse, je tends l'oreille.

— Tu as réussi à charmer ma fille rapidement, je pensais que ça serait plus difficile. Alyson peut être assez exigeante.

Je fronce les sourcils. Il est vrai que je ne me jette pas dans les bras de n'importe quel homme qui m'accorde de l'intérêt. Toutefois, je ne comprends pas quel est le lien avec notre relation, à Hayden et moi.

— J'ai suivi votre conseil et je lui ai sorti le grand jeu.

— Je ne te pensais pas du genre à écrire des lettres d'amour, je dois l'avouer, tu m'épates, ajoute mon père sur un ton taquin.

*Impossible !* En moins d'une minute, mon rêve vient de se transformer en cauchemar. Je recule sous le coup de la surprise et m'appuie sur la table qui se trouve derrière moi pour ne pas m'effondrer. Tout cela n'était qu'une mascarade, un plan élaboré par mes parents pour que je ne sois plus une pauvre fille triste et célibataire. J'ai l'impression qu'on vient de me poignarder en plein cœur. Ce que je pensais être mon miracle de Noël n'est en réalité qu'un coup monté entre mon père et un homme qu'il a choisi pour jouer le rôle de petit ami. *Hayden est un putain d'acteur !*

Les petits-fours que je viens d'avaler me semblent soudain recouverts d'un acide qui me brûle l'estomac. Les larmes me montent aux yeux et je suis subitement à bout de forces. En bonne professionnelle, je ne souhaite pas faire d'esclandre, ce serait mauvais pour l'image de la boutique ainsi que pour l'entreprise de mon père et celle de Hayden. De toute façon, je ne suis pas du genre à laver mon linge sale en public. Alors, pour notre bien à tous les trois, je choisis la fuite.

Je pars sans me retourner. Lorsque j'arrive au vestiaire, je récupère mon manteau ainsi que mon sac, duquel je sors mon téléphone afin de commander un taxi. Il est hors de question que Hayden me raccompagne chez moi. Je ne veux pas le voir pour le moment.

Dix minutes plus tard, mon chauffeur arrive tandis que je patiente sur le trottoir dans une rue adjacente à celle du bureau de mon père. Je n'ai pas envie de risquer qu'il m'aperçoive en train de quitter sa soirée, il chercherait une explication que je ne suis pas prête à lui donner.

Lorsque la portière claque et que la voiture démarre, j'éclate en sanglots, incapable de contenir ma peine plus longtemps. Il y a encore quelques minutes, tout me semblait parfait, je vivais un rêve, sauf que je viens de me réveiller et le retour à la réalité est violent. La douleur me lacère le cœur. Hayden s'est joué de moi, et, pire que ça, mes parents m'ont trahie.

Le trajet jusqu'à mon appartement se fait dans le brouillard. Je ne me souviens pas avoir gravi les étages jusqu'à atteindre mon palier, ni avoir ouvert la porte. Je me retrouve dans mon entrée, mon mascara noircissant mes joues ; dans ma tenue de gala, j'ai l'impression d'être une imposture. Je me défais de mon manteau avec rage, il tombe au sol mais je ne m'en préoccupe pas, je m'attaque à la dentelle de ma robe. Je m'en débarrasse comme si elle me brûlait la peau avant de filer sous le jet brûlant de la douche.

Je reste là un long moment, mes larmes se mêlent à l'eau qui ruisselle sur mon corps. La chaleur fait rosir mon épiderme et je me concentre là-dessus pour tenter d'éclipser mon chagrin. Quand je commence à avoir froid, je ferme le mitigeur et j'attrape une serviette dans laquelle je m'enroule. Je n'ose pas regarder mon reflet dans le miroir, je dois faire peur à voir. Je rejoins immédiatement ma chambre pour enfiler mon pyjama et me glisser sous les draps. Je voudrais me réfugier dans le sommeil, rejoindre le monde des songes où Hayden est toujours le prince charmant que j'ai vu en lui.

Les heures défilent et je ne parviens toujours pas à fermer l'œil. Je ressasse, encore et encore, les événements de la soirée, de tout le mois qui vient de s'écouler, à la recherche d'indices à côté desquels j'ai pu passer me prouvant que tout cela n'était qu'illusion. Ils ont tous bien joué leur rôle. Alors que je me confiais à ma mère sur mon dilemme concernant mes sentiments pour mon meilleur ami et l'artisan de mon père, elle faisait l'ignorante alors qu'elle savait pertinemment ce qui se tramait. Mon père, quant à lui, a tout simplement orchestré toute mon histoire avec Hayden. Malgré tout, je sais qu'avec le temps je leur pardonnerai, pas tout de suite, mais c'est un fait. Ma famille est bien trop importante à mes yeux pour que je me brouille avec elle indéfiniment. Concernant Hayden, je ne pense pas pouvoir lui accorder une nouvelle fois ma confiance. Il s'est servi de ce que mes parents connaissent de moi pour se façonner un personnage. À cette idée, je sens la colère m'envahir. Est-ce qu'une seule chose qu'il m'a dite est vraie ? A-t-il réellement séjourné à l'orphelinat de Mme Andersen, ou cela fait également partie de son personnage ?

En prise avec mes doutes, j'ouvre le tiroir de ma table de nuit qui contient toutes les lettres qu'il a fait livrer chez moi. J'ai conscience que je ne devrais pas faire ça, le mieux serait qu'elles restent enfermées, car je risque de me faire encore plus de mal. Mais c'est plus fort que moi. Je parcours les pages qu'il a noircies de son écriture.

Je lis et relis ses missives des heures durant. Ses mots foudroient mon cœur, le faisant saigner à chaque marque de tendresse, à chaque mensonge. Des rais de lumières illuminent ma chambre et je comprends que le jour se lève. Un coup d'œil à mon réveil me confirme que je suis déjà en retard. Je voudrais bien rester sous la couette aujourd'hui, mais je ne peux pas laisser Sofia seule à la boutique à quelques jours de Noël. Et puis il est hors de question qu'un homme me fasse négliger l'une des choses qui comptent le plus pour moi, alors je rejette les draps et me tire du lit pour affronter cette nouvelle journée.

# Chapitre 53

*J – 4*

J'ai enfilé un jean en vitesse ainsi qu'un pull en laine rose poudré et noué mes cheveux en une queue-de-cheval haute, avant de récupérer mon manteau et mon sac devant ma porte. Je prends la route pour la boutique, le moral en berne. Le froid me glace les os et le vent me fouette le visage, la météo s'accorde parfaitement à mon humeur.

Alors que j'avance péniblement vers le magasin, la sonnerie de mon téléphone retentit, brisant le silence des rues bostoniennes au petit matin. Je fouille dans mon sac à la recherche de l'appareil et l'extrais afin de regarder l'écran. Le nom et une photo de mon père, durant nos dernières vacances en Louisiane, s'affichent. Je pousse un soupir las et raccroche. Par là même, je découvre une flopée d'appels manqués et quelques SMS. Tous sont de mes parents ou de Hayden. Comme je n'ai pas suffisamment souffert, je décide d'ouvrir les messages de ce dernier.

Où es-tu ?

Alyson ? Réponds-moi, s'il te plaît, je m'inquiète.

Ton père m'a dit que l'un des employés de la soirée t'avait vue quitter la réception. Que se passe-t-il ?

Putain, Alyson, dis quelque chose !

Les suivants sont dans la même veine, son agacement croît tandis que je ne lui donne aucune nouvelle. J'hésite à lui demander de me laisser tranquille, mais je crains qu'il ne voie mon texto comme une invitation à discuter. Je choisis de rassurer mes parents, tout aussi inquiets, avec un message bref, dépourvu de chaleur, et je remets la question Hayden Parker à plus tard. Je mets mon téléphone en silencieux avant de le ranger dans mon sac.

J'arrive à la boutique avec plus d'une heure de retard, je n'ai pas le temps de préparer des pâtisseries pour mes clients, pourtant, ils seront au rendez-vous, comme chaque matin. Heureusement que j'ai toujours un stock de secours pour pallier les imprévus, alors je sors deux plaques du réfrigérateur. Il me reste du pecan cake, des brownies et des bonshommes de pain d'épice, ça fera amplement l'affaire.

Toute la journée, je fais acte de présence, je suis un zombie au pays du Père Noël. J'enchaîne les bourdes en renversant deux cafés, en bousculant un sapin, qui manque de s'écraser au sol, et je finis cette série de catastrophes en oubliant d'encaisser un client. Lorsque Sofia me le fait remarquer, je manque de fondre en larmes.

— Excuse-moi, dis-je avant de partir me réfugier dans l'arrière-boutique.

J'inspire à fond et recrache bruyamment l'air contenu dans mes poumons afin de ne pas m'effondrer. Je n'avais pas conscience que ce serait aussi dur. Je suis descendue de mon nuage de bonheur de façon abrupte et j'y ai laissé quelques plumes au passage. J'ai déjà vécu des déceptions amoureuses, mais jamais on ne m'a brisé le cœur. Alors cette fois il est plus difficile de faire comme si tout allait bien.

Je prends quelques minutes supplémentaires pour réinstaller une expression factice sur mon visage. Je réintègre le magasin avant que ma collègue ne vienne prendre de mes nouvelles, je suis certaine de me mettre à pleurer si on a le malheur de me demander comment je vais.

La fin de la journée arrive et c'est un soulagement. Sofia est partie depuis une heure. Je l'ai libérée, je pouvais m'occuper de la fermeture seule, je le lui devais bien ça après qu'elle a rattrapé mes bêtises d'aujourd'hui.

Je tourne le loquet pour verrouiller la porte et retourne la pancarte accrochée à la poignée. Puis je m'attelle à nettoyer les tables de la partie salon de thé, ainsi que le comptoir. Je remonte les chaises lorsqu'on frappe à la porte. Je sursaute et pousse un juron. Je me dirige vers l'entrée, bien que je devine l'identité de mon visiteur.

Il se tient devant moi, les cheveux balayés par le vent. Son regard acier se visse au mien sans que je ne puisse rien y faire, il me captive. Si je m'écoutais, je débloquerais la serrure pour l'attirer à moi et goûter ses lèvres, que j'aime tant. Mais je n'en fais rien. À la place, je tire le rideau, faisait disparaître Hayden en une seconde.

Évidemment, mon comportement ne le dissuade pas, il continue à marteler le battant en criant.

— Ouvre-moi, Alyson ! Qu'est-ce qui te prend, bon sang ?

J'essaye de l'ignorer et de reprendre mon ménage. Sauf que, pour rentrer chez moi, il me faudra sortir par cette même issue qu'il occupe actuellement. Je réfléchis à un moyen de l'éviter, mais rien ne me vient.

— Tu sais que je peux rester là toute la nuit si ça me chante, et je le ferai tant que tu refuseras de me parler.

Je soupire, résignée. Il a raison : tôt ou tard, je devrai me confronter à lui, mais je pensais pouvoir repousser l'échéance. Je finis par lui ouvrir la porte tout en le foudroyant du regard. Il entre pour se mettre au chaud, tout en se frottant les mains, sans doute gelées.

— Tu m'expliques ce qui se passe ? attaque-t-il sans détour.

Je croise les bras sur ma poitrine et hausse un sourcil. J'ai conscience qu'il ignore ce que j'ai découvert hier soir, pourtant, j'aimerais qu'il lise dans mes pensées pour que je n'aie pas à formuler sa trahison à voix haute. Malheureusement, il n'est pas télépathe.

— Est-il vrai que tu as magouillé avec mon père afin de te faire une place dans ma vie ?

Sa mâchoire se décroche sous l'effet de la surprise, toutefois, il se reprend très vite, affichant une expression gênée.

— Je… Laisse-moi t'expliquer.

Cette simple phrase anéantit mon dernier espoir de m'être trompée. Je voulais qu'il me dise que j'ai tort, que j'ai tout interprété de travers, mais il ne dément pas.

— C'est inutile, Hayden. Tu sais ce que m'engager avec un homme représente pour moi. J'ai toujours été honnête, je souhaite construire quelque chose de solide et authentique.

Il m'interrompt en m'attrapant les mains.

— C'est aussi ce que je veux.

Je me dégage et recule d'un pas.

— Tu m'as menti ! crié-je, tandis que les larmes inondent mes joues.

— C'est faux !

— L'omission a la même valeur à mes yeux. Ai-je l'air si désespérée que mes parents veulent me caser avec n'importe qui ?

Cette fois, c'est lui qui s'éloigne. Son visage se tord en une grimace de douleur.

— N'importe qui, raille-t-il avec amertume. Alors c'est tout ce que je suis…

*Non !* Il est bien plus que ça, cependant, je ne dis rien. La colère emplit mon cœur, si bien qu'il n'y a plus de place pour aucune autre émotion. Je n'ai aucune envie qu'il souffre comme moi, mais je ne fais rien pour le soulager. J'en suis incapable.

— Tu devrais partir, lui dis-je à la place.

Il opine sans rien ajouter. Il me dépasse pour quitter la boutique. Avant de franchir le seuil, il lance un regard en arrière, capturant instantanément mes yeux humides. Je peux y lire les sentiments qu'il éprouve pour moi, tout ce qu'il aurait aimé me dire mais que je ne peux pas entendre ce soir. Puis il se détourne et disparaît, me laissant seule avec mon cœur brisé.

# Chapitre 54

*J – 3*

Après une nuit de plus à pleurer sans trouver le sommeil, la fatigue se fait sentir. Mon corps est engourdi, presque douloureux. Je n'ai pas la force de quitter ma chambre. Lorsque le réveil sonne, je m'enroule dans la couverture en grognant.

Nous sommes à trois jours de Noël. Habituellement, je suis galvanisée par les préparatifs du réveillon. Je dresse des listes de choses à faire, de cadeaux à acheter et de personnes à qui rendre visite, mais cette année je n'en ai pas le courage. Je n'ai pas suffisamment d'énergie pour donner l'illusion que je savoure les fêtes.

Mon téléphone vibre sur la table de nuit, me rappelant mes obligations. Je l'attrape afin de l'éteindre définitivement et constate que j'ai dix appels manqués de mon père et au moins le double de ma mère. Depuis hier, ils n'arrêtent pas, mais je n'ai pas envie de leur parler pour le moment. Il sonne à nouveau. Je raccroche et, la seconde suivante, j'entends la clé qui tourne dans la serrure de ma porte d'entrée.

*Ils n'ont pas osé ?*

Puis, avant que je n'aie pu me lever, ma mère fait irruption dans ma chambre, furibonde.

— Est-ce que tu viens de me raccrocher au nez, Alyson ?

— Et toi, as-tu utilisé le double d'urgence pour entrer chez moi ? râlé-je sans masquer mon irritation.

— C'est une urgence. Tu ne réponds pas au téléphone ! Je sais que tu nous ignores délibérément, Hayden a appelé ton père après qu'il est passé te voir.

— Évidemment, en même temps, c'est son rôle de chien de garde. Me surveiller, me protéger et vous rapporter, craché-je, amère.

Jamais par le passé je n'ai parlé à mes parents de cette façon, sauf qu'aujourd'hui je n'ai plus de filtre, c'est mon cœur meurtri qui s'exprime.

— Alyson, gronde mon père en pénétrant à son tour dans la pièce. Montre un peu plus de respect envers ce pauvre Hayden.

— « Ce pauvre Hayden » ! Papa, il m'a menti, et blessée. Il s'est moqué de moi et tu trouves encore le moyen de le défendre !

Je suis sidérée. Je savais qu'ils étaient de connivence, toutefois, j'imaginais que mon père prendrait mon parti, coûte que coûte. Il s'avance jusqu'à moi pour s'asseoir sur le bord du lit.

— Que lui reproches-tu, exactement ?

— De m'avoir fait croire qu'il pouvait être l'homme que je cherche, avoué-je à voix basse.

C'est ce qui me fait le plus mal. Ces derniers jours, je me suis laissée aller à imaginer ce que donnerait notre vie dans quelques années, toutes les belles choses que nous pourrions faire tous les deux. Ces rêves se sont effondrés en quelques minutes.

— Comment sais-tu qu'il n'est pas cet homme-là ?

— Je vous ai entendus lors de la réception, dis-je, les larmes aux yeux.

— Je vois. Alors tu penses qu'il n'est pas sincère avec toi simplement parce qu'il est venu me voir pour me demander l'autorisation de te courtiser, ou alors c'est parce qu'il a sollicité mon aide pour y parvenir ?

— Ne te moque pas de moi. Ça fait des mois que vous essayez de me faire rencontrer quelqu'un. Après les rencards ratés, il a fallu monter le niveau, balancé-je en le fusillant du regard.

Je n'ai jamais parlé ainsi à mes parents, même lorsque j'étais adolescente. Néanmoins, ils ne m'ont jamais trahie à ce point. J'en veux à Hayden, mais ils ne sont pas innocents non plus.

— Laissez-moi tranquille, on se verra à Noël. Je ne gâcherai pas les fêtes de fin d'année, si c'est ce qui vous chagrine.

Je tire la couette au-dessus de ma tête afin de les encourager à partir.

— Alyson ! gronde mon père. Arrête de faire l'enfant ! Si tu étais venue nous voir au lieu de nous écouter en douce et de fuir la soirée, on aurait pu te dire que tu avais tout compris de travers. Ta mère et moi n'y sommes pour rien dans ton histoire avec ce jeune homme. Il a fait preuve de galanterie en venant nous solliciter. Mais une chose est sûre, il est mordu, et pour ça je n'ai pas usé d'une quelconque baguette magique.

À cet instant, je me sens idiote. Je n'ai pas envisagé les choses sous cet angle une seule seconde. Je ne vois pas Hayden respecter des principes de courtoisie datant de nos grands-parents. Pourtant, toutes ses actions auraient pu me mettre sur la piste.

— Est-ce toi qui lui as conseillé de m'écrire chaque jour ? demandé-je sans être certaine de vouloir connaître la réponse.

— Non, je lui ai simplement suggéré d'attendre la période de Noël, lorsqu'il est venu me voir fin octobre.

Je reste sans voix. Alors tout ça a été orchestré depuis plusieurs mois, ce n'est pas une idée farfelue qui a traversé l'esprit de Hayden ou de mon père au dernier moment.

Petit à petit, la colère et la tristesse laissent place à un autre sentiment, tout aussi désagréable : la culpabilité. J'ai traité Hayden de menteur et je l'ai viré sans même lui offrir une chance de se justifier. Peut-être m'aurait-il dit tout ça lui-même, et nous aurions évité de souffrir tous les deux.

— Je crois que tu dois des excuses à quelqu'un, ajoute ma mère avec un sourire d'encouragement.

— Je ne sais pas s'il les acceptera.

— J'en suis certaine. Cet homme est amoureux de toi.

— J'ai besoin de temps pour réfléchir, soupiré-je. Tout s'est passé beaucoup trop vite.

Après ça, mes parents quittent ma chambre pour me laisser m'habiller ; ils m'ont ordonné d'aller travailler, affirmant que ruminer chez moi ne m'aiderait pas. Cependant, malgré leur intervention et les éclaircissements qu'ils m'ont apportés, je n'ai pas l'impression d'aller mieux. J'ai toujours un poids sur la poitrine.

Néanmoins, ils ont raison sur un point : il faut que je sorte d'ici.

J'arpente les rues de Boston d'un pas décidé. L'air frais me fait du bien tandis que le soleil réchauffe ma peau. Je porte des verres teintés afin de masquer mes cernes et mes yeux rougis d'avoir trop pleuré.

Je m'arrête devant un bâtiment dont tout le rez-de-chaussée est vitré. J'ai l'impression de ne pas être venue depuis une éternité. L'atelier de Gregory a toujours été un refuge pour moi, mais, depuis qu'il m'a embrassée, je n'ai pas osé revenir. J'ai peur qu'il me rejette, même s'il m'a dit finalement ne pas être amoureux de moi. Je ne sais pas si ces paroles étaient juste destinées à me rassurer ou s'il disait la vérité.

Toutes les lumières sont éteintes, je presse mon front contre la fenêtre et tente d'atténuer le reflet avec mes mains. La pièce est vide, plus aucune peinture n'est exposée, son chevalet a disparu, les lieux sont déserts. J'ai l'impression de me prendre un coup supplémentaire, mon meilleur ami a comme disparu, il n'y a plus aucune trace de son passage alors qu'il occupe cet atelier depuis près de sept ans.

Je me dirige vers la porte adjacente, qui conduit aux étages où se trouvent des appartements. Un mince espoir de le trouver chez lui subsiste. Je sonne à l'Interphone.

— Oui ? répond une voix féminine, enrouée.

— Je cherche Gregory Harington.

— Et vous êtes ?

— Alyson Hale, une amie.

La communication est coupée et la porte émet un bruit lorsqu'elle se déverrouille. J'entre et je suis immédiatement accueillie par une femme d'une cinquantaine d'années qui boite légèrement.

— Je suis madame Fitz. Le petit est parti il y a déjà un moment, mais il m'a prévenue que vous viendriez. Il m'a demandé de vous remettre ceci.

Elle me tend une enveloppe.

— Je ne sais pas ce qui s'est passé, mais il a plié bagage en deux jours. Il semblait si triste.

Ses mots me serrent le cœur, car je suis celle qui a fait du mal à Greg. Ses sentiments ne sont pas réciproques, de ce fait, j'ai perdu mon meilleur ami. Sans attendre d'être rentrée chez moi, j'ouvre le pli et découvre le message qu'il m'adresse :

*Alyson,*

*Si tu lis ces lignes, c'est que tu es venue à l'atelier mais que je n'y étais plus. En réalité, j'ai avancé mon départ pour Paris, c'était ce qu'il y avait de mieux à faire. Chaque minute, je me retiens de débarquer dans ta boutique, et je ne sais pas ce qui se passerait si je me laissais aller.*

*Je suis désolé, mais je dois partir. Pour toi, pour moi, pour nous…*

*Pour qu'on puisse se retrouver un jour, il faut que je me trouve moi, que je m'épanouisse et que je ne sois pas l'ombre de ce que je pourrais être. Je vis dans le deuil de mon père, dans la souffrance de ma mère et dans un amour à sens unique. J'ai conscience que jamais tu ne partageras mes sentiments, mais je suis incapable de te regarder en aimer un autre pour le moment.*

*Alors pardonne-moi de t'abandonner pour quelque temps. Ce n'est qu'un au revoir, je te le promets.*

*Gregory*

Les larmes roulent sur mes joues tandis que je plie la feuille avant de la glisser dans la poche de mon manteau. Il est parti. Un océan nous sépare désormais, mais j'ai l'impression que le fossé entre nous est bien plus grand.

Mme Fitz me tend un mouchoir tout en murmurant des paroles réconfortantes. Elles n'ont aucun effet sur moi, car, non, ça ne va pas « aller ». Cependant, il va bien falloir, car Gregory a décidé de partir pour Paris et je respecte son choix.

# Chapitre 55

*J – 2*

Ce matin, je me suis levée avec moins de difficulté que les jours précédents, je parviens à sourire aux clients et même à plaisanter avec Sofia. Hayden occupe toujours mes pensées, mais je vois les choses sous un autre angle depuis que mon père m'a expliqué ses véritables intentions. Néanmoins, il reste une ombre au tableau. J'ai sans doute perdu mon meilleur ami.

Depuis mon arrivée à la boutique, je cherche du réconfort auprès des habitués du salon de thé. Je m'abreuve de leurs anecdotes, des péripéties des Noëls passés, de celles de cette année et de leurs prévisions pour le futur. Sauf que mon moral reste en berne, alors je me rabats sur les pâtisseries, ces douceurs qui ont toujours su réchauffer mon cœur. À chaque passage derrière le comptoir, j'opte pour un cookie, un rocher au chocolat ou une petite meringue.

Lorsque midi sonne, Elsa vient me sauver d'une crise de foie. Elle pénètre dans la boutique, toute guillerette, avec un large sourire.

— Pose-moi ce gâteau, Alyson ! Je n'ai pas décalé un rendez-vous méga-giga important pour que tu me regardes manger tandis que tu ne peux plus rien avaler.

Je retiens mon geste. À la place, j'opte pour un salut militaire en direction de mon amie.

— Laisse-moi prendre mon manteau. Je te rejoins tout de suite.

Je verrouille la caisse et part à l'arrière récupérer mes affaires. J'ai conscience que le temps d'Elsa est précieux, surtout depuis qu'elle travaille sur son projet pour le concours qui pourrait lui ouvrir de nombreuses portes, notamment celle de la Fashion Week. Malgré son planning chargé, elle répond présente au moment où j'en ai besoin.

Nous rejoignons l'italien un peu plus haut dans la rue. Une serveuse nous accueille et nous indique une table près de la fenêtre. À peine s'est-elle éclipsée que mon amie attaque :

— Qu'est-ce qui me vaut ce SOS que tu m'as envoyé hier soir ?

Je grimace. Ces dernières semaines, beaucoup d'événements se sont enchaînés. Beaucoup trop. Et malheureusement j'ai été incapable de tout gérer. Hayden. Gregory. Pendant que mon cœur tombait amoureux, un autre s'est brisé au passage…

— Greg est parti, avoué-je finalement.

— Ça semble te surprendre.

Je sonde son regard, interdite.

— Évidemment. Pourquoi, ce n'est pas ton cas ?

— Il a le béguin pour toi, souffle-t-elle. Mais ton bel artisan est apparu dans le paysage et il a vu ses chances s'amenuiser. Être réduites à néant, même. Tu ne peux pas lui en vouloir de préserver son cœur.

Ces paroles me retournent l'estomac. J'ai beau avoir conscience de tout ça, les choses ne sont pas moins douloureuses.

— Je comprends, crois-moi. J'ai été aveugle et maintenant il est parti. Peut-être définitivement.

— Laisse-lui du temps. Il est ton ami avant tout, et il souhaite que tu sois heureuse. C'est pour ça qu'il a pris son avion plus tôt. Il ne veut sous aucun prétexte entacher ton bonheur. Il faut simplement qu'il accepte l'idée de ne pas être ton prince charmant.

J'opine sans rien dire. Que pourrais-je répondre ? Je n'ai pas changé d'avis, j'aime Gregory comme un frère. Il est mon meilleur ami, mon confident, mais pas mon âme sœur.

La serveuse interrompt mes pensées lorsqu'elle vient prendre notre commande. J'opte pour une part de lasagnes tandis qu'Elsa choisit la salade méditerranéenne. Quand nous sommes à nouveau seules, mon amie décide de changer de sujet.

— Parle-moi de ce Hayden Parker. Tu es restée bien discrète au sujet de votre relation.

— Disons qu'elle a eu un faux départ, dis-je en lissant nerveusement mes cheveux, gênée.

— Mais encore ?

— J'ai fait une boulette.

— Je vais devoir te tirer les vers du nez ou tu vas arrêter avec ce suspense ?

Je glousse, amusée par l'impatience de mon amie à découvrir mes déboires.

— J'ai cru que son intérêt pour moi était feint, que mes parents avaient orchestré notre histoire de A à Z. Sauf qu'il s'avère que c'est un énorme quiproquo.

— Alors où est le problème ? Tout est bien qui finit bien !

— Pas exactement. Je l'ai viré comme un malpropre lorsque je pensais qu'il n'était qu'un manipulateur.

— Merde ! jure mon amie, si fort que les gens des deux tables voisines se retournent pour la fusiller du regard. Dis-moi que dans ton histoire il y a un moment où vous vous rabibochez sur l'oreiller, avec le « ils vécurent heureux et eurent beaucoup d'enfants ».

Je secoue la tête.

— Je dois me rattraper. De simples excuses ne suffiront pas. Il a fait les choses en grand jusqu'à maintenant, je me dois d'être à la hauteur.

# Chapitre 56

*J – 1*

J'arrête ma voiture devant la maison de Hayden. Son 4x4 n'est pas là, je balaye la rue du regard afin d'être certaine qu'il ne l'a pas garé plus loin. Il est absent. Je suis soulagée, j'ai envie de le voir, d'expliquer mon comportement et de laisser cette erreur derrière nous, mais il est hors de question qu'on se dispute la veille de Noël.

J'ai réfléchi tout l'après-midi, hier, une fois qu'Elsa est repartie travailler, et une partie de la nuit, dans le but de mettre au point des excuses dignes du romantisme dont Hayden a fait preuve.

Je monte les quelques marches qui me séparent de la porte d'entrée. Il me faut une bonne dose de courage et une profonde inspiration avant de frapper. Moins d'une minute plus tard, le battant s'ouvre sur Suzy, encore vêtue de son pyjama en pilou. Elle fronce les sourcils en me voyant et croise les bras sur sa poitrine.

— Que fais-tu là, Alyson ? Hayden est absent, j'espère que tu n'es pas venue lui dire à quel point il est un minable menteur, un traître ou je ne sais quel autre nom d'oiseau. On est le 24 décembre, putain !

— Rien de tout ça, dis-je en secouant la tête. Au contraire, je lui dois des excuses.

— Ça serait la moindre des choses, en effet.

Derrière son air revêche, je sens poindre un soupçon de curiosité, alors je me lance.

— J'ai pris la mouche en entendant une conversation entre Hayden et mon père, mais en réalité j'ai tout compris de travers et j'ai dit des horreurs à ton frère. Je suis là parce que j'ai besoin de ton aide pour me rattraper. Acceptes-tu de me donner un coup de main ?

Je la supplie du regard, je serais même capable de me mettre à genoux si ça pouvait la convaincre. Néanmoins, ça ne sera pas nécessaire, Suzy est une belle âme. Elle attrape ma main et me fait entrer, le sourire aux lèvres.

— Dis-moi ce que je peux faire, je veux tout savoir !

Son enthousiasme déteint sur moi et fait disparaître le nœud qui enserrait mon estomac.

— J'ai besoin que tu conduises Hayden à l'église de Roxbury pour la messe de minuit. Viens avec Axel, avec un peu de chance, je parviendrai à convaincre ton frère de m'accompagner chez mes parents ensuite. Vous êtes tous les bienvenus.

Suzy acquiesce. Je me garde de lui donner les détails de mon plan pour reconquérir son frère, j'ai encore besoin de le peaufiner. Sa participation est l'étape primordiale, sans ça, il serait impossible que je rencontre Hayden ce soir.

— Mon frère et toi êtes faits l'un pour l'autre, c'est un peu cliché mais je suis certaine que tu es celle qui pourra le rendre heureux. Alors je ferai tout pour que vous vous retrouviez. Tu peux compter sur moi.

— Merci, ajouté-je en la serrant dans mes bras.

J'ai le cœur plus léger en repartant. Rien n'est encore joué, j'en ai conscience, toutefois, je suis sûre de pouvoir parler à Hayden ce soir.

Je remonte dans ma voiture et prends la route en direction de ma maison d'enfance. Aujourd'hui, ainsi que pour les deux jours à venir, la boutique reste fermée afin que je puisse me consacrer à ma famille. Il me faut une vingtaine de minutes pour couper le contact devant chez mes parents.

Je récupère ma petite valise et mon fourre-tout qui contient les cadeaux et de quoi aider ma mère en cuisine.

J'entre sans frapper, hélant qui veut bien m'entendre.

— C'est moi !

Adam fait irruption depuis le salon pour me débarrasser.

— Ravi de voir que tu es toujours aussi dingue de Noël, petite sœur.

— Et je compte bien initier ton enfant dès qu'il pointera le bout de son nez, rétorqué-je en le bousculant d'un léger coup d'épaule.

— Je n'en attendais pas moins de toi. Maman et Baley sont dans la cuisine, je pense qu'on n'est pas loin d'une troisième guerre mondiale. Ma femme est loin d'être un cordon-bleu, mais elle ne supporte pas de rester à rien faire. Et puis tu connais maman.

En effet, s'il y a quelqu'un qui plaisante encore moins que moi avec le dîner du réveillon, c'est bien notre mère. Du plus loin que je me souvienne, elle a toujours visé la perfection. Noël est sacré chez les Hale. Lorsque ma grand-mère est décédée, il a fallu reprendre le flambeau pour honorer la tradition. Du coup, chaque année, ma mère se met une pression immense pour tenter de surpasser la fois précédente.

Je rejoins la cuisine afin de constater l'ampleur des dégâts. Baley a le visage couvert de farine et d'œufs, tandis que ma mère se bat avec une dinde qui pourrait nourrir une équipe de foot.

— Besoin d'un coup de main ? lancé-je tout en me retenant de rire.

— Non ! crient-elles à l'unisson.

Deux paires d'yeux me lancent des éclairs avant de s'adoucir enfin.

— En réalité, je voudrais bien que tu t'occupes de mélanger la pâte. Le bébé semble en avoir marre que je m'agite dans tous les sens.

Je souris et m'approche de ma belle-sœur pour prendre le relais. Malgré sa fatigue évidente, elle rayonne. Nous passons l'heure qui suit à discuter des derniers mois écoulés, des travaux de leur maison, des projets à venir pour chacun. L'ambiance est à la fête, on ressent déjà la magie du réveillon opérer. Ce moment où nous sommes tous réunis et où tous les tracas du quotidien disparaissent un temps.

La journée est passée à toute vitesse. Le repas est prêt, la table est dressée et d'ici quelques minutes les derniers convives devraient arriver. Je finis de boucler mes cheveux après une bonne heure passée à me préparer. Chaque année, je choisis ma tenue avec soin afin qu'elle reflète l'esprit de Noël. Mais cette fois ce n'est pas pour honorer un homme en costume rouge, ni la tradition chrétienne, que je me suis habillée ; mon esprit est dirigé vers un autre but.

Je me suis interdit de songer à Hayden avant minuit afin de profiter de la soirée, pourtant, chacune de mes pensées me ramène à lui, à la possibilité qu'il ne me pardonne pas de l'avoir rejeté.

Le grincement de la porte de ma chambre d'enfant me ramène à l'instant présent. Mon père fait irruption dans la pièce, un air inquiet lui barrant le visage.

— Tu es prête, ma puce ?

— Oui, soufflé-je tout en essayant de lui offrir un sourire sincère.

Il s'approche de moi et saisit mon menton entre ses doigts.

— Tout va bien se passer, Alyson. J'en suis convaincu. Il te faut simplement être patiente.

— J'espère que tu as raison.

— Ton vieux père a toujours raison, déclare-t-il. Allez, nous devrions descendre, Sandra ne devrait plus tarder et ton oncle non plus.

J'opine avant de le suivre. À peine sommes-nous arrivés en bas de l'escalier que la sonnette retentit. Ma mère se hâte d'ouvrir et fait entrer Mme Harington. L'espace d'un instant, je crois que Gregory va la suivre, mais la porte se referme et il n'est pas là. Mon meilleur ami me manque.

C'est le premier Noël que nous passons séparés depuis que lui et sa mère ont intégré notre famille, ça me fait tout drôle.

Je ne résiste pas à l'envie de lui envoyer un message pour lui dire que je pense à lui et lui souhaiter un bon réveillon, même s'il est à l'autre bout du monde.

# Chapitre 57

*J – 1*

Après avoir récité le bénédicité, nous avons mangé, beaucoup trop pour un seul repas, mais c'est là tout le bonheur du réveillon de Noël.

Nous n'avons pas encore goûté au dessert lorsqu'il est temps de rejoindre l'église de Roxbury. La pression monte d'un cran, d'ici quelques minutes, je ferai face à Hayden. Je n'ai plus qu'à prier pour qu'il m'écoute. Je monte en voiture avec mon frère pour le court trajet jusqu'à l'église. Je ne dis pas un mot, préférant me remémorer le discours que j'ai préparé.

Sur le parvis de la bâtisse blanche, des décorations ont été installées. Une crèche géante a été dressée pour célébrer la venue au monde de Jésus, les arbres ont revêtu leurs habits de lumière et une arche est dressée au bout de l'allée menant au lieu de culte. C'est magnifique.

L'air frais de décembre me pousse à entrer. Les bancs sont déjà bien remplis, les fidèles sont au rendez-vous pour écouter le sermon du père Fraiser. Je balaye la nef du regard. Immédiatement, je le repère. Il est assis au troisième rang, le dos droit, et il contemple l'autel. J'ai le sentiment de ne pas l'avoir vu depuis une éternité alors que ça fait moins d'une semaine. Je m'approche, il ne me remarque pas. Je profite de l'arrivée du prêtre pour me glisser à ses côtés. Hayden tourne enfin la tête vers moi. Ses pupilles s'ancrent dans les miennes et ses lèvres s'entrouvrent sous l'effet de la surprise. Je devine qu'il voudrait dire quelque chose, sans doute protester, mais il ne peut pas. Pendant la prochaine demi-heure, il est coincé, avec moi.

Il se concentre sur l'homme qui se tient devant nous, s'efforçant de m'ignorer. Je n'en attendais pas moins, alors je tire une enveloppe de la poche de mon manteau et la dépose sur ses genoux. Il la saisit sans un regard dans ma direction, mais il ne l'ouvre pas. Il se contente de la tenir au creux de sa main. C'est sans doute sa façon de me rendre la monnaie de ma pièce après la scène que je lui ai infligée l'autre soir, toutefois, s'il n'ouvre pas cette lettre, j'ai peur qu'il n'écoute pas ce que j'ai à dire.

C'est Suzy, ma nouvelle alliée, assise à sa droite, qui lui donne un coup de coude et lui désigne ma missive. Il soupire bruyamment avant de décacheter l'enveloppe et d'en tirer une feuille.

*Je suis désolée, laisse-moi une chance de me faire pardonner. Cinq minutes après la messe, c'est tout ce que je te demande.*

*S'il te plaît, Christmas...*

Utiliser son pseudonyme est ce que j'ai trouvé de mieux pour retenir son attention. Depuis un mois, nous nous cachons derrière des billets énigmatiques, il est temps de jouer cartes sur table. Je scrute son visage anguleux à la recherche d'un indice, mais il ne laisse rien paraître. Sa barbe a poussé, ce qui dissimule davantage ses traits, et son regard est braqué droit devant lui.

Les minutes suivantes s'égrènent avec une lenteur extrême. Je peine à écouter le sermon du père Fraiser et, lorsqu'il se retire enfin en nous souhaitant un joyeux Noël, je retiens mon souffle. Tout le monde se lève pour quitter l'église, l'allée est encombrée, mais ni lui ni moi ne bougeons. Nous sommes comme figés. Suzy s'éclipse, emmenant Axel avec elle pour nous laisser un peu d'intimité. Sauf qu'avant que nous soyons totalement seuls Hayden se lève pour quitter la nef sans un mot.

Je me redresse à mon tour. Je ne le laisserai pas partir sans me battre pour lui. Je saisis son bras alors qu'il vient de franchir la grande porte en bois.

— Cinq minutes, soufflé-je.

— Tu ne me les as pas accordées lorsque je suis passé te voir à la boutique, l'autre jour. Pourquoi ferais-je autrement ?

*Touché !*

— Tu es meilleur que moi, Hayden, c'est évident.

Son regard métallique plonge dans le mien et il croise les bras sur son torse.

— Cinq minutes.

— Je suis désolée, Hayden. Désolée de t'avoir mis dehors, désolée de ne pas t'avoir écouté, surtout. J'ai cru que notre histoire n'était qu'une mascarade. Depuis quelque temps, ma mère s'inquiète beaucoup de me voir célibataire à vingt-six ans, alors elle m'a organisé des rencards avec des hommes. Sauf que ça n'a jamais fonctionné, du coup, en t'entendant discuter avec mes parents à la soirée, j'ai cru qu'ils avaient simplement changé de tactique. Je ne veux pas d'un homme qui a accepté d'être avec moi uniquement par pitié, même s'il finit par tomber amoureux.

— Alors qu'est-ce que je fais là ? C'était bien ton idée, de m'attirer ici, n'est-ce pas ?

Son ton est dur mais je perçois une once de fragilité. Je hoche la tête et poursuis :

— J'ai demandé à Suzy de t'amener ici, car j'ai relu tes lettres, des dizaines de fois, pour être honnête. Je les connais sur le bout des doigts, et dans chaque ligne j'ai reconnu un peu de toi, de ta sincérité, ton côté bourru, ta passion, ton amour… Hayden, pardonne-moi d'avoir douté, de ne pas être à la hauteur. J'ai rejeté le bonheur lorsqu'il s'est approché de moi, alors que j'ai prié des années durant pour qu'il frappe à ma porte. Le problème, quand on tombe amoureuse, c'est qu'on prend le risque d'avoir mal et de ne plus rien contrôler. Mais, si tu acceptes mes excuses et que nous pouvons reprendre ce que nous avons commencé, je veux bien lâcher prise et ne pas maîtriser ce qui nous arrive.

Je suis à bout de souffle à la fin de ma tirade. Mon cœur s'emballe dans l'attente d'une réponse. Nos regards sont aimantés. Dans le sien, une myriade d'émotions défile, mais je ne parviens pas à savoir laquelle domine. Le silence s'étire et je retiens ma respiration. Soudain, son rictus que j'aime tant se dessine sous sa barbe, puis il jette un coup d'œil au-dessus de nous avant de revenir vers moi. Je fais de même.

Je n'avais pas fait attention : lorsque j'ai arrêté Hayden, nous étions sous l'arche près de l'entrée. Comme le veut la tradition, une branche de gui y est accrochée. Hayden hausse les épaules tandis qu'il continue de me contempler, avant de se pencher en avant pour attraper mon visage et l'approcher du sien. À l'instant où ses lèvres se posent sur les miennes, une envolée de papillons décolle dans mon ventre. Le poids de ces derniers jours disparaît, il ne reste que le moment présent. J'enroule mes bras derrière sa nuque pour approfondir notre baiser. Sa langue s'enroule autour de la mienne et je redécouvre son goût, qui m'a manqué.

Lorsque nos bouches s'éloignent, des applaudissements nous ramènent à la réalité. Ma famille, Suzy et quelques paroissiens sourient en frappant dans leurs mains. Je m'empourpre, gênée d'être le centre de l'attention. Cependant, Hayden reste focalisé sur moi, laissant le reste de côté. Il m'a embrassée, mais aucun son n'est encore sorti de ses délicieuses lèvres.

— Alyson Hale, vous allez me rendre dingue.

— Ça signifie que tu acceptes mes excuses ?

Il opine et son sourire s'élargit.

— J'aurais été incapable de faire autrement. J'ai attendu bien trop longtemps pour être avec toi.

# Chapitre 58

*Jour J*

Hayden a accepté de passer le reste de la soirée ainsi que la nuit chez mes parents. Je monte en voiture avec lui, Suzy et Axel pour le trajet retour. Je passe ces quelques minutes sur un nuage. Suzy est ravie du rôle qu'elle a eu à jouer dans nos retrouvailles et ne s'en cache pas. Son frère la réprimande de lui avoir tendu un piège, mais, aucun de nous n'est dupe, il en est heureux.

Quand nous arrivons dans la maison de mon enfance, ma mère est déjà en train de s'affairer en cuisine pour servir le dessert, tandis que mon père ajoute les couverts manquants. Tout le monde s'installe autour de la table, sauf Axel, qui reste sur le seuil du salon. Je le rejoins et me mets à sa hauteur avant de suivre son regard, braqué vers le pied de l'immense sapin illuminé.

— Les cadeaux sont déjà là, murmure-t-il, les sourcils froncés par l'incompréhension.

— Le Père Noël est passé pendant que nous étions à la messe.

— Est-ce qu'il sait qu'avec maman et tonton on est chez toi ?

J'opine et lui offre un sourire rassurant.

— C'est le Père Noël, il sait tout. Allons manger une part de bûche, et ensuite nous pourrons ouvrir les cadeaux.

Axel saute sur place avant de courir voir sa maman. Je retrouve ma place, aux côtés de Hayden, qui est en pleine discussion avec mon frère, comme s'il avait toujours fait partie de la famille. Ce tableau est parfait. Tout est enfin là où il doit être.

Le dessert englouti, nous nous retrouvons tous dans le salon. Les canapés débordent, j'ai choisi d'investir le sol avec Axel et son oncle. Ce dernier s'est éclipsé juste avant que nous quittions la table pour ajouter les paquets que Suzy avait glissés dans le coffre de sa voiture.

Un chocolat chaud fumant entre les mains, j'observe Axel déballer ses cadeaux. Chaque fois qu'il déchire le papier, son sourire devient un peu plus grand. Je me délecte de le voir si heureux. Je me souviens de ce petit garçon tout timide qui est entré dans ma boutique il n'y a pas si longtemps. Axel est un enfant génial, il a passé sa journée à m'aider, et si je n'étais pas amoureuse de son oncle je suis certaine que mon cœur flancherait pour lui.

Une fois qu'il a ouvert tous ses cadeaux, il commence à jouer avec ses nouvelles voitures tandis que vient le tour des adultes. Nous échangeons nos présents afin que chacun puisse ouvrir les siens. Sandra me tend une épaisse enveloppe, avec un sourire triste.

— Gregory m'a laissé ceci pour toi.

Je la remercie et ouvre immédiatement le pli. J'en sors une feuille ainsi qu'un billet d'avion.

*Alyson,*

*Joyeux Noël. Je ne suis pas là pour faire la fête avec toi cette année, mais ça ne veut pas dire que je ne pense pas à toi. Malgré tout ce qui s'est passé ces derniers temps, tu restes et resteras toujours ma meilleure amie. C'est pourquoi, dans un an, viens me rejoindre à Paris pour les fêtes. Nous passerons la Saint-Sylvestre entre les Champs-Élysées et Montmartre.*

*Dans un an, je serai en mesure de te revoir, je prends le temps de panser mes blessures. Je ne t'en veux pas, tu n'y peux rien si mes sentiments ne sont pas partagés, il faut simplement que mon cœur l'accepte. À dans un an, c'est une promesse.*

*Je t'aime, Alyson.*

*Gregory*

Des larmes silencieuses dévalent mes joues. Je ne m'attendais pas à ça, surtout après son départ précipité. Mais Gregory tient à notre amitié, il me le prouve une fois encore. Du dos de la main, j'essuie mes joues avant de glisser ce précieux cadeau dans l'enveloppe. Hayden me regarde avec tendresse, il prend ma main dans la sienne et la caresse du pouce. Malgré la rivalité qui est née entre ces deux hommes, il n'hésite pas à me réconforter.

Je ne lui parle pas du cadeau de mon meilleur ami. Même si mes sentiments pour Hayden sont forts, nous ne sommes qu'aux prémices de notre relation. Je reste prudente, la rencontre entre les deux a été explosive, je ne veux pas rallumer la jalousie qui a émergé entre eux.

À son tour, il me tend une petite boîte recouverte de papier doré. Je défais le papier et le ruban, et soulève le couvercle pour découvrir un superbe pendentif en forme de bonhomme de pain d'épice.

— C'est magnifique, soufflé-je.

Je caresse le sautoir en verre du bout des doigts.

— Je l'ai trouvé au marché de Noël, un artisan faisait des bijoux de verre sur mesure. Je me suis dit que ça t'irait bien.

— Merci, réponds-je en me penchant en avant pour l'embrasser.

Je sors le collier de son écrin et le passe autour de mon cou. Il est parfait. Ensuite, j'offre à mon tour son cadeau à Hayden, qui le déballe avec soin.

— La première édition des *Contemplations* de Victor Hugo, chuchote-t-il en caressant la couverture.

— Je suis allée voir l'antiquaire sur Beacon Hill, il a fait jouer ses contacts pour se le procurer. Je ne suis pas douée en poésie française, j'espère qu'il fait partie de tes auteurs fétiches.

— Difficile de ne pas aimer Victor Hugo, c'est un monument de la littérature.

Son visage s'illumine et ses yeux brillent lorsqu'il parle. En parcourant les premières lettres qu'il m'a écrites, j'ai su que ce cadeau lui ferait plaisir. Je ne voulais pas lui offrir une babiole dénuée de sens, après qu'il m'a séduite de la plus romantique des façons. Tout le mois de décembre, il n'a cessé de m'offrir tout ce dont je rêvais : mon miracle de Noël.

Nous veillons jusque tard dans la nuit, ou alors très tôt le matin. Axel et Suzy ont pris la chambre d'amis lorsque le petit garçon a commencé à sombrer sur le canapé du salon. Hayden et moi montons en silence rejoindre ma chambre d'adolescente. J'enfile mon pyjama tandis qu'il reste en boxer, avant que nous nous glissions sous les draps.

Installée sur le flanc, je lui fais face et devine les traits de son visage dans la semi-obscurité. Aucun de nous deux ne parle, nous n'en avons pas besoin, il nous suffit de profiter de l'instant présent. Mes paupières se font lourdes lorsque Hayden rompt le silence.

— Quand as-tu su que c'était moi derrière les lettres ?

Je rouvre les yeux pour plonger mon regard dans le sien.

— Lorsque tu m'as dit avoir souffert en surprenant Gregory en train de m'embrasser. Jusque-là, je n'étais sûre de rien. Lui et toi avez de nombreux points communs qui me laissaient dans le flou. Cependant, même si ça n'avait pas été toi l'auteur de ces missives, nous en serions tout de même là aujourd'hui. Je suis tombée amoureuse de toi, Hayden, pas de Christmas.

Il me caresse la joue du bout des doigts, un large sourire étirant ses lèvres.

— Je t'aime, Alyson, tu es le plus beau cadeau de Noël que j'aurai jamais.

Lorsque le sommeil finit par nous emporter, je suis heureuse et certaine que chaque Noël sera plus merveilleux encore, maintenant qu'il est à mes côtés.

# Épilogue

*Jour J + 367*

Nous remontons les Champs-Élysées. Les illuminations sont magnifiques, Paris est connu pour ses devantures de magasin fabuleuses, ses rues pavées et décorées avec soin. J'ai l'impression de vivre un rêve éveillé.

Hayden et moi avons atterri à l'aéroport Charles-de-Gaulle il y a une heure. Nous avons rendez-vous au Trocadéro pour l'inauguration de la galerie de Gregory. Après un an à exposer chez d'autres artistes, il s'est fait un nom en France. Ce soir, il fait un pas de plus vers une renommée internationale.

Les mois qui se sont écoulés depuis son départ nous ont permis de nous retrouver. D'abord, de janvier à mars, nous avons échangé des textos, puis nous sommes passés aux appels et visio jusqu'en septembre, où il est venu passer une semaine à Boston. C'est à ce moment qu'il m'a proposé de venir à Paris avec Hayden. J'ai hésité longtemps, mais Greg m'a rassuré, il veut me voir heureuse et il a conscience que mon partenaire y contribue. Tout n'est pas redevenu comme avant, notre amitié a évolué, en mieux. Depuis un mois, il entretient une relation avec une jeune professeure des écoles, Laeticia. Nous devrions la rencontrer ce soir.

Notre taxi slalome dans les rues de la capitale française jusqu'à nous conduire aux pieds de la tour Eiffel. La voiture s'arrête et le chauffeur se tourne vers nous :

— Vous voilà arrivés, les tourtereaux. Passez de bonnes fêtes !

Nous le remercions puis descendons. L'instant est magique. La dame de fer se dresse au-dessus de nous, illuminée et majestueuse. Hayden semble encore plus émerveillé que moi, ses yeux se posent sur tout ce qui nous entoure.

— On est à Paris, dit-il en tournant sur lui-même. Il faut qu'on visite le Louvre, la maison de Victor Hugo, Notre-Dame…

Je pose mes lèvres sur les siennes afin de le couper dans son élan. Nous sommes là pour une semaine et il souhaite explorer toute la ville et ses centaines de sites touristiques.

— Je m'emballe, je sais, dit-il en se reculant, un sourire aux lèvres. On est là pour ton ami.

— Ne t'en fais pas, on aura le temps de batifoler dans les rues.

Je frotte mon nez contre le sien et lui vole un second baiser. Un raclement de gorge nous interrompt. Je fais un pas en arrière et tourne la tête vers l'intrus.

— Greg !

Je lui saute au cou et l'enlace. Ses bras s'enroulent autour de moi, son câlin me fait du bien. Il m'a manqué. Notre étreinte se relâche, et il se tourne vers Hayden pour lui tendre la main. Les deux hommes ne s'étaient pas revus lors de la visite éclair de mon ami, j'avais peur de ce qui pouvait se passer, malgré l'invitation de Greg.

— Vous avez fait bon voyage ? demande-t-il en tendant la main à mon petit ami.

Les minutes suivantes sont surréalistes, ils discutent ensemble tandis qu'on monte les marches de l'aquarium du Trocadéro. Jamais je n'aurais pensé en arriver là, pourtant, Greg y croyait, Hayden aussi. Il aura fallu un an, mais tout est parfait.

Mon téléphone sonne, je le tire de ma poche et découvre le visage d'Elsa qui s'affiche sur l'écran. Je décroche et active la caméra afin de faire un visio.

— Salut, mes petits flocons de neige, hurle-t-elle.

Aussitôt, Gregory se retourne, puis me rejoint pour voir notre amie. Là où nous sommes emmitouflés dans des vêtements d'hiver de la tête aux pieds, Elsa porte un paréo et une paire de lunettes de soleil. Mike l'a emmenée aux Maldives après l'avoir demandée en mariage. Ces deux-là filent le parfait amour.

— Alors, comment est Paris ? me demande-t-elle.

— Magnifique ! Je t'en dirai plus quand on aura visité, pour le moment, j'ai juste envie d'un café avec mon meilleur ami.

Greg me jette un coup d'œil, un sourire ourlant ses lèvres. Le retrouver après une si longue séparation me fait du bien. Il semble heureux et toute la tension accumulée avant son départ a disparu.

— Il faudrait quand même qu'on se retrouve à Boston tous les trois, en l'honneur du bon vieux temps ! propose Elsa.

— Je viendrai pour ton mariage.

— Tu as intérêt ! Sinon, tu peux être sûr que je prends le premier vol pour la France pour te couper tes boules de Noël et t'en faire un collier.

Nous rions devant son déchaînement de violence imaginaire. La conversation se poursuit quelques minutes, avant qu'Elsa ne soit « appelée par la mer ».

Le reste de la journée passe à toute vitesse. Nous rencontrons Laeticia autour d'un verre dans un bar du quartier de Bastille. Cette petite brune au sourire pétillant est adorable. Elle est aussi passionnée que Greg par son travail, et tous les deux semblent avoir trouvé un équilibre.

— Si on poursuivait la soirée dans un petit restaurant sympa à quelques rues ? propose-t-elle au moment de régler nos consommations.

Je m'apprête à répondre par l'affirmative lorsque Hayden me coupe l'herbe sous le pied.

— On peut remettre ça ? Pour notre première soirée à Paris, j'ai prévu un petit quelque chose pour Alyson.

Je tourne la tête vers lui, à la fois surprise et curieuse. Même après toute une année, cet homme ne cessera jamais de m'épater. Nous saluons nos amis une fois à l'extérieur, avant de nous diriger vers le métro.

— Qu'est-ce que vous nous préparez, monsieur Parker ?

Il hausse les épaules et joue les innocents. Le message est passé, je n'en saurai pas plus avant d'être arrivée à destination. Il nous faut une vingtaine de minutes et un changement de rame pour quitter les souterrains. Je reconnais immédiatement la rue que nous empruntons, c'est celle où se trouve le Airbnb que nous avons réservé.

Hayden s'arrête devant le n° 34, puis compose le digicode. De plus en plus sceptique, je ne retiens pas la question qui me brûle la langue.

— Tu as refusé de poursuivre la soirée avec Greg, pour faire des galipettes et traîner au lit ?

Il ricane tout en secouant la tête.

— Pas exactement, mais si c'est ce que tu veux, je suis ton homme !

Mes joues s'enflamment et je sens déjà la douce chaleur se disperser au creux de mon ventre. Néanmoins, j'ai envie de découvrir ce qu'il me réserve, alors je le suis en silence tandis qu'il gravit les étages un à un. Il dépasse celui où nous sommes censés loger et nous conduit jusqu'au toit. Là, il pousse la porte en métal et m'invite à passer en premier.

La seconde suivante, j'en prends plein les yeux. Des guirlandes à grosses ampoules sont accrochées à des panneaux de bois, formant un espace cosy où se dresse une table digne des plus beaux restaurants. La vue sur la capitale française est imprenable. La tour Eiffel, que nous avons vue de près plus tôt dans la journée, scintille de mille feux et s'accorde parfaitement aux lumières de la ville.

J'ai les larmes aux yeux, émue par ce nouveau geste romantique de la part de Hayden. Je me rapproche encore un peu de lui et finis par nouer les mains derrière sa nuque.

— C'est magnifique, soufflé-je.

— Rien n'est trop beau pour toi.

Puis ses lèvres se posent sur les miennes, scellant notre amour. Elles sont douces et passionnées, je me perds dans ce baiser, je souhaite qu'il ne s'arrête jamais. Sauf que Hayden recule légèrement pour plonger son regard acier dans le mien. Les mots sont inutiles, pourtant, il trouve toujours ce qu'il est important de dire.

— Je t'aime, Alyson Hale, aujourd'hui, maintenant et pour toujours.

# Bonus

*Mon amour,*

*Il y a dix ans, je t'ai donné mon cœur. Un baiser sous le gui et nous ne nous sommes plus quittés. Ensemble, nous avons vu Paris, Oslo, Mexico et Lima. Nous avons vécu dix ans merveilleux, dix Noëls plus beaux les uns que les autres.*

*Je pensais que tu serais la plus belle chose qui me soit arrivée, je t'ai aperçue un soir et tu n'as jamais quitté mon esprit jusqu'à ce que j'ose enfin faire un pas vers toi. Depuis, chaque jour est encore meilleur.*

*Tu as fait de moi un mari et un père. Nos enfants sont merveilleux, mais cette année je voudrais me concentrer sur toi.*

*Après avoir lu ces mots, récupère la boîte en carton cachée au bas de la penderie, tu y trouveras ton parcours du jour. Chaque étape te ramènera à un souvenir, je serai au dixième point de rendez-vous afin d'en créer de nouveaux.*

*Une fois encore, après dix ans, retrouve-moi.*

*Je t'aime.*

*Ton mari, Christmas*

# Remerciements

Waouh, c'est déjà la fin de ce challenge « publier une romance de Noël ». Si vous me connaissez, vous savez qu'il ne s'agit pas de mon univers de prédilection, pourtant j'ai adoré écrire l'histoire d'Aly et incorporer l'ambiance féerique des fêtes de fin d'année. Je suis très fière de vous présenter *Mon calendrier de l'amour*, et si vous êtes arrivés jusque-là, j'espère que ce roman vous a plu.

Je tenais à remercier Sara, qui a été mon plus fort atout dans cette aventure. Merci d'avoir relu chaque ligne, merci pour ces heures interminables au téléphone pour décortiquer chaque point de cette histoire. Pour chaque roman qui voit le jour, tu es un soutien indéfectible alors juste merci.

Merci à Kim, que vous connaissez tous sur Instagram sous le nom de Kimysmile, pour cette bêta lecture qui m'a beaucoup apporté.

Puis il y a ceux sans qui tout ça ne serait pas possible et qui me suivent depuis maintenant cinq ans : merci à l'équipe Harper Collins et tous ceux qui ont travaillé sur ce roman.

Et enfin merci à mon mari et tous mes proches qui me soutiennent dans cette folle aventure qu'est l'édition.

Vous avez aimé *Mon calendrier de l'amour* ?
Découvrez *La plus belle magie de Noël*

*Des flocons, de l'amour, un soupçon de fantastique… un parfait délice de Noël !*

Tournez vite la page pour découvrir un extrait !

Harper Collins
POCHE

# Chapitre 1

*Lukas*
*12 jours avant Noël*

Cette conférence est interminable. Écouter cette vipère de Lorène Vanselle déblatérer ses conneries sur le marketing à la performance pendant des heures n'engourdit pas que mes jambes, ça paralyse aussi chaque synapse encore fonctionnelle de mon cerveau.

Il faut dire que ça va déjà faire quatre longues heures que je me laisse abrutir par des mots qui ne concernent même pas mon secteur… Enfin, je n'ai pas eu le choix, toute la boîte était conviée. Cela dit, le seul point positif est que j'ai bien dû passer les trois quarts de cette réunion à rêver d'évasion, de plages, de cocotiers et des vacances de Noël qui se profilent à l'horizon.

Plus qu'une semaine avant de faire nos bagages pour nous envoler vers les Maldives. Ça semble à la fois si proche et si loin en même temps. J'attends ce séjour depuis une éternité, depuis que cette garce de Vanselle me file tellement de boulot qu'on n'a même plus le temps de poser nos congés ! Sous prétexte que je suis le fils du patron, elle me demande des coups de main dès que l'occasion se présente. Et moi, je suis bien trop con pour dire non…

La semaine de février à Serre Chevalier pour profiter des sources chaudes ? Annulée à cause d'une situation d'urgence : le big boss de la fibre optique avait besoin d'une nouvelle pub « électrique ».

Le pont au mois de mai ? Même pas en rêve ! C'est le géant du fast-food qui voulait lancer un nouveau sandwich. Soit dit en passant, la pub a fait un carton, mais le burger était immangeable !

Les vacances d'été ? Dans le cul, Lulu ! Il a fallu que je remplace notre pseudo-vice-présidente pour faire tourner la boutique, pendant que madame faisait dorer son derrière ferme et tonique sur le sable de Cancún.

Et depuis août, je suis overbooké pour mes vrais projets.

Alors, merde ! Cette fois, rien ne pourra me forcer à rester à Paris pour les fêtes de Noël ! D'autant plus que Crystal a réservé nos billets pour quinze jours de farniente bien mérités depuis septembre, et cette fois, je compte bien en profiter !

— Lukas ? Lukas ! gronde Lorène en me fusillant du regard. Si ce que je suis en train de dire ne t'intéresse pas, tu sais où se trouve la porte de sortie ! lance-t-elle pour prouver encore une fois qui mène la danse.

J'ai beau être quasi intouchable dans cette société, ma cervelle se met en mode danger et un avertisseur sonore résonne dans ma tête tandis que le mot *warning* clignote devant mes pupilles.

Malgré le terrain glissant qui s'affaisse presque devant moi, ce sont mes *corones*[1] qui ont envie de s'exprimer. Elles me suggèrent de me lever, de claquer sur la table du poing, et de lui hurler d'aller se faire foutre avec sa performance et son cul bien trop bombé… Sauf que mes jolies petites boulettes ne voient pas plus loin que le bout de mon boxer et, si je déballe le matos, je suis bon pour recevoir un bel avertissement de la direction, autrement dit de mon père, dans les heures à venir.

Alors, bien que cette pétasse soit en train de broyer mon ego de ses ongles pointus pour que je me sente bien

1. Testicules en espagnol.

à l'étroit dans mon slibard trop serré, je ravale ma fierté en lui offrant mon plus beau sourire :

— Au contraire, je trouve ça très intéressant, Lorène ! Vraiment ! déclaré-je avec un tel aplomb que même les services secrets soviétiques y croiraient. Mais sans vouloir parler au nom de tous ici, et sans vouloir t'offenser évidemment, l'heure du déjeuner est largement dépassée. Sans carburant, je ne suis pas certain de pouvoir continuer à faire travailler mes méninges.

Des murmures d'approbation résonnent dans la salle. Elle émet un grondement sourd en jetant un coup d'œil à sa montre de luxe, qui doit valoir aussi cher que ma bagnole, avant de secouer la tête en souriant.

— Mais quelle idiote je suis ! Vous auriez dû m'avertir avant ! annonce-t-elle en nous regardant un par un pour se dédouaner de son oubli. Allez donc déjeuner, nous reprendrons dans une demi-heure, le ventre plein et l'esprit affûté !

Heureux d'avoir pu mettre un terme, même provisoire, à cette réunion assommante, je récupère mes affaires en quatrième vitesse pour suivre les collègues, qui me gratifient d'un regard de remerciement. Pas peu fier d'avoir sauvé tout le monde, je m'apprête à sortir quand Lorène me rappelle à l'ordre :

— Désolée de t'avoir interpellé de cette façon, ou de t'avoir fait rater l'heure du repas, Lukas. Mais tu sais comment je suis, quand un sujet me passionne, je suis intarissable.

— C'est tout à ton honneur. Tu es professionnelle, c'est pour cela que mon père t'a choisie comme bras droit, cela va sans dire… annoncé-je en la brossant dans le sens du poil pour qu'elle ne pense pas une seconde que je puisse la balancer pour maltraitance de salariés affamés. Maintenant, si tu veux bien m'excuser, il faut que j'appelle Crystal pour me faire pardonner de l'avoir laissée manger seule à midi.

Levant les yeux au ciel à l'évocation du prénom de ma copine, Lorène fait mine de sourire, cependant, je sais ce qu'elle pense. Toutes deux sont des ennemies de longue date. Elles ont commencé chez PubliCity en tant que stagiaires à la même époque. Alors que Crystal a été promue cheffe de projet en sautant quelques échelons, Lorène a suivi un cursus plus traditionnel. À partir de là, l'animosité s'est installée entre elles en même temps que les euros sur la fiche de paye de Crystal.

Quand je suis arrivé dans la boîte après mes études, soit un an après elles, j'ai été, malgré moi, le second challenge à remporter. Était-ce pour mon nom ou pour ma belle gueule, le mystère reste entier. Toujours est-il que leur petite guéguerre pour me séduire ne m'a pas vraiment amusé. J'avais, en plus des ambitions de mon paternel à gérer, le poids de cette étiquette de « fils de » à faire oublier à mes nouveaux collègues.

Aussi, bien qu'elle me plaise beaucoup, je n'ai commencé à fréquenter Crystal que lorsqu'elle a été débauchée par notre concurrent direct. Lorène a été promue à sa place, et depuis, elle serre les dents quand elle entend le prénom de sa rivale. Par professionnalisme, elle a arrêté de me faire du rentre-dedans, mais quand elle me lorgne de cette manière, j'ai toujours un peu peur pour mon arrière-train.

— Elle risque de t'en vouloir si elle sait que tu lui as posé un lapin pour être avec moi, ironise-t-elle avec lourdeur. Tu ferais mieux de rester et de partager mon déjeuner pour ne pas perdre de temps en ville, tu lui expliqueras ce soir…

Cette fois, ce n'est plus un simple regard qu'elle me balance, c'est un tapotement du plat de la main sur le bureau et une vue imprenable sur le décolleté plongeant qu'elle exhibe pour récupérer un plat de traiteur dans son panier-repas.

Fasciné par le spectacle qu'elle m'offre, je bugge une poignée de secondes sur son soutien-gorge en dentelle rouge qui dépasse de son chemisier. Lorène a beau être une sacrée chieuse, il n'en reste pas moins qu'elle a quand même de beaux atouts dans son jeu. Dans un autre contexte, dans une autre vie, je n'aurais pas été contre une petite partie de strip-poker avec elle, mais dans cette vie-là, impossible.

En réalité, elle représente tout ce que je déteste. Une carriériste capable d'écraser tout le monde, une sans-cœur dénuée d'âme, une égoïste qui vise le sommet sans se soucier de ceux qui la portent pour y parvenir. Avoir de beaux yeux ou un corps de rêve ne fait pas tout. Si l'enveloppe est vide, ça ne vaut pas le coup.

Crystal possède les mêmes caractéristiques que son adversaire, à la différence près qu'elle est plus humaine. Oui, elle veut réussir. Oui, elle fait ce qu'il faut pour, mais pas au prix du sacrifice de ses congénères. Elle respecte ses collègues, elle les soutient et les pousse à se surpasser. Elle est un booster naturel, une vitamine qui donne du peps à ses collègues, tout comme à notre couple. Alors, il est hors de question de merder pour une paire de seins refaits.

— Merci pour ta proposition, mais je préfère la prévenir, dis-je en reprenant mes esprits avec fierté. Bon appétit, à tout à l'heure !

N'attendant pas sa réponse pour m'enfuir, je me contente d'un signe de main avant de prendre la tangente. Pour être honnête, je n'ai aucun rendez-vous de prévu avec ma copine. On ne mange jamais ensemble pendant la pause méridienne, car Crystal déjeune rarement le midi. Une barre de céréales, un fruit ou une compote lui suffisent largement pour tenir jusqu'au soir. Trop accaparée par son travail, elle zappe très souvent la pause repas au profit d'un brainstorming ou d'une séance de sport pour trouver l'inspiration. Alors que moi, si je n'avale rien, je deviens chiant, j'erre comme un zombie dans les couloirs ou j'essaye de tenir le coup à force de caféine à volonté.

Et puis, dans ce cas de figure précis, si je veux pouvoir rester alerte pour le restant de l'après-midi et réussir à supporter la fin de cette conférence soporifique, je dois absolument ingurgiter quelque chose. Alors plus de temps à perdre, j'ai les crocs !

Dans le grand hall grouillant de monde de PubliCity, je me fraye un chemin vers la sortie pour enfin respirer un peu d'air frais. Dehors, il fait un froid de canard, une dizaine de degrés tout au plus, pourtant, j'ai l'impression de me sentir déjà mieux. Je ne rechignerais jamais à me prélasser sur une plage de sable fin, mais quitte à choisir, je suis plus un homme du Nord qu'un homme du Sud. La neige, le ski, les paysages d'un blanc immaculé, c'est tellement plus attirant que des kilomètres de côtes et de mer.

Enfin, ce n'est que mon point de vue, car si on s'en tient uniquement à celui de Crystal, une vraie descendante de Nordistes avec du sang de Vikings dans les veines, « la montagne, c'est surfait ». Les températures négatives, les grosses doudounes, le chocolat chaud et même les fêtes de Noël n'ont aucun intérêt à ses yeux. Parfois, elle a le cœur aussi figé que celui d'une reine de glace, un peu comme mon père qui n'est plus vraiment le même depuis qu'elle est partie travailler chez la concurrence. Fort heureusement pour moi, ces deux êtres quasi dénués de sentiments sont restés assez intelligents pour ne pas se taper dessus pendant les repas de famille. Quelle chance !

D'ailleurs, Noël est dans deux semaines. En ce vendredi après-midi de décembre, les avenues parisiennes ornées d'or, de vert sapin et de rouge sont bondées. Les chants de Noël résonnent çà et là aux coins des rues. Comme les locaux de PubliCity sont à deux pas des Galeries Lafayette, je profite de ma courte pause pour flâner devant les vitrines du grand magasin.

Crystal a décidé que notre voyage serait le seul cadeau que l'on devait se faire cette année, sauf que je la connais par cœur. Si je n'ai pas de petite boîte carrée tout droit sortie d'une joaillerie à lui offrir, elle va me le faire payer pendant tout notre séjour. Préférant profiter à fond de mes vacances aux Maldives, j'avale mon sandwich en quelques bouchées avec la ferme intention de trouver de quoi acheter la paix et la tranquillité. Avant d'entrer dans le magasin, je m'essuie la bouche d'un revers de main, puis passe la porte gardée par un vigile plus massif qu'un gorille.

Tout fleure bon les fêtes ici et, sans me vanter, j'y suis un peu pour quelque chose. Des décorations toutes plus grandioses les unes que les autres jusqu'au parfum de pain d'épice qui flotte dans l'air, j'ai pensé chaque détail avec le service communication des Galeries. Tous les ans, nous créons un partenariat majeur pour l'entreprise, dont je suis fier. Comme je n'ai pas beaucoup de temps à accorder à mon prochain avec tout le boulot que me file Lorène, sous couvert de mon père cela va sans dire, j'ai eu l'idée de financer la moitié de la campagne de publicité de Noël des Galeries contre un gros chèque pour un hôpital pour enfant de leur choix. Pour nous comme pour le magasin, cela représente une goutte d'eau dans un océan de pognon, mais pour ceux qui en ont besoin, ça fait toute la différence.

Au départ, mon père n'était pas emballé par l'idée, mais après lui avoir promis de bosser dur pour mériter la place qui me revient de droit par la filiation, il a finalement accepté. Il faut dire que l'argument du mécénat avancé par Crystal avait surtout fait mouche à l'époque. Ça fait toujours bien de donner aux plus démunis quand on croule sous les euros.

Pour ma part, je ne trouve pas que ce soit juste une manière de faire briller Claudius Atnas sur la scène parisienne. À mes yeux, c'est surtout un moyen de soutenir une bonne cause alors que je ne fais que mon job. Cette action est d'ailleurs devenue la majeure partie de mon travail. Je suis le chef des projets associatifs depuis près de quatre ans maintenant, et même si ce boulot me semblait bien trop ennuyeux avant, je m'éclate depuis que je m'occupe de ce secteur. Bien que les Galeries soient notre plus gros geste de l'année, j'ai réussi à faire cracher mon père au bassinet avec des actions moindres, mais qui lui rapportent en crédit d'impôt. Le deal nous satisfait tous les deux pour le moment, c'est bien là tout ce qui compte.

Le petit pendentif orné de diamants en forme d'étoile polaire que je viens de découvrir comptera lui aussi quand Crystal ouvrira la boîte. Je ne suis pas certain que ce soit son style, mais qu'importe, il me plaît beaucoup à moi. Et puis, ce sera une amorce pour lui faire comprendre que, cette fois, elle n'échappera pas à la séance de ski que je lui prépare pour février.

Composé et édité par HarperCollins France.

Imprimé en septembre 2023
par CPI Black Print (Barcelone)
en utilisant 100% d'électricité renouvelable.
Dépôt légal : octobre 2023.

FSC
www.fsc.org
MIXTE
Papier issu de sources responsables
FSC® C159065

Pour limiter l'empreinte environnementale de ses livres, HarperCollins France s'engage à n'utiliser que du papier fabriqué à partir de bois provenant de forêts gérées durablement et de manière responsable.

*Imprimé en Espagne.*